穿越馨生愛上你

卷四

歷危難，小女芳心動

尤加利 著

千帆 繪

朱雀文化

目錄

【卷四】歷危難，小女芳心動

【第一百八十一回】
麻煩上身

「什麼？這不可能！」陳香茹吃驚地想要尖叫。

慧馨忙拿了桌上的布捂住了陳香茹的嘴：「陳小姐當心，現在可是深夜，妳一叫，庵裡頭的人就會聽到的，要是嚇壞了別人可不好。聖孫殿下有吩咐，我等既是深夜來訪，便是不想打擾不相干的人，想來陳小姐慈悲心腸，不會忍心無辜的人送死吧？況且殿下早有吩咐，若是陳小姐驚擾了其他人，我等便直接替小姐選那杯茶……」

慧馨看著陳香茹那副不可思議的樣子有些五味雜陳，真要說起來，以陳香茹的家世，完全可以找個很不錯的親事，可惜她太過貪戀權勢，一心只妄想皇家，反倒浪費才情，蹉跎了自己。

「陳小姐，妳有今日全是咎由自取，妳不該妄想不屬於妳的東西……」慧馨悠悠地跟陳香茹說道。

陳香茹最終選擇了落髮為尼，在陳家庵正式出家。慧馨對陳香茹選擇落髮並不感到意外，大概陳香茹心裡還想著有還俗的那一天吧。可是慧馨看著陳香茹，就覺得她像一個反面的例證一樣，告誡世人一個詞「貪心」。慧馨在心裡暗暗地想著，如果哪天她在女官的位子上迷失了自我，便來看看陳香茹，陳香茹就是個提醒她切莫貪戀權勢的警鐘。

慧馨看著已經剃成光頭的陳香茹說道：「陳師父在庵裡安心修行吧，世俗之事莫再牽掛，陳家庵離京城近，我等會經常派人來看看的……」

慧馨揮手，侍衛再度把陳香茹提回了庵堂。慧馨仰頭看天，在這片夜色之中，陳香茹的命運就這樣決定了。

❖

解決了陳香茹，還有陳家庵裡的傳教士要處置，沒幾日上頭就下了旨意，召集所有大趙的西洋傳教士入太醫院，同太醫們切磋醫術，原本陳家庵的義診，也改由太醫院這邊每隔兩日開一次義診。顧承志特意蒐集了不少西洋技術文獻，交由翰林院這邊翻譯為漢文。那些不會醫術的傳教士便被請去了翰林院，翰林們跟西洋傳教士共同整理翻譯書籍。這樣一來二去，傳教士們整日在太醫院和翰林院忙碌打轉，哪還有時間去傳教。

顧承志給傳教士們找了活幹，另一頭又給皇帝遞了摺子。隨著海貿日益昌盛，來大趙的西洋人越來越多，顧承志建議另外建立專門的西洋驛館，專為西洋人登記造冊，並配發訂製的身分名牌，方便管理這些西洋人。

懸而未決的聖孫妃人選終於也下來了，皇上果然為顧承志選了袁橙衣為正妃，同時還有三位良娣，分別是威武侯府吳小姐、羌斥王弟女敖敦和一位王家的小姐。這位王小姐名不見經傳，是王貴妃從王家挑選的，聽說是給袁橙衣找的幫手。

皇聖孫大婚定於兩個月後，整個聖孫府都忙碌了起來。為迎接未來的聖孫妃，聖孫府新派下了許多女官。慧馨所屬的司言司原是尚宮局下轄，如今尚衣局、尚服局、尚食局、尚寢局和尚宮局都新添了人在聖孫府裡。聖孫府原有的四司，也擴大為二十四司。

在離開謝府近五個月後，慧馨終於迎來了她的休假。因之前跟欣茹有約，慧馨在休假前一天交班後就直接回了謝府。

謝睿和盧氏在門口迎接慧馨回府，謝睿如今授了翰林院編修的職位，說起來跟慧馨同樣是七品。但慧馨畢竟是聖孫府的女官，謝睿和盧氏照例要向她行禮。慧馨一下馬車，便對著門口的眾人連聲「免禮」。

慧馨跟著謝睿和盧氏到了正廳，正廳原是招待貴客的地方，慧馨以前從來沒進過。

慧馨笑著跟盧氏道：「二哥二嫂這般大禮，倒教小妹不好意思了，不過是休假回家，怎好勞動這麼多人出去迎接……」

謝睿臉色一正說道：「這禮數不可廢，七妹如今在聖孫府當差，是有正經官職的人，在外行事要多加注意，稍有不到之處，便可能被人指摘。」

「都是妳二哥，他這人禮多，非說要迎接小妹，我就說小妹肯定不會在乎這些的。」盧氏笑著說道。

「二哥提醒的是，不過咱們都是自家人，小妹這是回自個兒家休假，進府了咱們就不用再搞這些禮數了吧！我都回來這會兒了，尚未拜見父親母親，不如二哥快些帶我去拜見他們才是。」慧馨說道。

「父親與母親上月啟程返回江寧了，京城這邊的書院已經開課，請了京城的先生做館長。江寧那邊畢竟是咱們謝家的根基，父親離開太久總是不好。」謝睿說道。

「原來如此，可惜沒能為父親母親送行……書院已經開課了？這麼快。」慧馨聽到謝老爺和謝太太已經離京，心下鬆了一口氣，沒有謝老爺謝太太的京城，讓慧馨感覺更舒心。

「書院建在京郊，就在咱家的一個莊子裡，學生食宿都在裡面，一個月休一天假。七妹哪天有空，可以過去看一下，那邊環境不錯……」謝睿斟酌著說道。

「好，這次休假是來不及了，我已約了西寧侯府三小姐明日吃茶，等下回休假我便去書院看看，若是方便可以像今日一樣提前回來，咱們去莊子上住一夜。」慧馨說道，謝睿讓她去書院，多半也想藉她的名頭給書院造些聲勢，這種事情慧馨還是很願意幫謝睿的。

盧氏忙著去準備晚飯，跟慧馨又聊了幾句便往廚房去了。慧馨則跟謝睿去了書房，待在正廳裡總讓慧馨感覺很怪異。謝睿跟慧馨聊了一會翰林院裡的事，慧馨也把她在聖孫府的情況給謝睿簡要說了。

慧馨跟謝睿一家三口一起吃晚飯，小懷仁幾個月沒見到慧馨，好像已經把慧馨忘記了，搞得慧馨直叫小懷仁「小沒良心的」。懷仁坐在慧馨的腿上，啊嗚一口吞掉慧馨餵給他的飯菜，再歪著頭看看身後的慧馨，心裡頭小小地疑惑著：「這就是七姑姑嗎？感覺好眼熟啊……」

❖

次日一早，慧馨便往少兒書局去了，果然見到欣茹已經等在那裡。

慧馨忍不住打趣她道：「宋小姐，今日妳竟比我起得還早，我瞧瞧，今日的日頭是不是打西邊升起來的？」

欣茹笑著，拉了慧馨就往書局的二樓走，「我這段時間都快悶死了，整日待在府裡頭，姊姊們都不在，哥哥們也整天往外跑，就剩我一個，還得做女紅，悶都悶死了……」

慧馨和欣茹上了二樓的包廂，包廂裡已經準備了不少京城的小吃，兩人便坐下來邊吃邊聊。

慧馨兩人足足聊了一個上午還是意猶未盡，欣茹吵著要吃慧馨做的飯，書局後面的小院裡就有廚房，兩人便移步過去那邊。

慧馨兩人剛吃飽喝足，準備睡一下午覺，外頭卻有人來報，有人找慧馨和欣茹兩人。

慧馨疑惑地命人把來人帶進來，一看之下竟然是喜姊。慧馨十分高興能見到喜姊，她和欣茹上午還說到過杜三娘。那位從羌斥逃回來的人真的是杜將軍，皇上已經恢復了他的官位，還賜了府邸給他。

「妳這孩子怎麼親自過來了？快點坐下說話。」慧馨拉著喜姊的手，把她安置在旁邊的椅子上。喜姊這孩子小時候就勤快，慧馨一直很喜歡她。看著喜姊如今穿著體面，臉上也白嫩了不少，想來三娘她們的日子過得很是不錯。喜姊的娘親去年就去世了，後來杜三娘也把喜姊過繼到了她的名下。如今喜姊和順子都是杜將軍的少爺小姐，他們也是苦盡甘來了。

「三娘還好吧？好久沒見到她了，她今日怎麼把妳派過來了？」慧馨問道。杜三娘這幾年一直沒有忘記慧馨和欣茹的恩情，逢年過節都會派順子到府裡送節禮，像這樣專門過來找她們倒是很少。

「母親派我過來找兩位小姐，是因有事要同兩位小姐商議……」喜姊神色有些淒然地跟慧馨二人說起了她的來意，把杜三娘交代她的話全部轉述給慧馨二人。

慧馨聽著聽著便皺起了眉頭，原來喜姊和順子的大哥找上了杜府。原來杜五妹夫家姓劉，當初劉家主母和長子霸佔財產，把杜五妹三人趕出了府，可惜好景不常，劉家長子好賭，把家產輸了個精光，劉家主母也在去年去世。杜將軍這次回大趙，消息在京城傳得沸沸揚揚，劉家長子聽到這個消息，便起了歪心。

前段日子，劉大跑到杜府鬧著要人，說是杜家拐了他的弟弟和妹妹。杜三娘原本怕事情鬧大，傳出去對兩個孩子的名聲不好，便給了劉大一筆錢，想著息事寧人。這劉大原本拿了錢說是再不提此事，前幾日卻不知怎麼了，突然跑去衙門要狀告杜家拐騙人口。幸好衙門裡的人知曉杜將軍如今是殿前紅人，不願得罪杜家，便差人給杜家報了信兒。

原本杜家也不怕劉大鬧事，畢竟當年順子和喜姊過繼給杜三娘都是光明正大，各種手續齊全，可是這次也不知怎麼了，上頭竟然有人插手，還把當年幫著杜三娘辦過繼事務的邱先生也給扯了進去。

杜三娘見事頭不對，這才遣了喜姊來給慧馨報信。當年處理杜三娘過繼順子的邱先生，可是顧承志的親信。

慧馨聽到事情牽涉了邱先生，心下不免有些疑惑，眉頭也越皺越緊。

【第一百八十二回】

一片和諧

按說劉大鬧事，該是為了錢財，可杜三娘給他一筆錢後他卻又反悔，還直接告到了衙門裡，這事就有些難說了。再說邱先生當時只是做了中間人，可劉大卻把他也繞到了裡面，這事情怎麼看都不簡單了。

原來這劉大吃喝嫖賭樣樣精通，全憑劉家主母在世時還能管著他點，自去年他娘去世後劉大就像脫韁的野馬，把所有家當輸了個精光不說，還倒欠了一屁股債。上個月賭場的人來催討，跟他提起了被他娘趕出去的弟妹，劉大聽到那兩個庶出的弟妹反成了將軍府的少爺小姐，心裡便打起了小鼓。因賭場的人嚷著要收他住的房子抵債，劉大只好抱著試一試的心態找上杜府，他本沒太多奢望，想當年順子過繼的時候，還請了劉家的族長去做見證，劉大當時是巴不得跟這兩個弟妹撇清關係，滿口的同意。劉大沒想到杜三娘二話沒說便給他一筆錢，只讓他不得再提順子姊弟是劉家人的事。

劉大歡天喜地收了錢，賺了這筆橫財，原本這事就該完了。可沒過幾日，來了一夥人找到了劉大，這群人的頭目跟劉大說，願出一萬兩銀子讓劉大去衙門狀告杜府拐騙人口，還特別言明要他把那個邱先生一起告進去。劉大雖然見錢眼開可也不是個真傻子，這次杜三娘肯給他錢，完全是為了保全順子和喜姊的名聲，若是劉大直接跑去官府告狀，杜家肯定不會放過他。理本來就不在劉大，這回若又來個民告官，劉大還沒傻到會認為他能告倒杜家。再說，劉大也不是真想把順子和喜姊認回來，騙點錢到手就行了，故劉大沒敢答應這群人。

可惜江山易改本性難移，劉大揣著還完賭債剩下的銀子，又進了賭坊。就是那天劉大落入了別人設的圈套，等劉大渾渾噩噩地走出賭坊，他身上已經揹上了一萬兩的賭債。回到家的劉大看著屋裡的人，他心知自己被人算計了，可是卻沒有辦法，若是他不接受這一萬兩銀票，賭坊裡的人就要押他去抵債了。

劉大聽了那群人的話去衙門告了狀，衙門的人讓他等消息，他便乖乖回了家，整天躲在家裡等著，那群人原本要劉大把事情鬧大，可劉大哪有那個膽子，整日戰戰兢兢地藏在家裡，他心裡既不想告杜家，也不願跟那群人扯上關係。說起來杜家被告的事到現在京裡還沒傳出什麼風聲，跟劉大的不合作態度有很大關係。也幸好劉大沒有全聽那群人的話，否則後來哪還能留著命在。

慧馨聽喜姊把話說完，想了一會，便囑咐她道：「妳也不必心急，回去跟三娘說不要擔心，這事既然牽涉到了邱先生，這劉大後面的主謀者恐怕另有其人，目的多半不是杜家，而是衝著聖孫府而來。這事既然已經這樣，我回頭就跟殿下說一聲，請聖孫府出面擺平此事。再有什麼事，我會派人到府上送信……」

送走了喜姊，慧馨和欣茹也沒了興致，慧馨打包了幾本書局新出的畫冊便回了謝府，把畫冊送到盧氏那裡，跟小懷仁玩了一會。盧氏心知慧馨要早點趕回聖孫府，便提前開了晚飯。晚飯過後便匆匆回了聖孫府。

回到聖孫府，尚未到交班的時辰，慧馨便先去求見了顧承志。顧承志聽了慧馨的回話，沉吟了一會，便差人去把邱先生請了過來。

「……此事屬下已經知曉，衙門那邊在狀紙遞上去的第二天便通知了屬下。」邱先生說道。

「那先生看，此事應如何應對？那劉大把先生一併告上去，分明是衝著咱們府裡……」顧承志問道。

「殿下不必擔心，屬下已有對策，請殿下相信屬下，將此事交給屬下處理。」邱先生請命道。

顧承志看了看慧馨又看了看邱先生，思索了一會才說道：「好，既然此事最初由邱先生處置的，這次便仍交由邱先生處理，若有需要知會杜家那邊的，邱先生可找謝司言協助……」

從顧承志的書房出來，慧馨跟著邱先生走了一段距離，她原本打算問問這位邱先生準備怎麼處理這件事，可是見那邱先生一副胸有成竹不願多說的樣子，慧馨便明白邱先生是準備透過杜家這事，向顧承志展示他的能力，因此她也就不再多問了。

慧馨看看天色，交班的時辰快到了。慧馨便跟邱先生說道：「邱先生，在下換班的時辰就快到了，得趕到排雲殿那邊去。既然殿下把杜家之事交託給了邱先生，如何行事便全由先生做主吧，若有什麼用得到慧馨的地方，請先生儘管開口。」

邱先生見慧馨表態不會過於干涉他處理此事，心裡很滿意，跟慧馨寒暄客氣了幾句，兩人便分道揚鑣了。

慧馨回到後罩房跟鄭司言交班，讓周女史幫她找來個明天要休假的宮女，慧馨跟那宮女交代了幾句，讓她明日休假的時候幫她往杜府送個口信，省得杜三娘那邊一直擔心。慧馨心裡琢磨著，下回休假若是時間趕得及便去杜府看望一下三娘，三娘如今該是將軍夫人了，日子應該過得不錯。而邱先生那邊一直沒找過慧馨，想來是計畫進行得順利，用不著她幫忙了。

顧承志大婚的日子越來越近，聖孫府也越來越忙碌，慧馨每日抱著本「大趙百官家眷目錄」背誦。這冊子是慧馨託長史府的人從戶部弄來的，慧馨想著等袁橙衣進了府，她以後就要協助袁橙衣跟這些官員家眷打交道了，知己知彼才能百戰百勝，她必須先把這些人的資訊都記下來。

隨著袁橙衣入府的，還有三位良娣。聖孫妃身分不同，大婚頭三個月顧承志會一直跟聖孫妃同住，而三位良娣則是直接抬進了府，入了儲芳苑。良娣是不能直接見皇聖孫的，她們要先接受六局的培訓，符合了皇家的要求後，才有資格被皇聖孫點牌。慧馨覺得，顧承志肯定要給足袁橙衣面子，大婚頭半年都不會點良娣的牌子的。

大婚頭幾日，袁橙衣出入宮闈覲見皇帝皇后，還要接見來叩拜的命婦，司言司這邊十分忙碌。

不過慧馨這些日子值的是夜班，反倒很清閒。顧承志夫妻新婚蜜月，晚上只顧著溫存，啥事都放在了一邊。慧馨心知新婚頭幾個月，新娘子最容易受孕，袁橙衣早日生下兒子，聖孫府的地位也會更加牢固。

袁橙衣入府後住在僖末殿，各司待詔的地方也搬到了僖末殿的後罩房。輪到慧馨值白班的時候，府裡頭諸事基本都已經妥當，袁橙衣也適應了聖孫府的生活，顧承志的後院被她整治得比以前更加有規矩有條理了。

有了女主子，慧馨白日裡便要陪伴在聖孫妃的身邊。各司的人如今白天都不是待詔了，全部都要伴駕。慧馨心下滿同情袁橙衣的，說聖孫妃權利大吧，可是卻一點自由也沒有，即使待在自個兒的殿裡，也得有一群女官守在旁邊，甚至夜裡跟顧承志同寢，還有司記司的人在一旁把他們的言行記錄在冊。慧馨心裡很佩服袁橙衣，要是讓她過這種完全沒有隱私的日子，她肯定撐不住。

慧馨每日除了陪伴聖孫妃，還要去儲芳苑看望三位良娣。袁橙衣大婚不久，三位良娣可不能出岔子，否則對袁橙衣的名聲有損。慧馨既要檢查三位良娣是不是老實地跟著女官們學女紅功課，還要注意儲芳苑的女官們有沒有越權或者為難良娣們。良娣們老實聖孫府就太平，女官們老實袁橙衣的賢名就會傳揚開來。

對儲芳苑的三位良娣，慧馨覺得敖敦要重點照顧，她畢竟是羌斥人，雖然在靜園學了幾年，可許多認知上跟土生土長的大趙人還是有區別。慧馨格外囑咐了儲芳苑的女官，一定要照顧好敖敦，不可跟敖敦起衝突。敖敦對聖孫府來說，不只是皇聖孫的一位良娣，她在聖孫府過得好不好，可關係到大趙和羌斥兩個民族的和平相處。

吳良娣在儲芳苑的表現最好，各個方面都超出了六局對聖孫良娣的要求。慧馨覺得等吳良娣離開儲芳苑後，肯定會成為牽制袁橙衣的一股力量，看看現在她才在儲芳苑待了幾日，這儲芳苑的女官宮女們各個都對她俯首貼耳了。

慧馨也在儲芳苑見到了那位以前沒聽說過的王良娣，她倒也很有自己的特色，人老實又很漂亮，模樣跟林端如有得拚，但老實通常能讓人第一眼就有好感，所以在男人面前殺傷力不小。這位應該是王貴妃給袁橙衣找的幫手了，但願這位王良娣真的如面上所現是個老實人。

看來顧承志的老婆小妾目前都很安分守己，所以府裡頭也沒啥鬥爭，慧馨本來心想司言這活做得還不錯，沒料到這和樂的景象持續沒兩個月，頂頭的女主子臉色就不好了。

【第一百八十三回】
明賞暗罰

袁橙衣這幾天臉色很不好，一連罰了好幾個犯小錯的宮女。慧馨本來以為是她和顧承志之間有點口角，過幾天應該就好了，可誰知今日一上差就發現門口跪了整排宮女。僖末殿裡靜悄悄的，女官和宮女們大氣都不敢喘，而袁橙衣則是坐在餐桌旁生悶氣。

慧馨輕手輕腳地進了殿，給袁橙衣請安。袁橙衣見是慧馨來了，也沒為難慧馨，只哼一聲便叫了起。

慧馨起身往袁橙衣身側站了，大廳裡又恢復了詭異的寧靜。慧馨看看旁邊的人，使個眼色詢問發生了何事，旁邊的女官擠擠眼睛沒說話……

袁橙衣坐在桌邊生了會兒氣，便覺得自個兒在這折騰沒意思，深吸口氣想把心裡的委屈壓下去，伸手端了桌上的紅棗粥，嘗了一口又氣上心頭。

袁橙衣重重地把碗放在了桌上，怒道：「一個個都不把主子放在眼裡了，冷掉的粥也敢端上來！今日的早餐是誰負責的？給我拉出去跟外頭那幾個一起跪著！」

兩個宮女跪在地上無聲地磕頭，袁橙衣一揮手，四個宮女便上前把那兩個拉到了殿外。

慧馨不知到底發生了何事讓袁橙衣這般遷怒，便不敢亂說話只垂首站在一旁。旁邊的人碰了慧馨一下，示意她往袁橙衣那邊看。只見袁橙衣又端起了那碗已經涼掉的粥正要往口中送，慧馨機伶跨步上前攔住了袁橙衣。這一碗涼粥已經罰了兩個宮女，若是袁橙衣真把這碗涼粥喝下了肚，那她們這群站在大殿上的人都得不了好。給主子上涼粥已經是錯了，眼睜睜看主子喝涼粥卻不阻止可是錯上加錯。

「娘娘，如今天氣涼了，這涼粥可喝不得，讓她們重新上一碗吧，」慧馨上前從袁橙衣手中拿下涼粥放回桌上，「娘娘生氣也不能委屈自個兒，粥涼了換一碗就是了，若是您真喝了這涼粥，教聖孫殿下知道了可是要心疼的……」

「……他哪裡會心疼呢？他根本就不會在意這些。」袁橙衣有些黯然地說道。

慧馨皺眉，真是這兩小夫妻鬧彆扭了？「娘娘可不能說這話，這話要是傳到殿下耳朵裡，可要傷了殿下的心。娘娘和殿下成親一個多月，殿下對您的情意您難道都沒看到？這夫妻天天在一起磕磕碰碰在所難免，您和殿下還是新婚，偶爾口角鬧彆扭也不該放在心上，否則可真要寒了彼此的心。以後的日子還長著，夫妻遇事各退一步，才能海闊天空。」

下面的人見袁橙衣沒有責備慧馨，便趁著慧馨跟袁橙衣話說的空，上來把涼粥收了下去。慧馨見袁橙衣的臉色有些黯然，心下一嘆，普通夫妻，妻子受了委屈還能埋怨丈夫，可這聖孫妃受了委屈卻不能說皇聖孫的不是，這就是天家無夫妻啊……

袁橙衣聽了慧馨的話，坐在那邊若有所思，原本站在袁橙衣身後的宮女卻上前來說道：「謝司言有所不知，我們娘娘哪裡是生殿下的氣，這都是……」

「住口，巧蘭，不得亂說話！」袁橙衣喝止了那宮女。

慧馨疑惑地看了巧蘭一眼，莫非此事還有隱情？下頭宮女動作快，這一會工夫便又重新送了熱粥上來。慧馨揮揮手，讓下面的人過來服侍袁橙衣用粥，又轉頭跟巧蘭眨眨眼睛。巧蘭會意，趁機跟著慧馨走到了後面角落。巧蘭原是袁橙衣陪嫁過來的大丫鬟，進了聖孫府便入籍做了宮女，陪侍在袁橙衣左右。

巧蘭趁著空檔，把袁橙衣這幾日生氣的來龍去脈跟慧馨講了。

原來大家都是受了李惠珍的連累，這幾日司記司夜班當值的人是李惠珍，李惠珍每夜都在袁橙衣和顧承志的床頭前記錄兩人夜寢之事，結果前幾日，李惠珍突然在床前跟顧承志進言，說是房事過於頻繁，有損聖孫身體康健，結果導致這幾日晚上顧承志雖然宿在信未殿卻沒有跟袁橙衣同床，而是睡在了側廂。

慧馨嘴角抽搐，這個李惠珍太沒眼色了，人家夫妻新婚，她卻管人家房事！李惠珍竟然想用這種方式搏出位，是仗著袁橙衣忌憚名聲不敢處置她嗎？是了，宮裡頭設置司記司的目的，就是要規範皇家行止，李惠珍規勸顧承志少行房事，若是顧承志或袁橙衣處置李惠珍，這事恐怕就成了皇聖孫行事荒淫，而袁橙衣的名聲也少不得受影響。

規勸規範皇聖孫和聖孫妃的行止，本就在女官職責範圍之內。這就像朝堂上的御史，專門挑皇家和官員平日行止的毛病，就算是皇帝也得聽他們的話，不能輕易得罪。

不過顧承志大婚還未出三個月，李惠珍就插手顧承志和袁橙衣之間的房事，若是真為顧承志著想可不該挑在這個時候。慧馨忍不住想起上回李惠珍到司言司套她話的事情，這李惠珍果然不是個安分的人，連累府裡頭其他當差的人不說，居然敢挑撥顧袁二人的關係。袁橙衣不能處置她，自然只能把氣發在其他人身上了。

慧馨皺皺眉頭，這個李惠珍太可惡了，本來好好的日子，非要攪和成不和諧，這人得受點罰才行。否則袁橙衣在李惠珍身上出不了氣，其他人的倒楣日子不知啥時候才能結束。

見袁橙衣那邊已經用完餐，慧馨便上前湊到袁橙衣身邊說道：「娘娘，原來您今日生氣是為著聖孫殿下身體康健著急啊？還是我們娘娘對殿下最好了。奴婢以前在靜園就聽說，娘娘有一手好廚藝，不如娘娘今日就為殿下親手做幾個菜，給殿下補補身子。奴婢聽說今日殿下不出府，待會娘娘直接給殿下送過去，殿下見娘娘這般關心他，心裡肯定高興。不管有什麼事，殿下都會向著娘娘的。再者，李司記向殿下和娘娘進言，也是為了殿下和娘娘著想，其他人都沒發現殿下身體有恙，就只李司記注意到了，可見李司記有多關心殿下和娘娘了。李司記這是有功啊，娘娘常說賞罰分明，您可該賞李司記。奴婢聽說李司記原是宮裡尚宮局孫尚宮調教的，下回您進宮也該跟皇后娘娘說說，李司記做得好，孫尚宮自然也有功……」

袁橙衣聽著慧馨的話，抬頭見慧馨目光灼灼，心下一思索，便知慧馨真意。慧馨讓袁橙衣在皇后面前誇獎李惠珍，其實就是變相把李惠珍插手皇聖孫房事之事告知皇后，李惠珍此舉是否存有私心，皇后這種宮裡頭混了幾十年的人哪能看不明白。袁橙衣和顧承志不好處置李惠珍，可李惠珍卻還有上司呢，宮裡尚宮局的孫尚宮一定有權處罰李惠珍。

袁橙衣心下有了計較，心裡暢快了許多，便採納了慧馨的提議，準備自己親手為顧承志做午飯。呼啦啦一群人跟著袁橙衣移步到小廚房，袁橙衣要先看看廚房有些什麼食材，才能決定要做哪些菜。

慧馨站在廚房外伸頭看看裡頭袁橙衣忙碌的身影，心下感念，這才對嘛！給主子找點事幹，就沒心思胡思亂想了。

巧蘭見慧馨站在外面，挪身也從廚房裡出來，站到慧馨身邊行了一禮，「今日多些謝司言，娘娘這幾日心裡都不痛快，今早發了大火，要不是有謝司言出主意開解娘娘，我們這些伴在娘娘身邊的人也不知要擔驚受怕到幾時。」

「巧蘭姊姊客氣了，咱們一同在娘娘身邊當差，為娘娘著想本就是應當應分的，」慧馨笑著說道，「咱們府裡重規矩重名聲，娘娘又是才進聖孫府，外頭不知多少眼睛盯著，娘娘平日行事也當多思量，三思而後行。咱們娘娘性情豪爽，性子直，聖孫殿下又格外看重娘娘，姊姊在娘娘身邊服侍，平日裡也要多規勸著娘娘些。」

袁橙衣中午親自把飯菜送到了顧承志的書房，二人原本尷尬的氣氛緩和了不少。袁橙衣又大度地把李惠珍招了過去，李惠珍原是晚班，白天裡正在歇覺，顧承志和袁橙衣等了有一會李惠珍才到。袁橙衣也沒跟李惠珍計較，當著顧承志的面表揚了李惠珍，又賜了十兩銀子給她。

慧馨站在側面暗喜，就該這樣，袁橙衣越是大方，越能彰顯她跟李惠珍身分的不同，尤其是賜銀子這手，最能顯示袁橙衣和李惠珍主僕之差。女官可用職責拿捏主子，主子也要有氣度不被女官拿捏，這樣才能平衡，才能和諧。

在聖孫府裡表完態，袁橙衣便趁著進宮的時候，在皇后面前大大地誇獎了李惠珍一番，宮裡頭便有傳言說聖孫妃賢慧。

袁橙衣和顧承志恢復了和諧生活，宮裡頭沒幾日便詔了李惠珍過去，說是尚宮局那邊籌備年夜的百官宴，將李惠珍抽調過去幫忙，又另派了一位司記過來暫代李惠珍的職位。

【第一百八十四回】情何以堪

又到了慧馨休假的日子，她依著上回跟謝睿約好的時辰，交班後直接回了謝府。上回答應謝睿去書院看看，今晚就得到莊子那邊過夜。

謝府這邊馬車已經準備好了，盧氏帶著懷仁提前過去郊外的莊子，謝睿等慧馨到了才帶著她往那邊趕。待慧馨到了已快亥時，小懷仁早被奶娘帶去睡了，盧氏則張羅著給慧馨兄妹準備晚飯。

謝家在京郊的書院仍然用望山書院這個名字，以後江寧那邊的書院便稱為望山書院江寧分院，京城這邊便是燕京分院。書院新開，學子並不多，幸好謝家有錢，撐得起場面，書院裡設施樣樣齊全，並未因學生少就有所短缺。

慧馨拜訪書院屬於非官方行為，因而她穿了便裝而非宮裝。慧馨趁著學子們上課的時候，把書院轉了一圈，還特意在課堂裡站了一會聽先生講課。這些學生雖然不認得慧馨，但事後肯定會問起。至於謝睿要怎麼借用慧馨的身分給謝家和書院造勢，慧馨便不管了，她只要露個面便行。

慧馨在莊子裡吃過午飯便往回趕，她下午要去杜府拜訪，前幾天已經遣宮女給杜府捎了信兒。

杜三娘早早就在府裡等著慧馨了，一見到慧馨便把她請到了屋裡。因著慧馨可停留時間不多，晚上便得回聖孫府，所以杜三娘直接遣了其他人下去，屋裡只剩慧馨和杜三娘兩人說話。

「三娘，如今杜將軍回來了，妳終是熬出頭苦盡甘來，不枉費等了這十幾年。我看妳氣色比原來好了很多，身子好像也有些發福了。」慧馨笑著說道。

「苦盡甘來嗎？卻也未必……」杜三娘的神色似乎有一瞬間的黯然，但她又轉而說道：「我的事稍後再說，這會順子和喜姊的事，我得先謝謝妳，要不是妳及時伸手相助，此事必要鬧大，將來順子喜姊的前程肯定也會受影響。」

「妳這麼說就太見外了，當年勸妳過繼順子姊弟的人是我，事情也是我找人幫妳辦的，如今對方故意找碴，我原就該出面幫忙，而且這次的事情擺明是衝著聖孫府來的，真要說起來，反倒是我連累了你們……這些客氣的話咱們就別說了，倒是我還有些疑問，這事最後是怎麼解決的？殿下把這事交給了邱先生處理，我又不好去打擾邱先生更不敢亂打聽，反倒成了兩眼一抹黑，所以也不知道此事究竟如何了……」

「……衙門判了劉大誣告，說他其實是在外頭欠了賭債，為了還錢才敲詐杜家。結果那劉大被賭坊的人砍斷一隻手，好在命被救下了。後來劉大主動到衙門坦承實情，撤銷告訴，還幫著衙門抓了幾個人，那幾個正是教唆劉大告狀的賊子。」

「原來如此，那他以後要如何生活？會不會再打你們的主意？」

「聽說劉大少了一隻手，反倒戒了賭，想來他總還有些餘錢，只要不再賭總能有口飯吃。倒是那幾個挑唆劉大告狀的人，如今還押在牢裡，好像他們身後還有人……」

慧馨皺眉，僅憑幾個無賴自然沒有膽子找聖孫府的麻煩，肯定還有人指使他們，不過這善後的事有邱先生處理，不是慧馨和杜家該管的了。

「這後邊的事邱先生肯定會處理乾淨，咱們就不管了，只要你們家沒有牽連便好。」慧馨說道。

杜三娘原也是這般打算的，聽慧馨也說不再管了，自然點頭同意。

屋外有人敲門，杜三娘應了聲，便有人端了一盤糕點進了屋。

慧馨看著進來的人，心下有些詫異，這進來的女子樣貌酷似羌斥人，梳著婦人頭，打扮卻不像普通的僕婦。慧馨疑惑地打量了這婦人一番，是杜將軍從羌斥帶回來的僕人嗎？

「妾知曉夫人在屋裡待客，便準備了些茶點送過來，給夫人和小姐解解悶。」那婦人說道。

慧馨心下吃驚，這女子竟然自稱妾，莫非是杜將軍在羌斥再娶？

杜三娘看了婦人一眼，臉色一沉厲聲說道：「身為妾室，即知主母在待客，未經召喚怎能私自出來見客，我看妳這段時間的規矩都白學了，看來要跟嬤嬤說說，把規矩從頭再教妳一遍才行。還站在這裡丟人現眼，快退下去！」

那婦人好似有些吃驚地不知所措，被杜三娘連連瞪了幾眼才慌忙退了出去。

慧馨眨著眼睛看著杜三娘，「這是……？」

杜三娘眼神一暗說道：「是他在羌斥娶的，這次回大趙一起帶了回來，回來的人除了這一位，還有三個兒子呢……」

慧馨心下嘆息，杜三娘裝瘋賣傻等了杜將軍十幾年，如今人是回來了，可卻還帶回了另一個女人，還有三個兒子，這讓杜三娘情何以堪。

「那這位算是……姨娘了？那三個孩子是養在她身邊還是……？順子和喜妺將來怎麼辦？」

「那位的名分現在還沒定呢，規矩都沒學會，說出去教人知道了還不把我們杜府笑死。我已經跟將軍說好，等她學好規矩再辦幾桌席面抬了姨娘，那三個孩子最小的都有十歲了，哪還用婦人養，直接在外院劃個院子住就行了。三個半大的小子連字都不識，我給他們請了先生，在府裡頭專門教他們，將軍府的少爺甭管嫡出庶出，大字不識一個說出去都教人笑話，總得等他們懂了規矩，識了大體才能帶出去給人看。順子和喜妺是杜家開了祠堂登入家譜，族長親朋俱為見證，又是記在將軍和我名下，他們便是杜府正經的嫡出少爺小姐，將來即便順子不能繼承將軍府，可他是杜府少爺這點絕不會變。再說，那三個有沒有能力繼承，還得看日後的造化，在蠻夷之地長了十幾年，規矩禮數全然不懂，連府裡的家僕都不如，可堪不得大任……」

慧馨看著杜三娘忿恨的臉，突然覺得悲哀，三娘悲哀，那個羌斥的女子也悲哀。三娘苦等十幾年，等來的卻是負心漢。那個女子同杜將軍共患難了十幾年，一朝富貴，卻連家裡的僕婦也不如了。

慧馨心裡五味雜陳，她不知該同情三娘還是該同情那羌斥女子。

慧馨心下嘆口氣，不管她怎麼想，這都是杜家的內院之事，跟她無關，也不是她該管的。慧馨不再詢問那婦人的事，而是轉頭問起了杜將軍現在的差事。

「哼！他這次回來不知是福是禍，將軍名銜恢復了，人卻一直在府裡閒著，他在羌斥過了十幾年，跟皇帝雖有往日情義，可畢竟時間久了，皇上未必還信任他，要不然也不會這麼久時間連個差事也不派……」杜三娘說著說著語氣便有些悵然，「我等了十幾年，日日盼著他能回來，可如今他回來了，我卻希望他不要回來，人說『一日不見，如隔三秋』，原來這話講的不只是思念，時間久了，人就變了，再不是當初那個人了。彆扭了，人都不對了，我現在天天都想著他要是沒回來該多好，我就還能記著原來那個人，盼著原來那個人，有個盼頭總好過現在這般……」

慧馨心下若有所思，杜三娘原本生活艱難，後來得了慧馨欣茹的幫助，生活雖談不上大富大貴，好歹吃穿不愁，在皇莊那裡雖不是有權有勢，卻是受人尊敬。如今做了將軍夫人，既有富貴又有地位，卻反倒不如以前過得自在隨心，這內院的風波能讓人變。回來的杜將軍變了，這做了將軍夫人的杜三娘也變了。

慧馨並未在杜府久待，同三娘又說了幾句話便告辭了。

又過了幾日，慧馨聽到京裡消息，杜將軍被任命為大趙駐羌斥的驛官，不日便將啟程，慧馨派了瑞珠去杜府送了程儀。

瑞珠回來跟慧馨回話道：「……杜將軍下月便會啟程，夫人給將軍納了一房良妾隨同將軍一起出行……」

慧馨點點頭便讓瑞珠退下了，看來三娘是把那羌斥婦人和三個孩子都留在京裡了。這樣也好，若是那婦人隨同杜將軍一同前往羌斥，那婦人原就是羌斥人，到了羌斥便是如魚得水，只怕更如正妻一般了。而新納的妾跟杜將軍感情尚淺，在羌斥又是人生地不熟，做事會束手束腳自然收斂。

想起杜三娘的事，慧馨便覺人生世事無常，又想到自個兒為了脫離謝家掌控跑到這聖孫府裡做了女官。慧馨心道，既然走到這一步，她將來定然不會與人做妾，也絕不許自家將來的夫君納妾。

袁橙衣大婚快四個月，終於有了身孕，全聖孫府上下喜慶一片。袁橙衣也是人逢喜事精神爽，再加上她原就習武，身體比一般的古代女子更健康，孕吐等什麼糟糕的情況也沒有。只有一件事讓袁橙衣很無奈，因著聖孫妃懷孕，儲芳苑那邊的三位就得上崗了。好在顧承志不是個好色之人，每夜仍是宿在僖末殿，並未點良娣的牌子。

【第一百八十五回】
微服南下

永安十八年二月末，皇上下了一道旨意，引得滿朝譁然。皇上指派皇聖孫下西洋宣揚大趙國威，並促進大趙和西洋諸國的交流。

無數反對的奏摺像雪片一樣堆積在皇帝的御案上，然而贊同的奏摺也堆滿了御案的另一頭。

永安帝看著跪在下面的孫子，心中百感交集，想起了在他決定下旨冊封顧承志為皇聖孫的前一夜，那一夜永安帝跟皇后談了一夜。

永安帝之所以會冊封顧承志為皇聖孫，最主要的目的就是想結束太子和漢王兩人長達十幾年的爭鬥。太子年少有為，剛封為太子的那幾年意氣風發，跟漢王兩兄弟也是手足情深，兩人同為永安帝左膀右臂。誰知一場病奪取了太子的健康，且一直無法根除。多年的臥病在床，拖垮了太子的身體，也摧垮了太子的品性。漢王也在朝臣的挑唆下，越來越不安分，可漢王雖驍勇善戰卻不善朝事，並不適合承繼大統。幸好太子雖不如以前能幹，卻也沒犯下大錯，因此廢太子是不可能的。永安帝一直希望能冊立皇聖孫，可惜太子長子燕郡王名分雖有，卻能力不足，性子雖寬和耳根子軟，實在不是繼承帝位的好人選。好在顧承志年年長大，越來越合永安帝的心意，雖然性子寬和仁厚卻不偏聽偏信，對父兄孝順有情義，政事上也頗有見地，正是未來繼承大統的好人選。

顧承志雖不是嫡長卻是嫡賢，永安帝思量再三終是決定立顧承志為皇聖孫。原想著只要燕郡王願意做個閒散王爺或者賢王就好，兩兄弟便不會像太子兄弟一樣，只沒想到還不到一年，燕郡王就被人挑唆了。

顧承志一臉堅決地跪在地上，他心裡也很不好受，當邱先生告訴他杜家嗣子的事背後之人有燕郡王的影子，他便果斷地下令停止調查，那是他的大哥，他們兄弟不能步上太子和漢王的後塵。這次離京便是顧承志主動向皇帝請旨的，他需要到京城之外去看看，看看大趙這個國家，看看大趙的子民，他要成長，成長到可以把整個大趙握在手裡，成長到別人不敢有異心。所以顧承志選擇暫離京城，讀萬卷書不如行萬里路，天子亦然，待在京城便只能坐井觀天。

永安帝看著顧承志問道：「你真的決定離開京城了？離開後可能會有許多困難，也可能有殺身之禍……」

「回皇爺爺，孫兒決心已定。想當年皇曾爺爺和皇爺爺在馬背上打下了大趙的天下，父親也曾隨皇爺爺領兵上戰場，到了孫兒這一輩，生於安樂，離開京城的次數一隻手便能數清。孫兒幾次離京看到京城外的景象，才真正發覺天大地大，只安於京城一隅仿如坐井觀天，孫兒不能像皇爺爺一樣征戰沙場，卻也想到外面走走，看看這天下，看看大趙的百姓，體會百姓過的日子。」顧承志堅定地回道。

「……好，既然你下了決定，皇爺爺支持你！不過離京在外，諸事不便，你的安全要放在第一位。你要體驗百姓生活，就去南搗做個縣令試試吧，那裡離南平侯現在住的地方不遠，若有急事，可向南平侯求助。」

顧承志要下西洋的消息，讓聖孫府炸開了鍋，有人想跟著去開眼界，有人怕坐船怕丟性命。袁橙衣連著罰了幾個人，眾人才安分了點。顧承志把隨行人員名單精簡再精簡，包含侍衛最終只定了十來個人隨行。

深夜，袁橙衣熬了湯水帶著人來到排雲殿，顧承志正在燈燭下皺著眉寫奏章，旁邊的太監宮女看到袁橙衣正準備行禮，袁橙衣一擺手阻止了他們。

袁橙衣從身後的宮女手裡接過食盒，輕手放在旁邊的桌上，不一會就轉過頭來，拿剪子修了下燭火。

顧承志這才抬頭看到袁橙衣，溫柔地一笑，放下手中的筆扶上了袁橙衣的手道：「怎麼這個時候過來了，更深露重傷了身子怎麼辦？快來坐下。」

「我身子好著呢，你別一驚一乍地。我熬了湯水，你這幾天連著熬夜，才真要注意身子，皇后娘娘常教誨我說，不要仗著年少就不注意身體，等將來老了要吃後果的。」袁橙衣說著，親手盛了一碗湯遞給顧承志。

顧承志接過湯碗放在桌上，轉頭也為袁橙衣舀了一碗遞給她，這才拿起自己那碗吃了起來。兩人用完後，讓宮女收拾了桌子，這才坐在一旁說話。

袁橙衣看了一眼旁邊案子上的摺子，說道：「這次隨行的人員已經定好了？」

慧馨見袁橙衣和顧承志要談正事了，便向其他人使了眼色，女官和宮女們紛紛退了出去，慧馨最後一個出屋，順手把門關上了。大約是因著以前在靜園的情誼，袁橙衣平日裡對慧馨比其他女官更加體面，僖末殿裡的女官和宮女隱隱有唯慧馨馬首是瞻的態度。

慧馨抬頭看看天上的明月，這次出行不知有沒有她的份兒？她是很想出去走走，日日待在這深宅大院裡，人都要腐爛了。

屋裡頭，顧承志和袁橙衣的談話還在繼續。

「貼身的侍衛只帶八個，其他人會同行卻不隨行，有事發信號召喚。隨身侍奉的選了十幾個，原本想更少，但又怕去了那邊人手不夠，做起事來不方便，想來想去還是這十幾個人合適。」顧承志把隨行人員名單拿過來給袁橙衣看。

袁橙衣看了看名單點點頭道：「這幾個都是穩重能幹的人，你帶著他們正好……內院這邊我也想過了，你就帶著吳良娣一起去吧！」

「這……我沒打算帶內院的人去，妳不用擔心，讓她們留下來伺候妳。」顧承志說道。

「我又不缺伺候的人，哪用得著她們。」袁橙衣見顧承志還要堅持，便捂了他嘴繼續說道：「你先聽我說，你這次南行，明著是下西洋，私下裡卻是到南撾做縣令。在任上當官，你少不得要跟其他官員結交，官員家眷往來也少不了。所以你必須帶個人過去，我如今有身孕不能與你同行，原本覺得三位良娣之中，王良娣最適合跟你出去，她人老實，心眼子少不會給你添麻煩，可是後來又覺得，你在外頭辦事總要幫手，官場上需要消息都是從官員家眷間傳遞，王良娣太過忠厚，這種場合只怕處理不了，還不如讓吳良娣跟著你，她既有才情又有見識，出門在外也能做你半個副手……」

顧承志皺眉似乎在考慮袁橙衣的提議，其實他原本就想此行帶著吳良娣，只是不好直接跟袁橙衣開口，如今袁橙衣能主動提議讓他帶吳良娣出行，正合顧承志心意。

袁橙衣見顧承志還在考慮，便又說道：「不過吳良娣沒處理過家務，我擔心她有些地方做得不好，所以這次讓慧馨也跟著一起去吧，吳良娣畢竟是內宅婦人，出入宅院不方便，一來可以讓她協助吳良娣處理家務，二來殿下有什麼事情也可以讓慧馨去做，況且吳良娣並未真正服侍過殿下，我對她還不是很放心。慧馨向來穩重識大體，有她跟著我才好放心。」

顧承志思索了一會，終是說道：「好，就按愛妃說的辦。」

慧馨得了消息要隨同出行，自然十分開心，出行前回了一趟謝府。慧馨尚不知道下西洋是假的，同謝睿和盧氏說了好一會話，答應了要帶許多海外的東西回來。

臨行前，袁橙衣單獨跟慧馨說話：「……我今兒要囑咐妳幾句，對妳這事並不保密，總歸等你們出發後，妳便會知曉，此次殿下下西洋不過是皇上為殿下安全考量所放出的風聲，其實殿下此次乃是要到南方體察民情。這府裡內院裡，我最信任妳，所以點了妳跟殿下同行。隨殿下一同南下的還有吳良娣，我以前跟吳良娣沒有深交，她為人究竟如何尚未可知。這次讓妳跟著殿下，一方面也是要妳幫著吳良娣處理家務，千萬不能讓她壞了殿下的大事……妳明白嗎？」

慧馨心知袁橙衣要她監視吳良娣，便直接回道：「奴婢曉得，奴婢定會好好協助吳良娣……」

「妳明白就好，曾典闈也會與你們一同出行，不過她只負責殿下和吳良娣的衣食住行，其他大事還要靠妳，我也已經知會了她，她會聽從妳的調遣……」

慧馨出了儘未殿，直接就回自個兒的屋裡整理行李。慧馨心下琢磨，顧承志竟能想到以金蟬脫殼之計往南方體察民情，這樣也好，多了解下百姓的生活，顧承志將來才能做個更好的皇帝。哎呀，這算不算微服出巡啊？……該不會像《康熙微服私訪記》一般危險吧？她可不會武功啊……

❖

永安十二年三月初，京城舉行了盛大的歡送宴會，京城各界恭送皇聖孫顧承志出海下西洋。同一時辰，有四輛馬車踏踏地從京城的南門駛出了燕京，因著顧承志此行重在體察民情，所以他們一路都會乘坐馬車南下。

【第一百八十六回】初到上港

南旚位於大趙東南方，是個臨海的邊陲小城。此處的人們數百年來過的都是日出打漁日暮休憩，這樣簡單而淳樸的生活。雖說是海邊的一座小縣城，卻因地勢等原因，並未遭受海盜的劫掠。

自從幾年前，大趙開放海貿後，南旚因著港口離主要城市上港很近，馬車只要半天便可到達的優勢沾了光。漁民們每日打上來的魚，除了自給自足外，還可賣到上港的酒樓，日子雖不富足卻比以前好了許多。

上港的榮升客棧裡，店小二剛抹完桌子正在跟掌櫃嘮嗑，「叔，你說包下東院的那群人是什麼來頭，我看他們穿得一般，出手卻很大方，昨晚那位老爺叫了一次宵夜，賞了我五兩銀子。乖乖，五兩銀子啊，快頂我三個月的月錢了。」

錢掌櫃斜眼看了小二一眼，在帳本上落下最後一筆，合上帳本放下筆，伸手在小二額頭上彈了個「嘣」。小二本一心好奇等著掌櫃的回話，被掌櫃偷襲個正著，立馬捂著額頭哇哩哇啦大叫。

錢掌櫃哼了一聲，點點小二的腦袋，「二子，叔跟你說多少次了，客人的事情少打聽，別不小心得罪了人，丟了小命就有你哭的了。你別看這群人衣著樸素，可看他們行走坐臥的樣子，有規有矩，還有那幾個下人說話談吐不俗，兩個主子說話帶著京腔，多半是京城來的貴人。你給我打起精神來，好生伺候著，不要想著惹是生非，小心我打瘸你的腿。」

「……真是貴人啊，」小二撓了撓腦袋又揉了揉腿，「叔放心吧，我知道輕重，肯定把他們伺候好了，就衝著他們給的賞錢，也會把他們當佛爺供起來。」

錢掌櫃見小二識趣，便點點頭，抬頭想起了什麼，又跟小二說道：「昨晚拿了五兩銀子賞錢？竟敢隱瞞不報，快拿出來上繳……」

小二看著掌櫃伸著手看著他，萬分不捨地從懷裡掏出銀子放在掌櫃的手裡。

錢掌櫃見小二一臉不捨的彆扭樣，忍不住敲了敲他的腦袋，「瞧你那不爭氣的樣子，這錢我都給你存起來了，將來一分一毫都少不了你，要不怕你花錢大手大腳，我才懶得管你。你小子也老大不小了，過幾年錢存得差不多就該娶媳婦了，你也長進長進……」

慧馨才走到客棧門口，便聽到了裡面掌櫃和小二的說話聲。慧馨揉揉眉頭，原本他們選這榮升客棧住，是想著榮升客棧在上港有些年頭了，雖說房子家具比較陳舊但地方大，位置又在上港的西南角位處偏僻，住客少肯定不會有人注意他們，可沒想到早被這掌櫃的看穿了。尤其是兩位主子，前兩天在大堂吃飯那番做派，哪裡是普通人家會做的……

慧馨心下嘆口氣，嘴角一扯笑著跨進了客棧門，跟兩人打招呼：「掌櫃的早，小二哥早。」

「謝姑娘早，您這麼早就出去了？」小二一見慧馨便兩眼放光，殷勤地上前問道。

掌櫃在後面輕踹了小二一腳，瞪了他一眼，這才轉頭跟慧馨說道：「謝姑娘，廚房把早飯做好了，不知幾位是在樓上用還是在大堂用？」

慧馨一頓，笑著跟掌櫃說道：「麻煩掌櫃了，我待會讓人下來取吧，昨夜老爺太太歇得晚，這會兒恐怕還沒起。」

慧馨上樓輕敲了下門，門從裡頭打開了。慧馨進屋見吳良娣正在服侍顧承志梳洗，吳良娣的丫鬟巧玉在一旁打下手。

慧馨上前行過禮說道：「老爺太太，下頭早飯準備好了，奴婢看下面大堂人多口雜，不如讓人端上來給老爺太太用吧？」

顧承志說了好，慧馨又轉身出去了，進了隔壁六公子的房間。六公子原是顧承志的伴讀，這次顧承志微服，帶了他來做師爺。

與六公子同屋的還有兩位侍衛，慧馨進屋點了兩位家僕打扮的侍衛去拿早點，自己則留下來跟六公子說話。

六公子見慧馨一臉欲言又止，心下有些詫異，六公子跟慧馨原本並無交往，只在府裡頭聽人說起，皇聖孫和聖孫妃都對這位謝司言很看重，不過這位謝司言平日為人低調，一點都沒主子身邊紅人的派頭，就連他們離京這段日子，謝司言也只做了一些分內的事，從未見她在顧承志和吳良娣跟前賣乖討好。這位謝司言總給人一種小心翼翼的感覺，好似不願多說一句話，多走一步路。

「謝姑娘可是有話要對在下說？」六公子先開口問道。

慧馨猶豫再三，終是開口說道：「……慧馨的確有話要跟六公子說，也許只是一些廢話，可是我心裡始終放不下，所以只得厚著臉皮找六公子幫忙了。咱們一路從京城往南行來，路上雖走得不快，可也沒在哪個地方停留超過兩天的，雖說一路上太太平平，有些事情便顯得無關緊要了。只是咱們如今進了上港，主子又決定在此地停留數日，有些事情便不得不注意了。就像咱們當初決定住在這榮升客棧，原是為了隱藏行蹤，不引人注意，可是咱們畢竟不是普通百姓，也許自個兒不覺得，在外人眼裡卻會很不同。就拿前日在大堂吃飯，普通人家行走在外，哪會有太多講究，可咱們一群人卻還是按著宮中規矩服侍主子用膳，這在外人看來足夠起無數奇怪念頭了。原本我也沒察覺，可今日聽了樓下掌櫃和小二談話，這才發現別人對咱們的身分只怕早起了懷疑……」

六公子聽了慧馨的話，皺眉思忖，這一路行來好像大家都沒注意到這些地方。

慧馨看了六公子一眼，便接著說道：「主子這幾天還想到外頭去看看，六公子必會隨行。有些話我不好直接跟主子說，便只能拜託六公子多多注意了。咱們既然要做百姓，就要跟身邊的百姓學習，尤其要注意細節，許多事情敗就敗在細節上了。還有，這裡是我早上去錢莊兌換的銀錢，這一包裡裝的都是一二兩的碎銀塊，這一包裡裝的是銅錢。我聽說昨夜主子賞了送宵夜的小二五兩銀子，實在是太多了，一般大戶人家也不會拿這麼多銀子打賞。須知那店小二一個月的月銀也就才二兩銀子。出門在外非得謹慎不可，要是被人當肥羊盯上，那可就得不償失了……」

慧馨將手上的袋子遞給六公子，「六公子常伴主子身側，有些事情有些話還是要靠六公子提醒主子。待會六公子陪主子上街，還要您多幫主子長幾個心眼，這上港是港口重鎮，來來往往不知多少商賈，這些人眼睛最是毒辣，心眼兒也最多。主子要微服私訪，少不得跟這些人打交道，六公子在旁多幫襯著，別讓主子被人騙了，還有主子的安全，也是一等一的重要……」

慧馨心下嘆口氣，她原本在聖孫府裡打著多一事不如少一事的想法，一直沒打聽過這位伴讀六公子的身世，這幾日相處下來，總算看明白這位六公子也是沒什麼生活經驗的貴公子，哎，他們這一行人裡慧馨還真沒找到個明白人兒，否則慧馨才不會親自跟六公子說這些話，萬一六公子嫌她多事，私下裡給她小鞋穿就麻煩了……雖說伴讀是九品，她七品比人家高了兩級，可終究是主子貼身的人，打小報告的機會太多了。

慧馨小心翼翼打量六公子面色，見他臉上並無不悅之色，便又開口說道：「……也許是慧馨想多了，太過杞人憂天，若是六公子覺得慧馨所言不當，請六公子只當慧馨笑談了，不要放在心上。」

六公子見慧馨如此謙虛，忙起身向慧馨作揖，言辭懇切地說道：「今日聽司言一席話，真如醍醐灌頂，難怪這幾日出去，總覺得街上人看我們的眼神怪怪的，我等還以為做足了準備，卻沒想到其實是破綻百露。幸好司言今日提醒，否則它日真出了事，我等只怕還摸不著頭腦。在此先謝過司言提點，以後我等有哪裡做得不當的地方，還請司言不吝指點。」

慧馨見六公子不是小心眼的人，心下稍安，抿嘴一笑道：「六公子客氣了，指點談不上，咱們都是在主子身邊服侍的人，原就該互相提點，辦好差事才能不負主子的期望……」

慧馨從六公子這邊出去，又拐彎去了曾典闈那邊，同樣同她交代了一番，又取了些碎銀與她。

顧承志用完早飯，便準備出去到街上逛逛，吳良娣在客棧裡悶了幾日，便也想出去走走。顧承志欣然同意，最後兩人帶著六公子和慧馨及兩個家僕打扮的侍衛，六人一起上了街。

【第一百八十七回】
古怪的當舖（上）

上港是本地重要的海港，每日至少有十艘新到貨船到達碼頭，長期停靠海港的船隻也有十餘艘。這兩天顧承志一行人主要在碼頭附近走動，看到此處繁榮景象，讓他十分滿意。

今日顧承志想要看看上港普通百姓的日常生活，便沒有往碼頭那邊去。

慧馨跟在吳良娣身側嘆了口氣，這樣漫無目的地在大街上走能看到什麼啊？看來她還是得提醒顧承志。

慧馨轉頭望著顧承志道：「爺，咱們就在大街上這麼走，不去當舖、茶樓之類的地方看看嗎？」

顧承志不解地回看慧馨，「為何要去那些地方？那些地方會有什麼不同嗎？」

走在顧承志身後的侍衛皺了皺眉說道：「……那些地方人多雜亂，爺還是不要去比較好。」

慧馨回頭看了一眼侍衛，嘴角一笑道：「爺不是要體察民情嗎？奴婢曾聽人說，要想看一個地方百姓過得好不好就要去當舖，要想打聽消息就去茶樓……咱們才到上港沒幾天，這裡沒人知道爺的身分，爺自然是安全的，就算是運氣不好，碰到宵小之流，這不還有兩位侍衛大哥嗎？再說，現在正是晴天白日，若上港人多的地方不安全，那這上港城的治安可要好好整治整治了……」

「好，慧馨說得有道理，咱們就去這些地方瞧瞧。」顧承志拍手決定道。

正好街角便有一家范字當舖，六人便往那邊走去。

站在當舖門口，看著當舖裡站得到處是人，門口一旁的待客椅上也坐滿了人，顧承志幾人臉色都有些不好看。這當舖的生意也太紅火了，難道上港百姓的日子都這麼難過，不當東西過不下去了？

慧馨打量了一番店中的客人，這些人手上或提或拿的東西都用布巾包著，隨時遮遮掩掩生怕被別人瞧見一般。再者，這家當舖的櫃檯也有些與眾不同，輪到的人都會單獨被請進裡面的屋子，整個交易過程很是神祕。在慧馨的印象中，當舖大多是開放式櫃檯，閘櫃們收了東西直接唱詞定價。這會兒又一個人被請進裡屋，而那人進屋前，似乎在叫人的夥計手裡塞了什麼東西。慧馨皺眉，這家當舖有古怪，哪有來當東西的人還給夥計塞紅包的道理。

慧馨衝六公子使了個眼色，示意他快點離開這家當舖。六公子雖還有些不明白，卻還是在顧承志耳邊低語了幾句，顧承志一行人便轉頭出了當舖。

六人行到拐角無人之處，慧馨跟顧承志說道：「爺，奴婢看這家當舖有些古怪，不如爺先找處茶樓歇著，待奴婢和六公子進去打探一下？」

「屬下雖沒進過當舖，卻也覺得這當舖人多得有些奇怪，裡頭的人行止有些鬼鬼祟祟……」六公子也說道。

顧承志皺眉想了一會才說道：「好，就你二人進去打探一下，要注意安全，剛才我們一路行來，有家匯遠茶樓，待會你二人便去那裡與我們會合。」

待顧承志四人走遠，慧馨轉頭把六公子上下打量了一番，伸手便把六公子腰上掛的玉佩解了下來，又把自個兒頭上戴的髮簪都取下，再從袖子裡拿出白淨的帕子，將一堆金銀玉器包在裡面。

慧馨把這包東西遞給表情錯愕的六公子，眨眨眼睛跟六公子笑著說道：「哥，咱們兄妹要出海營生，一路從京城行來盤纏不夠了，這包東西拿去當鋪當掉，好補上咱們的船費……」

六公子很快醒悟過來，心中會意，配合地也眨眨眼睛跟慧馨說道：「還是妹妹想得周到，只可惜了這幾支簪子，妹子就全當把這些借給哥哥了，等咱們出海賺了大錢，哥再給妳買更好的。」

「兄妹」兩人又重新進了范字當鋪，六公子學樣地也把那包東西掩藏在懷裡，排在人群後面，慧馨則找夥計領了個號碼牌。

排在六公子前頭的是位虯髯大漢，他回頭看了看六公子鼓鼓囊囊的前胸，頭一低跟六公子嘀咕道：「小兄弟，瞧著面生啊，第一次來范字當鋪吧？」

六公子謹慎地看了虯髯大漢一眼，沒有說話。

「瞧你這幅母雞樣，是頭一次出海回來吧，這屋子裡頭都是老熟人了，范字當鋪也有明文規定，沒人會搶你東西的。再說咱們哥們下海都多少趟了，什麼東西沒見過，能看上你那點小東西？」

慧馨聽了虯髯大漢這話，眼珠一轉跟大漢行了一禮說道：「我兄妹二人遠道而來，到這上港城沒幾日，有許多規矩不懂，若有失禮之處，望這位大哥不要怪罪。我看大哥是熱心腸的人，能否跟我兄妹說說這城裡的規矩，還有這范字當鋪又有什麼明文規矩，省得我二人犯了忌諱？」

大漢一愣，問慧馨二人道：「你們是從外地來的？不是從海上回來？」

「我二人從京城來此，聽說海上生意好做，正想找門路出海見識見識。」六公子回道。

虬髯大漢皺著眉頭打量了慧馨二人一番，卻是轉了頭不再同他們說話，還有意識地跟慧馨他們拉開了一點距離。

慧馨不解地跟六公子對視了一眼，見周圍的人聽到他們對話後都有意無意地避開視線，心知肯定有問題，慧馨給六公子使個眼色，兩人便規矩地排在隊伍後面，不再言語。

終於輪到慧馨他們，兩人忙跟著夥計要進裡屋，守在門口的夥計打量了慧馨二人一番。六公子衝著那夥計哈腰道：「我們兄妹是一起的……」

那夥計好似有些不耐煩，揮揮手說道：「快點進去吧，老實一點別給爺找事。」

慧馨忙點頭道：「謝謝這位爺，小的二人知道規矩。」

裡屋裡有好幾張大桌，每桌前都坐著一位閘櫃，桌子上放著不少東西，旁邊的夥計正在清點物品，一件件地往後面的倉庫搬。

一位閘櫃才剛把收的物件在冊子上登記好之後，抬頭一看到慧馨兄妹，便招招手示意他們到他那一桌。

【第一百八十八回】

古怪的當舖（下）

六公子輕手輕腳地走到那位閘櫃的桌前，小心翼翼地掏出了懷裡的東西。慧馨低頭跟在他後面，看著六公子的賊樣，忍不住用力掐了一下手心才憋住了笑。

慧馨趁著六公子糊弄閘櫃的工夫，眼角四下搜尋，看見閘櫃們桌上的東西都是些西洋物件，望遠鏡、孤守、小座鐘……亂七八糟的什麼都有。

李閘櫃看著六公子放在桌子上的東西，眉毛一挑臉色一沉，「小兄弟，你逗我玩吧？」

六公子趕忙上前跟李閘櫃說道：「大閘櫃，我兄妹二人一路從京城到這裡，盤纏已經不多了，請閘櫃行個方便，幫我們把這些東西估個價。」

李閘櫃把六公子和慧馨打量了幾番這才說道：「小子，我看你們不像是來搗亂的，我也就不叫人來轟你們出去，你可知道我們這范字當舖是做什麼的？」

六公子皺眉疑惑地道：「當舖，不就是當東西的嗎？」

李閘櫃聽了六公子的話，哈哈大笑，旁邊有離得近的人也跟著笑了起來。李閘櫃大力地拍了拍六公子的背笑著說道：「小子，出了我們范字當舖的門，可別說我沒提醒你啊，我們這裡是只收海貨的地方，這些金銀玉佩要到北城去，上港城如今也就只有何家當舖還收這些東西了……」

慧馨和六公子被當鋪的夥計「送」出了門，兩人在門口對視一會兒，便換了個方向離開。

「六公子，這家當鋪應是專收海上走私物品的……」慧馨說道。

六公子點點頭並未說話，大趙海貿開放這才幾年，就已經有走私了，還明目張膽地以當鋪做掩護，聽剛才那閫櫃的話，上港以這樣走私銷贓的當鋪好像還不少。

隨後慧馨兩人又在街上兜了一圈才往匯遠茶樓那邊走，雖然搞不清會不會有人跟蹤他們，但小心一些總是對的。

慧馨二人進了茶樓，問過小二，小二領著他們到了二樓，「兩位瞧那邊，可是你們要找的程爺？」

慧馨見窗邊坐著一桌人正是顧承志他們，便點頭謝過小二，順手賞了他幾文錢。

大約是臨出門前，六公子跟顧承志提過要注意細節的事，這會兩位侍衛也跟顧承志坐在同一桌。見慧馨兩人過來了，侍衛忙向旁邊挪了挪，把顧承志和吳良娣身邊的位置讓了出來。

慧馨坐到了吳良娣身旁，六公子則坐在了顧承志身側。吳良娣看了慧馨一眼，慧馨衝著她搖了搖頭。六公子那邊卻趴在顧承志耳邊嘀咕了幾句，顧承志臉色馬上變得難看。

慧馨瞪了六公子一眼，有些話是不能在大庭廣眾下說的，容易暴露身分。慧馨見小二正好上來添盞，便示意六公子別亂說話，轉頭笑著跟小二打聽道：「小二哥，我家老爺太太剛到上港，想到處逛逛買點土特產什麼的，可惜人生地不熟的，小二哥能給我們介紹介紹嗎？」

小二笑嘻嘻地湊到桌前，他早就看出慧馨這一桌都是外地人，就等他們開口問了，「姑娘可是問對人了，小的是土生土長的上港人，咱不是吹的，這上港就沒有我不知道的地方，也沒我不知道的事情。幾位爺想在上港城裡逛，最好還是找個掮客領著，您別以為掮客就只是託兒，他們最熟悉這城裡的門門道道，哪裡能買到便宜又好的東西，哪裡能去哪裡去不得，他們都清楚。幾位畢竟是外地來的，對上港城的規矩不清楚，萬一無意中惹到哪個人物，掮客們還能幫你們解決……」

慧馨回頭看看顧承志，見他微微點頭，便跟小二說道：「照小二哥這般說，那我們的確要找位掮客了，只不知這上港城裡哪裡能找到好的掮客啊？」

小二抿嘴笑而不語，眼珠在慧馨幾人間輪流轉。慧馨會意，給六公子使了個眼色。六公子一個愣神反應過來，從袖子裡摸出一角銀子遞到了小二手裡。

小二手腕一翻銀子就消失了，只見小二臉上的笑容越發燦爛了，「上港北城有個角力場，掮客們每日一早都會在那裡等著接活，這會正是那邊熱鬧的時候。」

慧馨看看顧承志，顧承志把手中的扇子一合，發話道：「事不宜遲，咱們現在就過去看看。」

六公子掏錢付了茶錢，六人隨即起身，這小二收了錢，又滿臉堆笑地添了句話：「我給您幾位推薦人，北城武老頭，他雖然年紀大了停了下海的營生，但早年在上港也是很有名的好手。為人誠實，幾位不妨找他試試。」

幾人謝過小二，出了茶樓往角力場行去。

慧馨是第一次見到古代的角力場，這裡到處是一堆堆的人，一群等待雇傭的漢子或坐或站在角落，碼頭上如果有船隻需要搬運工都會到這裡來雇人。還有數輛馬車停在一起，等著人雇，也有驢子和馬栓在樁子上等待雇傭。

慧馨四下看了一圈，在一個棚子下看到坐了幾個人，這幾個人有老有少，沒有那群出賣勞力的人壯實。慧馨跟六公子說了幾句，讓他過去那邊看看。

六公子上前與幾人交涉了一番，沒一會便領了一位老漢走了回來。

六公子將老漢介紹給顧承志，「老爺，這位便是武老爺子。」

顧承志雙手抱拳作揖，「武老爺子好，我等剛到此地便聽聞您的大名，今日要麻煩老伯幫我們領個路。」

武老頭打量了顧承志幾人一番，又盯著顧承志看了半晌，點了點頭，將手中菸袋一轉插在腰後，「好，老頭我今日就陪幾位在城裡走走，不知這位爺是打算隨便走走逛逛，還是想找商舖談生意……」

武老頭邊說邊帶著慧馨六人往前走，其實武老頭本不打算接這個生意，他在上港生活了幾十年，地頭人物都熟悉得很，加上跟本地各方勢力有些交情，在這角力場上多少也算得上是個有頭有臉的人物，所以平日裡只接大單，陪人逛街這種小生意他是看不上眼的。只是今日這一行人給他的印象非常好，顧承志看著臉嫩，不用問便知是哪裡的貴公子出來玩的，但卻沒有貴族架子，對著武老頭也很有禮，此舉讓武老頭對顧承志有些另眼相看。武老頭心裡想著，就當交個忘年朋友，這才肯陪顧承志他們逛街。

武老頭領著顧承志幾人逛了幾條商舖街，讓他們很是開了眼界。可是這一路走來，吳良娣就有些累了，慧馨倒還好，她好歹也做了半年多的女官，腿腳功夫總練出來了。

顧承志便讓吳良娣先行回客棧，原本慧馨也該跟著，倒是吳良娣先開口道：「爺，還是讓慧馨跟著你們吧，你們人多有事也好商量……」

顧承志也深覺今日幸虧帶了慧馨出來，便點頭同意。武老頭幫吳良娣雇了頂轎子，顧承志派一位侍衛護送著吳良娣回客棧了。

慧馨目送吳良娣走遠，沒了吳良娣在身邊，她感覺跟著顧承志更自在了一些。慧馨看看武老頭，眼珠一轉，跟顧承志無聲地詢問了一下。顧承志看著慧馨一笑，微點了點頭。

慧馨走到武老頭身邊說道：「老爺子，咱們逛了這半天，看了許多商舖，可我覺著這些舖子裡東西都大同小異，雖說都是海外來的，可如今市面上這些東西也不少，就算在北方也能買到。我們老爺這趟出遊，少不得要帶點稀罕物回去孝敬太爺太夫人。老爺子，這上港城有沒有賣外頭買不到的物件啊？好讓我們老爺買幾件回去，在太爺面前長長面子。」

武老頭笑著說道：「爺想買稀罕物，那就得去我們上港的拍賣會，哪裡南洋的西洋的什麼東西都有。不過這拍賣會每逢初一十五才開，今日才十一，下回拍賣會要在四天後了，不知幾位在上港能不能待這麼久？」

「我等還要在此逗留十餘日，時間倒是正好。」顧承志說道。

「那好，我今日先帶你們過去認認地方……」

慧馨看著面前的三層閣樓，好像外面看也沒什麼特別之處，只是掛的牌子上寫著「慈航會拍」。

「地方我帶你們看了，只是要進這個門，老頭我是愛莫能助的……」武老頭說道。

「老爺子此話何意？」六公子問道。

「慈航會拍不是普通人能進的，每次拍賣會都要憑帖才能參加。想要拿到帖子有兩個辦法，可以找當地士紳介紹，或者可以花錢買帖子。想來幾位在本地也沒有認識的士紳，要想參加拍賣會便只能買帖子了，可這帖子甚貴，要五千兩銀子一張……」武老頭沉吟了一下說道。

慧馨皺了皺眉，見六公子要開口，忙搶先看著顧承志說道：「這麼貴？那咱們還是別參加了，老爺，這帖子實在太貴了，咱們哪有這麼多錢……」

顧承志愣了一下才反應了過來，財不露白的道理他還懂，便有些興味索然地說道：「……可惜了，本來還想見識一下。」

武老頭看看顧承志幾人，心下以為幾人的確沒錢進拍賣會，這五千兩的定價太高了，很明顯是舉辦人為了控制入場人數設的限制。

慧馨又往慈航會拍的閣樓看了看，沒想到眼睛一瞥，正好看到一個熟悉的身影從閣樓裡走了出來。

【第一百八十九回】

攀親

慧馨身旁的六公子正好也往閣樓那邊看，看到從裡面走出來的人竟是南平侯，臉上一喜便要張口叫喊，突然被人從後面推了一下，不僅到嘴的話被嚇了回去，還被口水嗆得連連咳嗽。

慧馨一臉無辜地衝著六公子眨眨眼睛，「……走路要看前面，小心絆了腳。」大庭廣眾下哪能跟南平侯相認，他們可是微服，微服啊！

顧承志顯然也看到南平侯了，他並沒做出什麼反應，直接轉身掉頭走了。六公子一臉無奈跟在顧承志身後，慧馨則僵硬地轉過身，低頭跟在六公子身後。慧馨剛才很明確地看到南平侯往這邊看了一眼，好在皇上早就給南平侯送了消息，顧承志一行微服到這裡的事情他應該早就知道。慧馨偷偷又往後看了一眼，見南平侯已若無其事地上了馬，心下琢磨，南平侯應該不會怪他們無禮吧……

夜晚，顧承志在屋裡跟六公子和慧馨說話。

「主子，咱們來上港也有三日了，是時候跟侯爺聯繫了。今日街上巧遇，幸好沒有相認，否則有心人肯定會懷疑我們的身分。」六公子說道。

「嗯，我正有此意，待會熄了燈，你帶兩個侍衛到客棧附近轉轉，侯爺今日也看到我們，多半會派人過來……」顧承志說道。

「……主子，咱們以後跟侯爺接觸，要用什麼身分呢？若是以主子跟縣令的身分，只怕不太妥當……」慧馨說道。

顧承志閉目沉思，縣令的確不夠身分跟侯爺結交，而他要在南撾行事，少不了得動用一下侯爺的名頭鎮一鎮地方上的人……「這樣吧，以後有人問起，就說太太的老家跟太夫人是一個地方的，我記得太夫人的老家在太平縣，你們記住太平縣這個名字，別說錯了。慧馨，以後妳跟太太常往侯爺莊子上走動走動，去看看太夫人。侯爺屈尊容易讓人懷疑，但縣太爺媚上應該是人之常情吧……」

慧馨了然，要做出巴結侯府的樣子嗎？這還不簡單，小菜一碟。

顧承志皺著眉看了窗外的夜色半晌，又開口說道，「今日你們兩個打聽的那個范字當鋪，果真是走私銷贓的嗎？」

「絕對錯不了，聽那鬧櫃的口氣，上港城裡除了何家當鋪外，其他當鋪幹的都是這種營生。」六公子皺著眉說道。

「……海上走私，大趙通海關開海貿，才這幾年，走私就這樣猖獗了嗎？」顧承志喃喃自語道。

慧馨看看顧承志又看看六公子，開口說道，「走私之事，事關重大，主子還是要從長計議為好，咱們才來這裡不久，有很多事情還搞不清楚。當務之急，還是該先跟侯爺聯繫上，畢竟侯爺在此居住已有年餘，地方上的事情了解得肯定比我們透徹，主子不如先聽聽侯爺的建議再做他論。」

顧承志沉吟了半晌終於點了點頭……

❖

次日，慧馨一早便去廚房端了早飯送往顧承志房間，吳良娣從慧馨手中接過飯碗，親手服侍顧承志用飯。

見曾典闈跟巧玉在收拾床鋪，顧承志這邊又有吳良娣服侍，慧馨便從屋裡退了出來。自從慧馨做了顧承志府中的女官，她便盡量避免親自服侍顧承志，一則是顧承志身邊本來就有專門服侍的人，二是慧馨想跟顧承志保持距離，正是所謂「過近則狎」，她願意做顧承志的心腹，卻不願意被顧承志收入房中。一入宮門深似海，慧馨志不在宮廷。

慧馨動手敲了敲六公子的門，門從裡面打開，六公子正好剛用完飯。昨夜六公子帶人去客棧外的街上遊逛，果然「碰」到了南平侯派來的人。一番商議後，顧承志決定今日過去侯府探望。

「……六公子，我覺得咱們今日侯府之行後，肯定會有人來客棧打聽我們的消息，咱們不如趁這個機會，把太太跟太夫人是同鄉的消息從客棧這裡放出去。既然咱們要做跟侯府攀親的樣子，就該做得更像點。」慧馨說道。

六公子想了想，拍了下桌子道：「好，待會侍衛們下樓吃飯，我讓他們把這消息散出去。」

慧馨坐下跟六公子商量了一些細節，她昨日對六公子倒是有些刮目相看，雖然是京城長大的公子哥少了點生活經驗，但他能屈能伸、懂得變通。昨天有好幾次慧馨得罪了六公子，可六公子卻完全沒放心上，完全不計較，難得大戶人家的公子心胸這麼寬廣。

六公子看著眼前的女子，心中充滿了疑惑，按說慧馨比他和顧承志年齡都要小，可慧馨懂的東西卻比他們多了太多。六公子原本以為顧承志對慧馨特別，是因為男女之情，畢竟慧馨長相完全不輸給府裡的王良娣。可這段時間看下來，顧承志跟慧馨之間相處的態度，顯然並不是他原來想的那樣。而慧馨那張嬌嫩的臉上，大多數時間都是一副不同於她年齡的沉穩表情，平時做事也是不同於年齡的老練。難得地，六公子從心底佩服起面前的這位女子。

南平侯的莊子在離上港城不遠的一處峽谷裡，莊子的兩面環山，山上有一條小溪蜿蜒而下，青山綠水掩映，成片成片的良田，加上南方的春天來得早，綠瑩瑩的春色已經漫山遍野。

鄉間的小路上有輛馬車正往莊子方向行進。馬車裡坐著顧承志和吳良娣，巧玉在裡面服侍。慧馨和六公子則坐在車夫的兩側，馬車的兩側只有四個騎馬的家僕打扮的侍衛跟著。

馬車行到莊子門口，六公子先上前交涉，昨夜已經說好，顧承志的身分要瞞著侯府裡的下人。也幸好南平侯莊子內除了他的親信，其他都是在本地雇傭的。

守門的下人進去通報後，過了一會莊子的大門才打開把慧馨幾人迎了進去。家僕們被管家請去吃茶，顧承志和六公子則被帶去見侯爺，慧馨提著一大包東西跟在吳良娣和巧玉身後去見太夫人。

太夫人屋裡人不多，除了她的四個貼身丫鬟，其他人都被遣了出去。這樣她們說話便自在了許多，太夫人貼身的人都是認得顧承志和吳良娣。慧馨跟在吳良娣身後給太夫人行過禮，太夫人身邊的大丫鬟玉欣則是上前接過慧馨手裡的包袱。

慧馨笑著跟在玉欣身後進了側廂，把包袱放在桌上打開，將裡面的東西一樣樣拿出來。

「這幾包茶葉，是殿下特地吩咐從京城帶過來孝敬太夫人的，這幾包藥材是聖孫妃特意囑咐奴婢帶來的，這幾本經書是吳良娣給太夫人的，這兩雙薄毛襪是奴婢織的，雖然現在天氣轉暖，太夫人年紀畢竟大了，夜裡容易受涼，尤其是腳，這兩雙毛襪奴婢特意織得又薄又透氣，這種天氣夜晚套在腳上也不會熱，睡覺也可把這襪子穿上……」慧馨說道。

慧馨很喜歡太夫人這個老人家，和藹可親，不像其他侯門貴婦那樣端架子。以前在京城的莊子上幾次遇到太夫人，都感覺相處得很愉快，加上林端如的婚事，太夫人還特意派人送了添妝禮過來。因此在出發前聽說會見到太夫人，慧馨便想給太夫人回點禮物，其他東西太夫人未必看得上，她便動手織了兩雙薄襪。

「姑娘真是有心，正好太夫人一到晚上腳上就害冷，放了暖手爐又覺得熱，如今有了姑娘這兩雙襪子，倒正是解了我們心頭之急了，我替太夫人謝過姑娘了。」玉欣說著向慧馨一拜。

慧馨忙閃身避開，言辭懇切地說道：「我家表姊成親，有幸得了太夫人所賜的添妝禮，事隔這麼久，太夫人遠在南方還專門派人送去，我家人深覺惶恐。這兩雙薄襪只能聊表我的一點心意，還望姊姊幫我轉達對太夫人的謝意。」

玉欣聽了慧馨的話，把她上下打量了一番，突然握住慧馨的手歡喜地說道：「原來是妳！謝家七小姐！奴婢剛才都沒認出來，沒想到謝小姐進了聖孫府當差了……您真是變化不小，這行事作風，像個大姑娘了。太夫人平日還經常念叨幾位小姐，說當初在京城莊子裡幾位小姐陪著太夫人一起玩耍多麼開心。這次謝小姐來了上港，可要經常過來陪陪我們太夫人啊！」

「姊姊快別小姐小姐地叫了，我如今跟姊姊一樣在主子跟前當差，若是姊姊不嫌棄，喚我一聲妹妹可好？」

「也是，那我就不客氣了，以後妹妹要多過來走動喔！」

慧馨和玉欣在側廂裡說話，外頭正屋忽然靜了一下，然後有僕婦進來請安。

慧馨疑惑地朝外頭伸了伸頭，玉欣笑著道：「沒什麼事，這會快到幾家表少爺背書給太夫人聽的時辰，大概是有幾位已經先到了。背完書他們便會回自個兒的院子，我們只管在這候著便是。」

【第一百九十回】侯爺有私生子？

僕婦領著六個小男孩進了屋，其中一個大點的領著其他幾個給太夫人行了禮，又在太夫人的介紹下，給吳良娣行了禮。

一群小孩子齊聲背誦《幼學》，太夫人聽了高興地連聲誇好，賞了糕點給他們才讓僕婦將他們帶下去。

玉欣看了眼旁邊博物架上的座鐘說道：「該準備午飯了，太夫人說留幾位在府裡用飯，我去廚房那邊看看，準備幾個侯爺太夫人愛吃的。姑娘跟我一起去吧，正好看看有什麼殿下喜歡的，想來這些日子幾位主子行走在外，吃的喝的只怕沒平時精細了，不如趁今日在莊子裡，東西齊全，大家打打牙祭。」

慧馨笑著應聲跟玉欣出屋，巧玉不知怎地也跟著她們出來了。

慧馨回頭疑惑地看了巧玉一眼，巧玉笑著跟玉欣說道：「屋裡頭有太夫人身邊的姊姊，沒什麼需要我做的，倒不如給姊姊打打下手……」

慧馨沒說什麼，三人很快就到了廚房，已經有幾位廚娘在裡面忙活了。玉欣似乎跟裡面的廚娘很熟，彼此打了招呼，有廚娘拿了幾條乾淨的圍裙過來，慧馨三人互相幫著圍好。

「太夫人年紀大了腸胃不好，要弄幾個容易消化的菜……」玉欣上灶動手為太夫人準備飯菜。

巧玉把廚房裡的食材都翻看了一遍，這才說道：「我就做道清蒸鱸魚吧，我們老爺太太都好吃魚，這都好幾天沒吃到了……」

慧馨想了半天，不知道該做什麼，她平日裡有意不插手顧承志的貼身事務，幾次跟顧承志同食，也沒刻意注意他都喜歡吃什麼，這一路上他們一行都是有什麼吃什麼，顧承志應該是不挑食的。

就在慧馨猶豫著要做什麼菜的時候，有個僕婦進了廚房，她是來請廚娘做些軟爛好下口的飯菜。「潔少爺和磊少爺這幾天正換牙呢，天天叫著牙疼，這幾日頓頓都只能喝粥，兩位少爺吵著喝不飽，可其他東西他們又嚼不得，我這幾日看著兩位又是捂嘴又是捂肚子的，真是心疼……」那僕婦說道。

慧馨忽然想起自己上輩子最喜歡吃的一道飯，好像正適合這些小孩子吃，便說道：「不如我來做道水晶五花凍吧！放了米、雞蛋、五花肉做成凍，正適合換牙的少爺吃……」

玉欣那邊洗好菜並不急著上鍋，便過來看慧馨，「……以前還真沒聽過姑娘說的這菜，今日機會難得，讓我們開開眼界，跟姑娘學學。」

巧玉還在那邊收拾魚，只淡淡地回頭看了一眼慧馨。五花肉比較肥，吃起來容易膩人。吳良娣念佛，平時不好吃肉，最多為了解饞吃吃魚。巧玉一直跟在吳良娣身邊，喜愛差不多已經變得跟吳良娣一樣，自然對慧馨要做的菜不感興趣。

幾個好奇的廚娘也跟在慧馨身後打下手，幫慧馨淘了米洗了菜。慧馨把五花肉切成薄薄的片狀，又把青菜蔥之類的全部切碎，打了四個雞蛋。把東西全部放入一個砂鍋中，加水開始蒸煮。

「五花肉油膩，加雞蛋進去可以吸收五花肉的油脂……」慧馨邊看著火候邊跟旁邊的人講解，上輩子她最愛吃這口了，營養豐富含大量的膠原蛋白，美容養顏啊！

慧馨看煮得差不多了，散了一小勺鹽進去，然後把砂鍋端了下來。慧馨用大勺攪動一鍋粥，米粒和五花肉已經融化在粥裡，把砂鍋裡的粥用碗盛了，放在一邊。

沒一會，粥的溫度下降了一點，碗裡的粥就變成了凍，晶瑩剔透中摻著黃色的蛋絲和綠色的菜沫。慧馨當先拿勺子嘗了一口，還是這麼好吃啊，看來她的手藝並沒有退化。

玉欣和廚娘們也拿勺子就著慧馨吃過的那碗嘗了嘗，紛紛給予好評。

玉欣說道：「這個飯好，既頂飯又頂菜，入口即化，妳們快些，趁還熱著給表少爺們一人端一碗過去，要是愛吃，咱們就再多做些。」

❖

顧承志一行今晚要宿在莊子裡，慧馨和巧玉服侍顧承志和吳良娣歇下後才回傭人房，守夜有莊子上的人，她們兩個便回屋休息。

慧馨和巧玉同住一間屋子，洗漱一番便上了床。慧馨正數著綿羊讓自己快些入睡，旁邊卻傳來了巧玉的聲音。

「慧馨，妳睡了嗎？」

慧馨沒做聲，可巧玉沒有放棄又連著問了幾句。見慧馨不答應，竟一下坐了起來，披了件衣服便走到慧馨的床頭，一屁股坐在慧馨旁邊。

慧馨再也忍不住抱怨道：「好姊姊，這忙碌了一天了，妳還不累啊？有什麼大事，要妳半夜不睡這麼折騰？」

巧玉訕笑了一聲說道：「我就知道妳還沒睡，咱們說會話嘛……」

「妳都直接跑來床頭這了，我就算睡著了也會被妳嚇醒的。趕緊說吧，究竟有什麼事？」慧馨無奈地說道。

「……今日來給太夫人請安的幾位表少爺，妳說他們都是什麼人？」

「……玉欣姊說他們是侯府的遠親，太夫人在莊子上待得寂寞，侯爺便從老家接了幾位少爺過來玩耍。」

「妳知不知道這幾位少爺都是姓許的？」

「既然是侯府的親戚，姓許有什麼奇怪的？」

「不是啊，我今日瞧著那幾位表少爺穿戴不像鄉下人，還有那些僕婦、下人對他們的態度，倒像是對侯府少爺一樣尊敬，若是普通遠親家的孩子，哪用得著這麼上心？妳說，這幾位少爺不會是侯爺的私生子吧？我覺得很有可能啊，那幾位少爺眉眼長得也像侯爺……若不然莊子上的人為何對幾位親戚的表少爺這麼照顧……」

「我的好姊姊，妳這是想什麼呢？這種話怎麼能亂說！莊子的下人對表少爺們盡心這是應當應分地吧，就算是鄉下遠親的孩子，那終究也是主子。再說，侯爺和太夫人都是正經人，親戚家的孩子來做客，跟少爺享受同等待遇，這正是待客之道才對。若是怠慢了客人，丟的可是侯爺和太夫人的臉面。話又說回來，既然是親戚，那就是血脈相連的，表少爺們長得像侯爺也沒什麼奇怪吧？倒是姊姊怎麼了，好端端地想這些做什麼，教別人聽到了可如何是好？」

「哎呀，我這不是跟妳說嘛，換了別人我可不會開口……」巧玉一臉潮紅地說道。可憐屋裡沒有點燈，慧馨看不到巧玉臉上的表情。

「巧玉姊，這可不像平日謹言慎行的妳，這今日是怎麼了？莫非妳跟侯府有過節？」

「瞧妳說的，我一個奴婢怎麼會跟侯府有過節，我還要不要活了？其實……我就是今兒見了幾位表少爺有些感觸，說起來，侯爺也真夠可憐的，娶了兩任夫人都是沒多久就去了，連個子嗣也未留下。侯爺從小就受苦，到現在也還是孑身一人，他本是咱們大趙的英雄，為朝廷下了多少汗馬功勞，可如今卻只待在這遠離京城的莊子裡。哎，侯爺真是太可憐了，他應該過得更好才是……」巧玉越說越悵然，頗有一份為南平侯打抱不平的味道。

慧馨嘴角抽搐，敢情這巧玉是半夜發春了。慧馨起身推搡著巧玉，把她推回了對面的床上，「別想這麼多了，這都是侯府的家事，不該咱們管，咱們也管不了。」

「慧馨，妳說侯爺將來會娶個什麼樣的人呢？他還沒四十，肯定要再婚的，頭兩次都是皇帝給他賜的婚，下一次應該不會還是賜婚了吧……」

慧馨心想：「就算賜婚也輪不到妳……」

「慧馨，妳見過南平侯嗎？」

「……有幸見過幾次，不過不熟。」

「……我也見過南平侯，那時候良娣還沒嫁到聖孫府，我是跟在威武侯夫人身邊服侍，有幾次南平侯來拜訪威武侯和夫人，我們一群小ㄚ鬟就遠遠地躲在偏廂裡偷看。侯爺他……看起來那麼好的人……」巧玉說著說著，便陷入回憶裡。

「……侯爺再好也輪不到咱們的，明日還要服侍主子呢，趕緊睡了吧。」慧馨閉上眼睛翻過身，不再理會巧玉。

就在慧馨以為巧玉已經睡著的時候，巧玉忽然又說了一句話：「都怪當今皇上，要不是他，侯爺怎麼會落得今天這般田地！」

慧馨心下一突，大氣不出地裝作睡著了，這句話要當作沒聽到才行……

巧玉那邊終於沒了聲音，可慧馨卻被她最後一句話攪得睡不著了。人家都說當今皇上最是信重南平侯，若果真如此，為何南平侯會在韓沛玲去世後就避到了南方。南平侯退隱是在先帝時期，可當今皇上登位後，南平侯也沒有再回到朝堂。當年穆國公為自己的女婿送命，同樣地當今皇上卻是眼睜睜看著自己老婆的爹替他去死……太子和漢王鬥了十幾年，是皇上不忍心對付他們？還是皇上壓根就不想對付他們？太子漢王互鬥的同時又是互相壓制，這兩股勢力誰也勝不了誰，就更沒可能越過皇帝了。許皇后跟了皇帝這麼多年，自個兒的兩個兒子卻一個也不能幫，宮裡頭始終都有個王貴妃與她平分秋色，更不論其他年輕受寵的妃子。

當今皇帝真是仁義之君嗎？他跟太祖比起來，的確對朝臣更寬容。可終究經歷了太祖末年的腥風血雨，是當時唯一活下來的成年皇子，還登上了帝位，皇上能活下來靠的可不是仁義……

慧馨越想越覺得當今皇上可怕，只祈禱顧承志千萬別跟皇上一個樣了。

❖

同一個夜晚，許鴻煊扶著太夫人去休息，太夫人拉著他在床前說話。

太夫人嘆了口氣：「咱們原本南遷到這裡，就是想避開朝堂上的紛爭。這些年，你為皇上為朝廷做得也夠了，不管皇家跟許家有多少恩情，也該做個了結。只是沒想到，承志這孩子會微服到這裡，這下子，那些朝堂上的事，只怕你又躲不了了。」

「娘別擔心，兒子有分寸，能幫承志的便幫，其他的……兒子一概再不會插手。而且，承志跟皇上不同，這孩子心地更單純些……」

「話雖這樣說，但承志畢竟將來也是要做皇帝的，如今他年紀小心思也少，等他長大了會是什麼樣，還不一定呢！」

「兒子看他年紀小，可塑性高，這次懂得避開跟燕郡王在京中的爭鬥，主動離京體察民情，就說明他有大志向，跟那些一輩子只待在京城玩弄權術的皇子們不同。若是這次他在外有所收穫，說不定會是全大趙人的福氣。」

「其實我心裡也覺得承志這孩子不錯，只是已經受夠皇家的人，心中難免有所顧慮。你既然認為他是可塑之才，就好好顧著他的安全，也算是對得起皇家了。」

「娘放心，兒子會派人暗中保護的。今日磊兒他們依舊過來給娘背書了？有沒有進步啊？」

「呵呵，這六個小子挺聰明的，性子也堅韌，這麼長時間一日也沒落下功課。有這幾個孩子在，許家的香火便是傳下去了，我也算是對得起你老爹了。」

原來今日慧馨她們見到了幾位表少爺，便是當年被太夫人送走的那位小妾的後代。當年那位懷著國公骨肉的小妾再嫁他人，生下的孩子入贅了許家遠親，如今孫子輩的又姓回了許。

「娘，我這幾日考慮了一下，上回族裡說的過繼之事，還是算了吧。」

「我也是這麼想，族裡頭不知道權貴之家的凶險，這些孩子好不容易活了下來，何必再蹚這些渾水。侯府的爵位有沒有人繼承不打緊，若是當年能用爵位換回你哥哥們和國公爺的性命，這爵位不要也罷。我如今都想通了，前兩次成親你都是為了皇上，這第三次怎麼說都不能再讓他們擺布了。你也不必急著成親，許家香火有磊兒他們，你只要好好找個自個兒喜歡的，能照顧你、對你好的人就行……」

【第一百九十一回】

夜談

清早起床，慧馨趴在鏡子前，年輕就是好啊，幾乎一夜沒睡也沒有黑眼圈。慧馨側頭看看旁邊忙碌的巧玉，巧玉一如往常，要不是慧馨有失眠為證，她都要懷疑昨夜聽到的話是不是巧玉說的了。慧馨搖搖頭，看來她的神經還是不夠強韌啊！人家當事人都跟沒事人一樣，反倒是她一夜沒睡好。

不過話又說回來，連巧玉這樣的丫鬟都對當今聖上有看法，可見這京城裡對皇帝有意見的人不在少數。那些京中的權貴哪個不是人精啊，他們看事情肯定要比慧馨更透徹。

慧馨匆匆洗漱後跟巧玉一起往廚房去拿早飯，正巧又遇到了昨日那位照顧眾位表少爺的僕婦。僕婦見了慧馨，上前道了好幾番謝。

慧馨笑著說道：「表少爺們愛吃就好，我們老爺太太也是侯府的遠親，說起來大家都是親戚，這親戚鄰里互相照顧本就應當，哪用說什麼謝字。」

那僕婦了然一笑，說道：「我看貴府老爺太太甚是年輕，京城離上港這麼遠，怎麼突然到這裡來了？」

「……我家老爺受太爺之命出來辦事，途經上港，知道侯爺和太夫人在此，才特意前來探望。」慧馨說道。

巧玉看了那僕婦一眼問道：「這位嫂子，我看妳好像不是莊子裡的人，莫非跟我們一樣，是幾位表少爺的家人嗎？」

那僕婦頓了一下才說道：「我原是族長家的下人，有幸被族長選中派來照顧幾位表少爺。」

「那這幾位表少爺是許家族裡頭送來的了，他們年紀還這麼小就離開家，家中父母可真捨得……」巧玉說道。

「太夫人和侯爺重情義，對我們都很好，再說在這裡吃得好喝得好，還有書讀，只要孩子有出息，做父母的還有什麼捨不得的。」那僕婦笑著說道。

巧玉咬了咬嘴唇沒再說話，慧馨忙弄好食盒，拉著巧玉走了。

❁

顧承志用過早飯便跟太夫人和侯爺告辭，昨天他已經同南平侯商議好，待他們回去就馬上趕往南撾上任。顧承志有了正式的公開身分，跟侯府這邊來往才能更加正大光明，至於拍賣會，以顧承志縣令的身分加上侯爺保舉，肯定可以拿到請帖。顧承志準備帶著六公子和侍衛們先去南撾，等交接工作完成再派人來接吳良娣，良娣這幾日便暫時住在侯府的莊子上。

吳良娣陪著太夫人說話，巧玉陪在一旁侍奉。慧馨跟著玉欣去了偏廂，玉欣拿了針線出來，慧馨幫著一起給太夫人做單衫。

下午午休過後，太夫人帶著吳良娣去附近的寺廟上香。東南沿海，早上到中午日頭最足，下午氣溫反而溫和適合出行。

寺廟在比較偏遠的小山上，沿海的人大多信奉媽祖，這座寺廟的信眾少，香火一般。不過寺裡的僧人在山上開墾田地，自己種糧食，自給自足倒也灑脫自在，少了幾分城鎮寺廟的市儈。

太夫人應該是經常來這裡，跟主持十分相熟，直接帶著吳良娣進內堂談經論佛。慧馨則跟著人去收拾廂房，剛才太夫人說要在寺裡住幾日。

今日寺裡除了太夫人這群人沒有其他香客，寺內僧人也不多，慧馨他們在廟裡行走便沒有什麼顧忌迴避。廚房人手不夠，慧馨收拾好屋子後又被叫去廚房幫忙。

廚房這邊正忙著，除了僕婦，慧馨還看到一位大漢在和麵，而南平侯則坐在廚房小院的石桌旁與人對弈。慧馨嘴角抽搐，這是什麼情況啊？

玉欣趴在慧馨耳邊說：「這是蔡老爹，原來侯爺軍營裡的伙夫長，無兒無女無親人，侯爺退隱後跟著到了府裡，做得一手好麵食。寺裡的米不多，侯爺怕晚上不夠吃，才讓蔡老爹做些麵食。」

「侯爺怎麼在這裡下棋，也不嫌吵？」慧馨問道。

「我們侯爺很隨意沒什麼講究，今日天好，侯爺要在院子裡玩，結果這寺廟太小，找遍了也只有廚房的院子裡有個石桌。侯爺說這樣也挺有情趣，像在軍營跟一群人混在一起……」

見南平侯往這邊看過來，慧馨忙上前給南平侯行禮。南平侯看了慧馨半响才認出慧馨，也沒說什麼便讓慧馨自行去忙了。慧馨晚上吃了兩小碗醬麵，那位蔡老爹手藝相當不錯。

❖

巧玉今晚要在吳良娣那裡守夜，慧馨一人在房裡待得無聊，見桌上擺的筆墨紙張，忽然手癢便揣上紙筆在寺裡閒逛，她準備找個好地方作畫。

慧馨漫無目的地走著，忽然聽到旁邊的院子傳來「唰唰」聲。慧馨伸頭看看，好像是廚房的院子，她躡手躡腳走到院門口往裡瞧。只見幾個人正站在院子裡，有個身影正在舞劍，旁邊的人都看著那人，不時還會拍手叫好。

慧馨眼睛一眨不眨地盯著南平侯的身影，行雲流水般的動作帶起一片片劍光，心下大呼：「南平侯果然是高手啊！親眼看到他月下舞劍，便不難得知為何韓沛玲及巧玉這樣的小姑娘，都會迷戀他，南平侯可真是帥氣逼人。」

南平侯一套劍法舞畢收勢，忽然轉頭衝著門口大喝一聲：「出來！」把慧馨嚇了一大跳，一個沒站穩便從躲藏的牆後摔了出來，踉蹌了幾步好在並沒摔倒。

院子裡的人齊刷刷地看向慧馨，慧馨很不好意思地站在院門口給南平侯請安。慧馨心下感嘆，在高手面前果然沒有小人物藏身的地方。

南平侯把劍交給旁邊的人，接過手巾擦了擦額頭的汗，對著門口的慧馨說道：「既然來了，就進來，別躲躲藏藏。」

慧馨硬著頭皮踮著腳走到南平侯面前，再度給南平侯行了禮，抬起頭來就發現周圍的人都不見了，只剩了南平侯和她站在院子裡。

「奴婢出來散步，無意間走到門口，見裡面有動靜，好奇才會偷看……奴婢不是有意打擾侯爺。」慧馨說道。

南平侯打量了一番慧馨說道：「妳長大了，不過還是跟以前一樣瘦小，坐下吧，陪我一起下盤棋……」

「……妳怎麼進了聖孫府？難道是謝家覺得漢王不行了，便又攀上聖孫殿下？」南平侯不客氣地問道。

慧馨拿棋子的手一頓，落子後說道：「我進聖孫府跟謝家無關，家父聽到這個消息的時候，比侯爺剛見我時要吃驚得多……慧馨進聖孫府不過是找個暫時容身的地方，若非情非得以，慧馨也不願做女官。倒是侯爺好愜意，隱居在南方小鎮，將朝堂爭鬥置身事外，當真是拿得起放得下，慧馨好生敬佩。」

「富貴榮華，轉頭成空，太多執著，讓人失去更多。承志南下帶妳在身邊，可見他相當信任妳……」

「殿下信任慧馨，是慧馨的福分。慧馨既然做了司言的位子，必當盡其事，對主子忠心盡責。」

「承志將來會是大趙的天子，妳能在聖孫府時就跟著他，謝家也會跟著妳沾光，等將來承志得登大寶，你們謝家便有擁立之功，謝小姐將來前程不可限量。」

「侯爺說笑了，我朝有規定，女官年滿二十六歲必須離宮，慧馨只想在離開聖孫府前能覓得良人，託付終身。至於擁立之功，慧馨可沒那個能力，也沒那個野心。一入宮門深似海，慧馨有幾斤幾兩重，自個兒清楚明白。若侯爺擔心我入聖孫府另有目的，慧馨可在佛祖面前起誓，慧馨所求真的很簡單，只不過是『一生一世一雙人』，其他再無奢念……」

「一生一世一雙人？妳這還不算奢念？女子七出便有善妒一條，妳竟想著『一雙人』……謝家書香門第，怎麼會教出有這種想法的女子？」

「慧馨是真心羨慕那些能自由自在過日子的人，也許是奢望吧，不過慧馨覺得值得追求，不然也不會冒險入聖孫府了。再說，『一雙人』真的這麼難實現嗎？羌斥族人不就一直奉行一夫一妻制，他們都按這習俗過了上千年了，為何到了大趙就不行了？歸根究柢，不是教律習俗的束縛，而是在於人本身，男子好色才會納妾。慧馨相信，總能找到個不那麼好色的男子……」

「……妳可知道，對於大戶人家，男子若是家中只有一妻，經常會被人詬病畏妻。放在朝堂上，御史定會彈劾，在外人看來，『一雙人』中的妻子往往就是悍婦了。妳是要做悍婦？要妳的相公被人取笑畏妻？貧窮人家，食不果腹，能說上親事，娶上一個妻子便是祖上蔭德，那些男子倒是不納妾，妳要找這樣的嗎？每日為吃飯忙碌的日子妳能過嗎？」

「侯爺所言太過危言聳聽了吧，也不見得人人都會這樣……」

慧馨被南平侯說得心裡亂七八糟的，結果一盤棋下了一半就輸了。慧馨匆匆拜別南平侯，逃一樣地回了自個兒的屋子。

慧馨不願再回想跟南平侯所談論的話題，便把紙張重新鋪回桌上，集中心神作畫。

【第一百九十二回】

牙祭

一大清早，慧馨又趴在鏡子前，一夜又沒睡好，且額頭好像發了一顆痘……呃，到青春期了嗎？想到自己昨晚幹的事，慧馨忍不住臉紅。她昨晚作畫，精神高度集中，等畫完了才發現，竟然是南平侯昨晚在小院裡舞劍的身影。結果她不捨得把圖燒了，便偷偷藏在貼身的荷包裡……

用過早飯，太夫人和吳良娣往寺廟周圍散步，慧馨等幾人跟在後面服侍。行到寺廟的耕田，慧馨竟然發現南平侯正帶著人在犁地。

南平侯穿著布衣短打衫褲，在後面推著犁車，不時用手中的長稻草甩一下黃牛身上。老黃牛哞叫一聲，繼續慢騰騰地拉著犁車往前走。

老住持在一旁的草棚下煮茶，看到太夫人忙迎了過來，太夫人隨著住持在草棚下的草墩上坐了。兩人邊喝茶邊笑談，看著在田地中忙碌的南平侯好似很欣慰的樣子。

吳良娣不習慣坐這種草墩，陪著太夫人說了幾句話，就要求到附近走走。太夫人似是看出她的彆扭，指了幾個人跟著照顧吳良娣。

吳良娣帶著人往路邊走了一段，巧玉見路旁有塊大石，便上前把手絹鋪在上面，請良娣在上面稍作休息。

吳良娣看著在田地中勞作的南平侯，皺了皺眉說道：「侯爺千金貴體，為何要做這些粗活？這片田地又不大，寺廟裡既然有牛，想來耕種這幾畝地，僧人們也應該有能力應付，又何苦要親力親為……」

慧馨站在吳良娣身後，聽了這話有些不以為然，大概吳良娣把侯爺的行為看成故意做給別人看的了。慧馨很想教育教育吳良娣，人做事又不是非得要有冠冕堂皇的理由，對侯爺來說，下地耕田大概是種情趣吧！不過像吳良娣這樣精於算計的人，恐怕是很難理解了。

跟著她們一起過來的許家僕婦聽了吳良娣的話回道：「太太有所不知，咱們侯爺小時候很長一段時間生活在西北軍營，軍糧要從中原運過去，往往要歷經好幾個月，有時數量還會不夠，軍營的人又不能找附近的農民要糧食，只得在營地附近墾地種田。這些農活，侯爺從小就會做了，以前在京城莊子上，侯爺也會親自帶人下地。太夫人也說，別看這些活計又髒又累，其實也是鍛鍊身體，瞧那農村的老漢大多都比城裡的官老爺們身體更加康泰……」

慧馨對著那僕婦笑了一下，「嫂子說得是，也是這個道理，聽說有些山裡的農人，能活到百歲以上呢……」

中午的時候，幾位表少爺也到了廟裡，聽送他們來的下人說，是幾位表少爺強烈要求的。磊少爺一副小大人的樣子，老氣橫秋地跟太夫人說：「孫兒們一日都未曾間斷背書給太夫人聽，昨兒已經破例斷了一日，今日怎麼還能斷呢？先生聽說我們過來，給我們布置了功課，就算在寺裡多住幾日也不會耽誤。再說，跟著太夫人在寺廟裡，也能學到課堂上學不到的東西。」

「瞧這孩子說得一套一套，不過能出來玩玩也好，整日待在府裡頭悶，小孩子還是要多動動，既然你們想學課堂上學不到的東西，那等會吃過午飯，跟著侯爺去下地吧！你們都是從老家過來的，這些農活總是該懂吧……」太夫人發話，把幾位表少爺發配到了農田。

幾位小少爺聽到要下地臉皺成了一團，倒是磊少爺很爽快地應了是。磊少爺好像是許氏族長家的孩子，年紀並不比其他幾個孩子大，但六位表少爺在一起卻是以他為首，其他五位都很聽他的話。

巧玉曾懷疑這幾位表少爺是侯爺的私生子，可慧馨估計不可能，不過是許氏族裡想讓侯爺過繼子嗣才送過來的吧。侯爺這人倒是奇怪，沒有子嗣，也沒有妻妾，韓沛玲去世也有幾年了，卻一直沒有再續弦，莊子上也沒看到有什麼姨娘通房之類的，許氏宗族有讓侯爺過繼的想法也不奇怪。

吳良娣記掛著上港城的拍賣會，見侯爺和太夫人好像都沒說要去參加，便問了起來。太夫人無所謂地說道：「……不過是些海外來的阿堵物[1]，可有可無的東西，不看也罷。你們年輕人若是有興趣，以後叫承志帶妳去。」吳良娣聽太夫人這般說，便笑著放下不提……

【注釋】

①對於錢財較為貶義的稱呼。

上午寺廟裡送了自個兒種的芋頭過來，慧馨趁著吳良娣午睡，端著芋頭去廚房煮了。

慧馨一踏進廚房，就看到廚房的爐子前蹲了一排人，正是南平侯的護衛們。護衛見了慧馨紛紛打招呼，慧馨回以一禮。侯爺的這些護衛都很和善，這幾日來來往往，慧馨已經跟他們混得很熟了。那天晚上被人在廚房院門口逮個正著的尷尬，慧馨早就忘光光了。

慧馨伸頭一瞧，原來幾個侍衛正在烤芋頭。有侍衛幫慧馨打了井水，慧馨便坐在廚房外頭的石桌旁清洗芋頭。

突然有個侍衛跑到廚房外面，把烤好的芋頭剝了皮直接塞進嘴裡，黏糯的芋頭塞住了喉嚨，噎地他連聲咳。慧馨趕緊舀了一瓢清水遞給侍衛，侍衛翻著白眼喝了口水，終於把芋頭吞了下去，忙向著慧馨道謝。

慧馨笑著說道：「這芋頭得咬著吃，整口吞最容易噎到了。可惜廟裡沒有糖霜，這芋頭沾糖可是最好吃的。」

侍衛們不在意地嘿嘿笑了幾聲，慧馨朝廚房裡看了一圈說道：「要不我做一點紅燒醬，你們蘸著吃？」幾個侍衛忙跑過來跟慧馨道謝，慧馨擺擺手，她很喜歡南平侯的這群侍衛，不像聖孫府裡的侍衛，整日不苟言笑，一臉誰都欠他們錢的模樣……

幾位侍衛就著慧馨剛做好的紅燒醬沾芋頭吃，慧馨則把芋頭都洗好了，準備一半做芋頭糕，一半留著晚上做菜用。

「在這偷吃什麼呢，居然不叫我……」院子裡傳來個熟悉的聲音。

「爺，咱們兄弟烤了芋頭，您一起嘗嘗。」

南平侯捏了一塊芋頭沾沾醬汁，幾口就把芋頭吞下了肚，「……嗯，味道不錯。」

「是吧，我們幾個也覺得謝姑娘做的醬汁好，味道濃厚。」

「哪裡，是幾位大哥烤芋頭的手藝好，這芋頭烤得恰到好處，醬汁的味道才能滲進去。」慧馨忙謙虛說道。

南平侯看了一眼繫著圍裙的慧馨，點點頭說道：「那倒是，以前在軍營外出操練，經常要打獵物自己烤，這燒烤的手藝他們倒是很熟練。」

一名侍衛突然說道：「爺，我們在廟裡吃了好幾天素了，下午可不可以讓兄弟們到附近的林子轉轉，兄弟們想打打牙祭？」

南平侯回頭看看幾個苦著臉的侍衛，笑著說道：「行啊，不過東西不許帶進廟裡。」

夜裡，慧馨仍然是獨自一人在屋裡。吳良娣從未喚慧馨過去替換巧玉值夜，慧馨倒是想得明白，跟巧玉比起來，吳良娣自然更信任巧玉。

慧馨剛洗漱好，正坐在桌前看書。突然窗戶旁傳出幾下敲動的聲音，慧馨疑惑地走到開著的窗戶旁。

「呃……侯爺，這麼晚了，您怎麼在這？」

「剛打獵回來……妳年紀小，正是長身體的時候，天天吃素不好……」南平侯說著，把手裡的紙包塞到了慧馨懷裡。

慧馨還在不明所以地發呆，南平侯卻消失在夜色中。

慧馨皺著眉頭走到桌邊，把手上的紙包打開，一陣香氣飄了出來。慧馨瞪著眼睛看著紙包裡的東西，裡面赫然是兩隻烤好還帶著熱氣的麻雀。

慧馨摸摸麻雀，還熱著呢，她毫不客氣地拿起麻雀啃了起來。雖然想不通南平侯為何突然給她送吃的，不過她跟南平侯往日無怨近日無仇，想來侯爺不會拿食物害她的。

慧馨本來就不是素食主義者，吳良娣喜歡吃齋念佛，在廟裡待得愜意，慧馨這幾天老覺得肚子吃不飽。慧馨三兩口就把麻雀吃光了，摸摸打了牙祭的肚子，很是滿足啊！好在她還記得這是廟裡，趕緊到院子裡挖個坑把骨頭埋起來。慧馨邊把麻雀毀屍滅跡邊想，侯爺倒真是個體貼的人，竟還記得給她也捎點吃的來。

一行人在寺廟住了五天，第六天才回到莊子上，正巧顧承志也派人來接吳良娣等人。吳良娣辭別了太夫人和侯爺，直接往南撾行去。

眾人坐了大半天的馬車，終於到達南撾。慧馨先下車，她要指揮家僕搬行李。慧馨抬頭看著縣衙門口，驚訝得說不出話。她真是不願相信這個破破爛爛，牌匾上的字都被腐蝕到缺了筆劃的地方就是南撾縣衙。聽去接他們的侍衛說，顧承志幾人這幾天一直忙著整修縣衙，終於能住人了才派人去接他們。整修了幾天還是這幅破爛樣，想來這幾日顧承志他們的日子肯定不太好過……

【第一百九十三回】

入住縣衙

縣衙裡頭比起門口倒是稍好了點，該有的家具一應俱全，保存都還算完好，只是上面的漆有些脫落。聽說顧承志來交接的時候，原來的那位縣太爺帶著兩個衙役已經在這等好幾天了。顧承志一到，縣太爺就把卷宗往顧承志面前一放，交代幾句話轉頭就騎馬走了，似乎一刻也不願在南撾多待的樣子。

顧承志他們這幾天主要是清點縣衙的物品，打掃衛生。縣太爺住的地方就在縣衙後頭，裡面灰塵蜘蛛網一層層，貌似前頭那位縣太爺和家眷並沒有住在這裡。他們費了好大的勁才把後院收拾乾淨。好在房子雖然破了點，地方卻夠大房屋也夠多，住幾十口子人不成問題。

慧馨指揮家僕們把行李先搬到後院裡，吳良娣還沒安排房屋的分配，只能暫時把東西先堆在一起。慧馨把各個屋子都看了一下，有四間屋子的房頂已經修過，大概顧承志他們這幾日就住在這四間屋裡。

慧馨去馬車旁把吳良娣請了下來，吳良娣看著破舊的縣衙和後院，比慧馨更加無語。慧馨看著吳良娣一副手足無措的樣子，估計她是頭次過貧民生活了。

慧馨上前說道：「太太，奴婢剛才在院裡看了一圈，有四間屋子是修補過的，想來是老爺他們這幾日在裡面住過，您要不要先看看？把屋子分配一下，奴婢們才能把行李歸置好。」

吳良娣皺眉看了看這些屋子，嫌棄地用手帕捂著鼻子。南謅靠海，這些屋子常年受海風侵襲，又年久失修，屋子裡頭散發著陣陣魚腥味。

吳良娣受不了回到院子裡，用手捶捶胸口才順過氣來，跟慧馨說道：「這些屋子已經破成這樣，還散發怪味，怎麼住人啊？這縣城裡可有客棧，咱們不如先到客棧裡寄住一段日子，待這些房屋都整修好再搬過來不遲。」

慧馨趕緊找了一個家僕詢問縣城裡的情況，如今所有跟著他們從京城過來的侍衛都成了家僕了。那家僕很無奈地跟慧馨說道：「……我們跟老爺剛到的時候原也想找客棧住的，打聽過後才知道，南謅城裡一家客棧都沒有，雖有四家當地的士紳來請老爺過去府上暫住，卻都被老爺謝絕了……」

慧馨心下了然，顧承志初到南謅，若是接受了地方上士紳的恩惠，以後辦事難免要被他們束手束腳。慧馨把情況給吳良娣說了，吳良娣雖然不想住在縣衙後院，可也沒辦法，她不能違背顧承志的決定。

吳良娣揉揉額角，無奈地跟慧馨說道：「我有些不太舒服，剩下的事妳來安排吧，把屋子給大家分好，找點東西補補屋頂，好幾間屋子屋頂還漏著，晚上怎麼住人啊……」

「既然太太不舒服，那讓巧玉姊給您沖杯茶，您在這裡歇會，奴婢先去給他們分派差事。」慧馨沒跟吳良娣客氣，直接把差事應了下來。慧馨早看出來了，這位吳良娣精於算計，但其他生活上的瑣事卻是完全不通，說白了就是外強中乾，真靠她安排內院瑣事，只怕折騰到晚上也不一定有地方住。

跟著慧馨他們從京城來的只有兩個婆子，貌似是身上有功夫的，顧承志特意為保護吳良娣選的。

慧馨把各人的屋子分配好，讓家僕們先把東西放到各個房間，然後帶著兩個婆子去了廚房，他們過午才到南擱，一行人都還沒吃午飯呢！

兩個婆子把從南平侯莊子上帶的蔬菜水果搬到廚房，南方多米少麵，太夫人擔心顧承志幾人不習慣，便送了兩袋麵粉給他們。幸好有這些菜麵，要不然他們今日中午的飯食就沒有著落了。

慧馨繫上圍裙，準備把鍋碗瓢勺都拿到井邊洗刷，首先得把水壺洗乾淨，去灶上燒水，渴了大半天了，大家還滴水未進。

慧馨洗好東西便開始做飯，水開了又叫巧玉過來沖茶。慧馨忙得滿頭是汗，心想，等他們住下來，頭一件事就是要建議吳良娣在當地雇些僕傭，光靠她一人可是會累死地。

有個跟著顧承志的家僕過來找慧馨，「謝姑娘，這飯菜要多準備一些，老爺帶人在外面察看南擱地形，沒時間回來用飯，派我來取些飯菜送過去。」

慧馨聽到顧承志還未用飯，忙把剛出鍋的飯菜盛了許多，按人數裝了三個食盒，讓那侍衛先送過去。然後又重新做了一桌飯菜，慧馨過去跟吳良娣回話：「奴婢準備好了飯菜，屋裡頭一時半會兒又收拾不完，奴婢叫他們把桌椅搬出來，太太在院子裡先湊合一下吧？」

吳良娣看看忙碌的眾人，只得點頭道：「叫大家先別忙了，都餓了大半天的肚子了，一起都在院子裡吃吧，吃飽了再繼續收拾。」

慧馨應聲去叫人擺飯菜，從幾個多餘出來的屋子裡擺了三張桌子出來，一夥十來個人都坐在院子裡吃飯。

吃完飯，慧馨把收拾廚房的工作交給兩個婆子，她則帶著家僕們在院子裡找了幾塊板子，先把住人和放東西的幾個屋子房頂補上。慧馨也不懂怎麼補屋頂，只能吩咐暫時先把洞用板子蓋上，等明日安頓下來再出去找匠人來修。

慧馨見婆子那邊收拾完了，便列了個單子給二人，讓她們叫上馬夫出去採購東西。要多採購些糧食蔬菜，太夫人給的麵要留給顧承志，他們這些人還是要吃米飯才行。

見屋子裡頭收拾得差不多了，慧馨便派了兩個家僕去城裡的藥店採購些藥材，她要用這些藥材熏熏屋子。本來慧馨不想這麼奢侈，可見到大家都嫌屋裡味道難聞不願在屋裡待著，連吳良娣也一直坐在院裡，她只好想辦法去去屋裡的味了。慧馨並不是心疼銀錢，主要是顧承志他們剛到南擿，各方的眼睛都盯著他們瞧，這個時候做事還是盡量低調些好。

那兩個家僕從藥店抱了一堆藥材回來，還順便買了店主推薦的盤香，據說是沿海人家專門用來熏蚊蟲除臭味用的。

慧馨指揮人先點了藥草熏屋子，然後再把盤香點上。所有的房間都整理了一遍，包括不住人的屋子，把院子裡的老鼠洞也全部堵上。話說前面那位縣太爺估計從沒在這後院住過，老鼠洞裂縫多得啊，回頭得找人把這院子仔細重新翻修一下。

慧馨聞了聞那盤香的味道，比聖孫府裡用的熏香味道重多了，不過應該比較管用。回頭得想辦法搞到方子，他們在這最少也要住三年，盤香這種東西還是自己做，用起來放心。

吳良娣在正房熏了兩支盤香後終於進了屋，一進屋就吩咐巧玉去打水給她洗漱，沿海空氣潮濕，吳良娣在院子裡坐了半天，感覺臉上油乎乎地不舒服。

慧馨收拾了兩間空屋子，準備找匠人來把這兩間屋子改成浴房，就像他們當初在潭州災民安置點做的那樣。慧馨還把離廚房最近的一間屋子整理出來，放了桌椅用具在裡面，以後這間屋子就是下人們的食堂了。

顧承志累了一天回到縣衙，看到雖不能說是煥然一新，卻已是大變樣的後院，心下嘆道，這個院子終於可以住人了。

慧馨把院子裡的情況跟顧承志和吳良娣回報了，又說了還需要做的工作，還有後面幾天的安排。吳良娣在顧承志開口前，搶著把事情都交給了慧馨處理。吳良娣這種願意把權力下放給慧馨的姿態，讓顧承志滿意不少。

晚飯還是慧馨帶著兩個婆子做的，用過飯，顧承志便讓慧馨退下休息了。

慧馨回了屋子，打水擦洗身子，今日出去採購的婆子說，沐浴用的木桶要訂做，四日後才能送來，泡澡暫時是沒有辦法了。倒是浴房要儘早弄起來，南方濕熱，一日不洗澡就渾身難受。慧馨累了一天沒敢洗頭髮，她早早地就披著頭髮上了床，被子上帶著一股熏香味。慧馨心裡頭琢磨著明天要做的事，很快就進入了夢鄉。

❈

夜裡，顧承志和吳良娣在屋裡說話。

「這一趟辛苦妳了，南擿條件艱苦，我們還要在這裡待數年，妳可後悔跟我一起來這裡？」顧承志說道。

「爺說什麼呢，能被爺選中一起到這裡來，是妾身的福分。雖然條件是艱苦了些，可爺也是親身受著，有爺做榜樣，妾身不覺得苦。只是心疼爺，您連午飯都沒用，妾身心裡頭真是擔心。您在外頭別太累了，有事吩咐下邊的人去做吧！」吳良娣邊說邊拿帕子按了按眼角。

「無妨，一頓飯而已，算不得什麼。」顧承志無所謂地說道。

「爺可別這麼說，您得注意，以後若是吃飯時辰趕不回來，就早點派人回來取，要不妾身這心裡頭可實在放不下。」吳良娣有些嗔怪地說道。

顧承志哈哈笑了幾聲，好似對吳良娣的撒嬌很是受用，「好，爺以後會派人早點過來傳話。過幾天等院子裡整修好，我準備在府裡辦宴會，邀南撾當地的士紳請過來聚聚，到時候還要麻煩妳幫著打點一下。」

吳良娣愣了一下，忙回道：「妾身領命，這些事情原就該妾身做的，以後爺有吩咐也別再加『麻煩』二字，要不妾身可要羞死了……只是妾身初次辦這種宴會，爺可否讓慧馨給我幫把手？今日真多虧了有她在，否則咱們能不能吃上飯都還未知。妾身是真沒想到，慧馨年紀不大，懂得卻不少，下午在府裡安排事情也是井井有條，完全不像京裡的大家閨秀……」

顧承志呵呵笑了幾聲，與有榮焉地說道：「慧馨本就能幹，當年在靜園學習，她曾參加過南方賑災，那時候的條件可比現在還苦上百倍。回頭我跟她說一聲，讓她多幫著妳些。我就是知道她有經驗又能幹，這次出來才帶著她，她可頂我半個師爺了。」

吳良娣聽了顧承志的話眼光一閃，心下道，謝慧馨果然是顧承志的人，既然如此，袁橙衣為何也會信任她呢？不過既然她對顧承志這麼重要，那平日裡便要對她更敬著些，不能得罪了。

次日，慧馨一早爬起來給顧承志和吳良娣做了早飯，其他的早餐則是她讓人從外面買回來的。幸好菜場那邊有幾個小吃店賣早飯，慧馨今日很忙，可沒時間給十幾口子人做飯。

院子裡頭缺人手，慧馨要找人牙子買下人，不過他們初來乍到，她怕被人騙，少不得先做些調查工作。派人出去打聽？他們沒熟人怎麼打聽確切消息啊，不過好在這裡是縣衙，大趙規定人牙子都要在官府立檔，每筆交易也得在官府用印立檔，所以察看縣衙的卷宗便可以找到人牙子的資訊了。

慧馨匆匆吃了兩根油條喝了一碗豆漿，跟吳良娣稟報過後就往前頭衙門裡找師爺六公子去了。

慧馨一進正堂就見到兩個衙役倚著柱子聊天，兩個衙役看到慧馨，都過來跟她打招呼。昨日收拾院子，這兩個衙役也幫著搬了東西，自然認得慧馨。

慧馨笑著說：「兩位大哥可曾用過早飯了？裡頭他們從菜場那邊買了早點，兩位若是還沒用，進去跟他們一起吃點好了。」

「我二人已經用過早飯了，姑娘可是找縣太爺？」

「不，我找師爺有點事。」

衙役指著側面的一間屋子說道：「師爺在那看卷宗呢！」

慧馨點頭謝過二人，推門進了卷宗室。

六公子正皺著眉頭看卷宗，見到來人是慧馨，先是一愣，忙跟慧馨打招呼。慧馨笑著跟他說了來意，六公子從旁邊的架子上拿了幾本卷宗遞給慧馨。

「謝姑娘真是蕙質蘭心，竟能想到看卷宗這個法子判斷人牙子，今日小六又跟著學了一招了。」六公子說道。

「哪裡，咱們也是沒辦法，畢竟初來乍到，心裡沒底做起事來就得瞻前顧後。這人牙子都是人精，不查明他們的底細，就怕他們把咱們給賣了，咱還蒙在鼓裡給他們數錢呢……」

【第一百九十四回】

造船

慧馨把人牙子的名冊看了一遍，然後再看每個人牙子的主要交易對象是哪些府邸，介紹過去的都是些什麼人，這些人又在府邸裡主要從事什麼差事，看來看去，慧馨相中了兩個人牙子。

這兩人都只做縣城裡大戶的生意，一個主要介紹丫鬟，一個則介紹僕婦。只是慧馨又看了縣城裡近幾年的人口交易，眉頭卻漸漸皺了起來。

「……師爺，南撾現在是不是有很多人在做『當舖』生意？」慧馨皺眉問六公子道。

六公子歎了口氣，「老爺也正頭疼這事呢，城裡有點力氣的壯勞力都隨船出海了，留守下來的人大多是老弱婦孺。若他們是正經做生意也到罷了，可惜貧民海員做的都是走私勾當。如今沿海這一帶走私猖獗，朝廷損失的關稅估計占海關稅收的一半。上次咱們在上港看到的『當舖』在沿海的其他港口也有很多，這是件大事，爺已經給京裡遞了密摺，不知道上頭會有什麼想法……」

「從這些人口交易的帳目上可以看出，以前南撾漁民生活困苦，每年颱風季賣兒賣女的人不在少數，可海貿開通後，人口買賣逐年減少，尤其是年輕男子出來賣身的情況遞減得非常厲害，而且近幾年贖身的人越來越多。按說一般生活艱難到了賣兒賣女的地步，很少家庭再有能力把孩子贖出來，可見近幾年百姓的錢財賺了不少。南撾這幾年婦孺出來賣五年短期工的人漸多，這些婦孺大概是留守在家無事可做才出來做工，看來南蝎百姓生活得還不錯，不過可就苦了當地官員，漏稅太多，縣衙沒收入，難怪這衙門這麼破。雖說百姓生活得到改善是好事，可是靠走私發財致富總歸不是長久之舉……」慧馨有所感觸地說道。

六公子揉揉眉頭，「這才幾年，沿海的走私就這麼猖獗了，漁民們丟下漁業下海撈錢，若是這些消息傳到中原，中原百姓也丟下地不種去跑船，到時候大趙非要大亂不可……」

「師爺也別太擔心，既然咱們現在發現了，及早補救就是，原本朝廷議論要不要開放海禁的時候，這些情況都曾預料過，想來上頭肯定也早就有了應對的法子。有走私那就打擊走私，絕了他們的門路，自然沒人再去冒險夾私貨。百姓回來不想過苦日子，那就給他們找點事做，尤其是夏秋兩季，海上颱風多，漁民不方便出海，官府可以出面雇傭他們做做公益的活，修路也好，築堤也罷，這些年年都要做的嘛……」

慧馨跟六公子說了幾句話又繼續埋頭看資料，國家大事還是他們去關心吧，她今天無論如何得把人手先湊出來。慧馨又翻找近幾年雇傭奴僕所需的銀錢，然後把他們需要雇用的人手列了個單子，一方面也大概估了個價。

慧馨看著單子上的估價，心裡直搖頭。顧承志這個縣令每月俸祿是二十兩，按說不少了，足夠一府的開支，可放在南蝎這裡，卻只能勉強支付五六個僕人的月銀。再加上南蝎這邊不適合種地，糧食蔬菜出產少，物價比內陸貴很多，昨日兩個出去採辦的婆子用掉了一百多兩，才把他們的東西買齊……幸好顧承志有錢，餓不著府裡的人，可前頭那位縣太爺是怎麼過日子的？這南撾城的問題不少啊……

慧馨把單子列好便告辭了六公子，往衙門裡頭找那兩位衙役去了。這種跟當地人有關的事情，還是找對當地比較熟悉的人去辦比較好。

這兩個衙役都是本地人，慧馨有意跟他們搞好關係，託了他們去找兩個人牙子過來。有衙役出面找人，人牙子很快就被帶到了縣衙後院。

慧馨把吳良娣請到院子裡，把名單給吳良娣看，並且說明了她對找人的建議。吳良娣畢竟頂著縣太爺夫人的名頭，內院的事還是要她說了算。慧馨並不介意幫吳良娣管後院，但在人前吳良娣也得把架子做足，因此跟人牙子交涉還是得由吳良娣親自上場，若是慧馨全替她做了，將來外頭很可能會有人說：「縣太爺夫人無能，內院全是丫鬟在管。」這種話可不好聽。

他們需要雇傭四個丫鬟、四個粗使婆子和一個廚娘，慧馨準備把他們自己的兩個婆子，一個分在吳良娣身邊可隨身保護，一個分在廚房裡。廚房是重地，關係到主子和全府的吃喝安全，全交給外人，慧馨實在不放心。三個丫鬟分去伺候吳良娣和顧承志，一個丫鬟跟著廚娘在廚房裡打下手，四個婆子在府裡做些粗活。男僕就不需要了，顧承志帶來的十幾名侍衛，現在都是男僕了。

兩個人牙子原本以為這新上任的縣太爺剛到南撾估計著不熟悉行情，心裡頭正盤算大賺一筆的時候，卻發現太太直接開出了月銀價，且言明契約只簽三年。這兩個人牙子倒是吃了一驚，互相使個眼色，心下暗自嘀咕，這位縣太爺夫人倒是個厲害的，到南撾才兩日就把他們的底細摸清了。這兩人再不敢小看吳良娣，把吳良娣提的要求紛紛記在心裡。

吳良娣他們要人要得急，幸好人數不多，人牙子們手上都有現成的，便答應了吳良娣明天就帶人過來相看。知道縣太爺要翻修縣衙和後院，兩個人又介紹了幾戶匠人，臨走前收了紅包，看兩人嘴角的弧度，想來是很滿意。

新廚娘最快也要明天才能到，今天的飯菜還是得落在慧馨身上。慧馨掏出懷錶看看時間，該做飯了，帶著兩個婆子就在廚房裡忙了起來。

匠人下午就來，總共來了六個人，慧馨跟吳良娣建議把這六個人都雇下來。縣衙加後院整修起來也算不小的工程，人手少了工期肯定就會延長，她可不希望老有外人在院裡窺來窺去。縣衙那邊主要是重新上漆，兩個人就夠了，內院屋子多，四個人做了六天才整修好。

幾天之後，慧馨站在院子中，看著井井有條、煥然一新的院子，很是欣慰。最讓她感到自豪的是已經改造好的浴室，顧承志和吳良娣有木桶可以在自己的屋裡泡澡，他們這些下人可沒這等待遇。因此浴室一造好，就得到了大家的好評。天氣越來越熱，東南沿海又比京城潮濕，大夥早就受不了整日一身的黏糊糊，有了這個淋浴室，大家就可以在睡覺前洗個澡了。

人手夠了，慧馨把府裡的事情制定了條例，大家做事只要參考條例就行，慧馨終於從後院瑣事裡解脫了出來，再度把大權還給吳良娣。

慧馨開始幫著顧承志處理縣衙裡的一些事情。衙門裡除了師爺六公子和兩個衙役，就只剩顧承志帶來的侍衛了，這些日子顧承志忙著帶人勘測南搵地形，六公子大多時間也陪著顧承志在外面，因此衙門裡的事情就給擱下了。內院一整肅好，顧承志就把慧馨調到了縣衙這邊幫他處理瑣事。

慧馨正在整理南搵的戶籍冊子，她從一堆卷宗中抬起頭，看看時間是該去送飯了。這幾日顧承志為了勘測南搵的地形地貌，侍衛們幾乎全都被派出去了，後院只留兩個人守著。在人手不足狀況下，每到用餐時間，慧馨就要跟另一個侍衛一起去給顧承志他們送飯。

慧馨騎著馬跟在侍衛後面，馬上掛了兩個食盒，前頭侍衛的馬上則掛著三個。慧馨騎在馬上感嘆道：「幸好當初學了騎馬，不然還真是不方便。」

今日顧承志的勘測地點好像是一個港灣，離南搵城有段距離，慧馨頭次見到這個港灣的時候，終於明白顧承志選擇南搵這麼個鳥不生蛋的地方做縣令的用意了。看到眼前這個天然的港灣，就意識到顧承志是為了造船。

南搵城地勢奇特，雖然位置不好，卻因其地勢形成了一個天然的避風港，歷年的颱風都被擋在城外，因此數百年來，從沒發生過大的颱風災害，這也說明了為什麼南搵經濟不發達，卻仍有許多人居住的原因。

慧馨騎在馬上，遠遠就看到顧承志正跟某人站在崖邊往下看，原來南平侯今日帶了侍衛過來。慧馨下馬，把一個食盒遞給旁邊的侍衛，自己提了一個過去找顧承志。

慧馨給顧承志和南平侯行了禮，把食盒放在地上，並順手將碗筷拿出來遞給顧承志，顧承志接過東西就吃了起來，他挺能適應環境的，來南擉這段時間早把貴公子的做派丟在一邊。

慧馨見南平侯還站在崖邊，便過去同他說話。

南平侯看看正在吃飯的顧承志，笑著跟慧馨說：「妳不用客氣，我們是吃過午飯才過來的，不過今晚可能要去縣衙打擾一宿，妳下午回去安排一下，把住的地方整理出來。」

【第一百九十五回】
再返京城

南平侯今晚要在縣衙後院留宿，房間是足夠住的。慧馨指揮新雇來的婆子整理房間，幸好當初慧馨讓工匠把所有屋子都整修了一遍，還找木匠打了不少新的家具。

整理好屋子，慧馨又給廚房那邊傳話：「……待會去菜場那邊買隻燒雞，再買罈酒，侯爺留宿咱們這，可能要跟老爺喝一杯。」

縣衙的衙役和院裡新來的人聽說南平侯要來，少不得打聽打聽縣太爺跟侯爺的關係，慧馨他們早就對好了口徑，遠親嘛，侯爺為人仗義，自然要照顧親戚。

兩個衙役瞪得眼睛滴流圓，原還以為新來的縣太爺不得志，不然怎會被分到南撾這個窮地方來，如今知道了縣太爺跟侯爺是親戚，忙打起精神不敢再偷懶耍滑。

夜裡，顧承志和南平侯在屋裡喝酒，吳良娣把丫鬟都遣了回去休息，留下來親自服侍他們兩個。屋裡頭有吳良娣，門口有侍衛們守著，慧馨很放心地去淋浴睡覺。

次日一早，慧馨爬起來打水洗漱，井邊樹下南平侯正在練劍。慧馨駐足看了許久，真是羨慕啊，為啥她沒重生成俠女呢……

待得南平侯收勢，慧馨上前跟他行禮，南平侯看著慧馨說道：「……上回妳在莊子上做的水晶五花凍味道不錯，今晚再做些來嘗嘗。」

慧馨一愣便反應過來，忙應了聲是，看來南平侯今日還要住在這裡，「侯爺，今日午飯有什麼想吃的？」

南平侯想了想說道，「……會做拌麵嗎？」

「會的。」

「那中午就吃拌麵吧，多放點梅菜……」

「好。」

❖

南平侯一行在這裡住了三天才走，臨走前南平侯還要走了那個淋浴房的設計圖。看來古人不是不愛洗澡，只是受客觀條件限制了。

顧承志的地形勘測工作已經結束，他的確要在南擓建造船廠，不過南擓的現狀不如預期，他要趕在京裡工部派來的人到達前，把該做的事情完成。接下來會有幾個大動作要進行，像是端掉走私窩點、吸引勞工來南擓，這些事情都不容易，所以顧承志準備先從當地的士紳下手。這些人都是當地的大勢力，估計不少跟走私團夥有直接關係，要在行動前先穩住他們。

慧馨皺著眉頭看著桌上放的茶葉，這些是他們從京城帶過來的，因著是輕裝簡從，這些奢侈品、消耗品就沒有帶太多。只是到了南擷後，發現南擷物價畸形，好茶葉不但難買還貴得要命。顧承志要宴請當地士紳，肯定要有茶水招待，慧馨就在考慮究竟是用這些從京城帶過來的好茶呢，還是買點當地的次茶濫竽充數？而剩下的茶也不多了，這次用掉之後顧承志本人就喝不上了……而且憑縣令每月二十兩的俸祿根本喝不起好茶，雖然他們有錢，但別人肯定會想顧承志哪來的餘錢喝好茶啊？當官在外自立門戶還受家裡接濟？還是貪官汙吏不缺錢？這兩個說法可都不好聽。

慧馨嘆了口氣，還是先去探探顧承志的口風吧！

顧承志剛寫完密摺，聽完慧馨的話，坐在椅子上沉思。南擷物價畸形，他這段時間也察覺了，在南擷最貴的東西便是食物，可食物是老百姓生活的基礎，價格過高對當地的民生穩定都不利。

顧承志沉吟半晌終於開口道：「女眷用好茶招待，男客這邊用次茶。老爺我新官上任沒錢啊，以後得靠這些人照應著，女客嬌貴少不得用遠道帶來的茶，剩下的嘛，得讓這些人明白老爺現在日子過得苦著呢……」

宴會當日，吳良娣招待來赴宴的女客，茶用的是好茶，點心則是因吳良娣嫌廚娘做得不夠精緻，而領著慧馨和巧玉特地做的京城風味糕點。

吳良娣對於社交應對非常得心應手，慧馨站在她身後默默觀察。這次跟著顧承志出行，對於吳良娣來說是至關重要的表現機會，倘若是在聖孫府，做為女主人招待客人這事是萬萬輪不到她的。

今天這個場合，恰巧能滿足吳良娣那份求而不得的心思吧！此時此刻在這些女眷眼裡，她毫無疑問是顧承志的正妻。

顧承志不知在男客那邊說了什麼，之後的幾天不斷有人向他們示好，邀請顧承志和吳良娣做客，顧承志似乎很快就跟當地的大家族們打好了關係。

❖

南撾的人們還在一片平靜中生活，在此同時朝廷卻對東南沿海的各個大港口，開始打擊走私的清剿活動，其中最主要就是除掉各個城市的走私銷贓窩點，切斷走私利益鏈條。

隨著沿海打擊走私活動的進行，再加上颱風季即將到來，陸續有跑船的人回到了家鄉。顧承志趁著這個時候，正式公布朝廷要在南撾建造船廠的消息。工部派來的人已經到了，造船廠由工部管轄，派過來的負責人沒見過顧承志，只當顧承志是個小縣令，整日指揮著顧承志協助他做這做那。顧承志倒是無所謂，他早知道工部派來的人是個技術派，脾氣大但是工作認真負責，他對這樣的官員還是很欣賞的。

南撾在顧承志的治理下漸漸朝向造船基地發展，本地人開始在船廠工作，走私不好做了，跑船出海畢竟有風險，既然家附近就有活做，何必捨近求遠呢？

顧承志還讓朝廷下了不少惠民政策，也鼓勵沿海的民眾耕田，緩解沿海糧食緊張的局面。三年下來，南撾真正是變了個樣子。

❖

一轉眼，顧縣令該回京述職了，做為皇聖孫出海三年，也是該回去了。

慧馨正在吩咐下人收拾行李，顧承志這次返京要以皇聖孫的身分回去，他們一行要先偷偷前往另一個港口巨鹿，讓顧承志在那裡完成轉換身分。

顧承志已經跟她說了，這次回去只在京城打個逛，之後還是要返回南撾。造船廠畢竟才剛起步，他不放心交給別人。這三年在南撾的生活，慧馨很有心得，也比在江寧和京城更讓她開心。因而對顧承志要留任南撾的決定她很支持，在南撾多自在啊……

雖然慧馨不想回京，但她終究有些掛念謝睿和盧氏，還有懷仁這個小侄子，不知道懷仁還記不記得她？這三年為了保密顧承志的行蹤，慧馨一直沒跟謝家聯繫過，也不知道他們現在怎樣了……

對於回京最不高興的大概是吳良娣了，京裡頭袁橙衣頭胎就產下了大少爺，半年前，吳良娣也生下了二少爺。加上吳良娣在南撾過了三年主母生活，回京她可就不再是家裡的女主子了。下次出行，顧承志會不會再帶她都還是未知。即便顧承志願意再帶她上任，袁橙衣也未必肯了……看來以後聖孫府裡要不平靜了。

一行人到了巨鹿，跟在那裡接應的人接上頭，那些人把他們送上一艘船，出海後到了另一個港灣，顧承志一行人又上了另一艘大船。他們在大船上完成換裝，打出旗號，浩浩蕩蕩開回大趙。

再度回到京城，顧承志有許多應酬要參加，幸好他體恤慧馨，想到慧馨三年沒回家便給她放了假。

慧馨迅速回屋收拾了自己的東西，聖孫府裡她一刻也不想多待。想到剛才袁橙衣在大殿接見吳良娣時的樣子，慧馨忍不住打個顫，聖孫府現在是山雨欲來風滿樓啊……

❋

慧馨回到謝府，謝睿照舊帶人在門口迎接。她回來前在上港城搜羅了不少西洋小物品，回府馬上就開始大放送。

小懷仁完全不記得慧馨了，不過他被教育得很好，規規矩矩地給慧馨行了禮。聽說懷仁已經啟蒙了，慧馨忽然覺得她買的不少西洋玩偶對懷仁來說有些幼稚……讓慧馨感覺變化很多的人不僅是懷仁而已，還有木樨。木樨去年就嫁人了，盧氏做主把她許給了謝睿身邊的一個小廝，如今木樨已成了謝府裡的管事媽媽。

回到自個的小院子，慧馨熟悉的人只剩木槿，她拉著木槿到屋裡說話，問她謝府以及京城這幾年的情況，還有江寧那邊與二姨娘的消息……

木槿邊抹淚邊跟慧馨回話，慧馨知道只要繼續待在顧承志身邊不出事，謝家便不敢薄待二姨娘。

木樨得了消息來給慧馨請安，她比木槿沉穩很多，說起離後的事情多是惆悵，卻不悲傷。

慧馨看著已經嫁做人婦的木樨，這才意識到原來才一眨眼的工夫已過三年，人事已非便是這種感覺吧！

慧馨看著木樨也不知說什麼好，木樨比她還大，這麼晚成親其實是受她拖累，但盧氏還是很給慧馨面子，把木樨許給謝睿的小廝，做個體面的管事媽媽。

【第一百九十六回】
慧妍的生存之道

今年京城的謝府一家人又要齊集一堂，三年一次的述職，謝家三位當官的老爺都要回京，謝老爺謝太太便也趁這個機會到京裡聚一下，謝老爺順道要去視察望山書院燕京分院。謝家在燕京的書院走的是平民路線，書院裡課程規範完整且學費低廉，吸引不少附近的中等家庭。再過個幾年，有學生參考之後，書院的教學水準才能漸漸展現，聽說這幾年謝睿經常去書院指點那些年紀稍大的學子。

在眾位老爺太太還未到京城之前，謝府老宅那邊先迎了第一位回娘家過年的姑奶奶——慧妍，她帶著孩子們到了京城。慧妍把行李扔在老宅，沒做停留便帶著兒女往二房這邊過來。

慧馨正坐在盧氏屋裡說話，就見一個身影風風火火地闖了進來，定睛一看竟是慧妍。

慧妍跟盧氏和慧馨打了招呼，一屁股就坐在旁邊的椅子上，「……大家都是自己人，我就不跟二嫂客氣了，二嫂，快叫她們上茶水點心，我趕了半天路，可是又餓又累。」

慧馨皺眉，不知道慧妍這唱的是哪齣戲。盧氏掃了眼跟在慧妍身邊的幾個孩子，嘆了口氣吩咐丫鬟們去準備茶點，又叫身邊的丫鬟帶著孩子們先下去洗漱。

慧馨看盧氏的態度和那幾個孩子不認生的神情，看來這幾年慧妍帶著孩子回娘家的事沒少幹了。

慧馨喝了一杯丫鬟奉上的茶，撚起一塊糕點咬了一口，忽然側頭看了慧馨一眼，她好像才發現慧馨一般地叫了起來：「呀，是七妹！妳怎麼回來了？不是跟聖孫殿下出海了嗎？」

慧馨心下撇撇嘴，「前幾日回來的，殿下准了我幾日休假回家歇歇，沒想到竟能見到四姊。四姊這些日子過得可好？我看妳臉盤越發圓潤，想來是過得不錯了……」

慧妍點點頭，「湊合吧，家裡頭都還算聽話。」

慧妍起身走到慧馨身邊，打量了幾番才又說道：「妳不是做了聖孫府女官嗎？怎麼看起來好像沒什麼變化，只是比以前更悶了。」

慧馨眉頭一跳，裝模作樣地嘆了口氣，「是啊是啊，聖孫府難混著吶，我在裡面被人當作丫鬟一樣差來使去，哪有四姊這般享福啊！」

慧妍看著慧馨嘖嘖直咂嘴，「還以為妳做了聖孫府女官有多風光呢，我經常拿妳出來壓妳姊夫……妳在裡頭混得不好，這事可得保密，不能被別人知道了……」

慧馨聽著慧妍在那嘀咕，心下直覺好笑，慧妍果然利用她的名頭來彈壓別人了。

慧妍還在那裡自說自話：「我說啊，妳既然在聖孫府裡混得不好，想來也不會被聖孫殿下收到房裡了，現下妳都快十八了，已經算是老姑娘，若真待到二十六歲出宮還怎麼嫁人啊？哪有人家會娶這麼大的姑娘……我看妳還是得想法子討殿下和聖孫妃的歡心才行，最不濟也得求他們幫妳指門婚事，要不然妳可就真嫁不出去了。」

慧馨看著慧妍自顧自地說話，心下覺得好笑，趁她喝茶的空檔趕緊打斷她：「四姊是一個人帶著姪女姪兒來的嗎？怎麼四姊夫沒跟妳一起？說起來，自從妳成親後，我還沒拜見過四姊夫呢……」

慧妍冷哼了一聲，坐在椅子上閉口不言了。慧馨疑惑地看了看盧氏，盧氏搖搖頭嘆了口氣說道：「四妹，雖然我們是隔房的姊妹，可妳既然跑到這邊府上，想來也是信任妳二哥二嫂。大伯父和大伯母不出幾日就會到達京城了，到時少不得要跟二位長輩回話。二嫂得先問妳一句，妳這次跑出來又是為了什麼？」

慧妍原不想說，在盧氏和慧馨的連番詢問下終於開了口。

❖

原來慧妍成親後，在山西自立府邸完全變成了一個強大的悍婦。不是把內院管得井井有條，而是把內院變成了一個鐵籠，連隻蒼蠅都飛不進去。慧妍一開始就跟蘇公子約法三章，蘇公子在外面談生意應酬她不管，嫖妓之類的也不管，只是嚴格規定不能養外室，不能納妾，不得有通房，更不能有私生子的出現。而蘇公子竟也同意了慧妍的規矩，這些年還執行得不錯。

不過外頭總有流言蜚語諷刺蘇公子娶了個悍婦，還經常傳言某某女子被蘇公子養作外室，或者某某名妓被蘇公子包養之類。每次有這些傳言出現，慧妍便會帶著孩子回京城住。大房如今無人在京，慧妍便經常賴在二房這邊，她是白天在二房混，晚上回老宅睡覺，只等蘇公子來賠禮道歉領他們回家。

慧妍這次出來是因為傳言說有人懷了蘇公子的骨肉，這人正是蘇公子常請客人去玩的瀟湘樓頭牌蕭淩兒。傳言說得有鼻子有眼，本來夫婦倆準備明年開春再到京城來玩的，可慧妍一氣之下便把行程提前了，臨走前只撂下一句：「讓老爺自己看著辦！」要下人帶話給蘇公子。

盧氏語重心長地勸道：「四妹，不是我說妳，妳老這麼說風就是雨地折騰，不是個事兒啊！這些年來，四妹夫怎麼對妳的，妳還沒看透？外頭的傳言哪回是真了？妳的那個約法三章，他這幾年來也都遵守得好好的，妳不要總是抹他的面子。四妹夫在外頭怎麼說也是大商賈，老這麼跟他鬧，他的那些朋友哪能不笑他，他還怎麼做人啊？你們孩子都有三個了，教孩子看了也要笑話，讓四妹夫在孩子面前臉面往哪擱啊……」

這些年來，慧妍經常耍著脾氣鬧著彆扭過日子，蘇公子倒是沒抱怨過什麼，可蘇家本家卻為此事給謝大老爺寫了不少信。謝大老爺和大太太也試圖勸過慧妍，可惜慧妍根本就不聽，大太太又疼愛女兒，每次慧妍回京，都會專門寫信給盧氏，拜託盧氏照顧慧妍。好在蘇公子本人對慧妍回娘家的行為並不介意，蘇家也不曾真跟謝家撕破臉，這事後來大家就睜隻眼閉隻眼，隨便他們夫妻自個兒折騰去。

慧妍撇撇嘴，皺眉說道：「二嫂妳不知道，這回傳得是有鼻子有眼的，我估摸著八成是真的，給那女人摸脈的大夫我都找來問過是真有了。他上個月去了西邊，到現在還沒回來，那女人原本一直瞞著，倒是診脈的大夫口太碎，把這事給捅了出來，要不然我還被瞞在鼓裡呢！」

慧馨心下了然，俗話說，常在河邊走哪有不濕鞋，四姊夫做生意應酬多，青樓妓院那些地方自然是常去的，就算四姊夫再怎麼精明，難免不會被某些膽大的女子算計。有心算無心，四姊夫著了道也不奇怪。

盧氏嘆了口氣說道：「……照妳這麼說，那倒真有可能，只是若那女人真有了身孕，妳準備怎麼辦？」

慧妍聽到盧氏的問話冷笑一聲：「那女子出身青樓，就算我心軟，家裡頭肯定也不會同意。我什麼都不準備做，我們家爺自會處理好。不是我狠心，那女人和孩子都留不得。」

成親這麼多年，慧妍早摸清了蘇公子的脾氣，像這種被青樓女子偷種的事，可比家裡有個悍婦還讓他忌諱，不用慧妍出手，蘇公子自會處置那女人。

沒過幾日，蘇公子果然追著慧妍到了京城，兩人在屋裡嘀嘀咕咕了半天才出來見人，之後他們便回了老宅子，慧妍一連好幾日都沒再到二房這邊來。等慧妍再度來看望盧氏和慧馨，慧馨便發覺慧妍嘴角的笑意怎麼看怎麼覺得邪惡。

後來盧氏告訴慧馨，四姊夫果然將那女人贖了身，還帶到了京城，只是四姊夫並沒打算把她收到房裡，而是交給慧妍處置。聽說慧妍在莊頭租了個小院，把那女人安置在那裡，不過沒給她一分錢，而是另外派了個老媽子看著。那人吃穿用度都得自個兒動手。眼下已經快過年，這京城的冬天又份外寒冷，再過幾日就該下雪了，那女人懷著孩子恐怕是熬不過這個冬天的。

大年夜的晚上，謝家一群人在大堂裡吃年夜飯，慧馨看著慧妍和蘇公子之間的互動很是感慨。蘇公子很照顧慧妍，在她面前完全一副小意樣，且對旁人看他們的奇怪眼神也視若無睹。這還是慧馨頭一次在古代看到丈夫對妻子這麼好，真是奇怪的一對人。慧馨看著慧妍時而嬌嗔時而打罵，突然想到，幸好慧妍是這個脾氣，若是換了真正溫柔賢慧的人，只怕反而不如慧妍如今過得幸福了。慧馨忍不住仰天長嘆，原來剽悍也是一種生存之道……

過了年，慧馨就回聖孫府當差了，顧承志已經下令下個月啟程再次南下。慧馨看了隨員名單，吳良娣果然被換下，這次跟著顧承志的人改成了王良娣。

【第一百九十七回】
山雨欲來

王良娣這人還滿好相處，比吳良娣更好溝通，但也許是臨行前袁橙衣跟她交代了什麼，王良娣行事特別依賴慧馨，做什麼之前都先問過慧馨的意見。慧馨對此又是欣慰又是頭疼，有一位好商量的主子下人們自然好辦事，可這主子事事都要跟下人請教就太詭異了……

好在顧承志對南撾已經很熟悉，當地人對他也很認可，不需要王良娣刻意跟其他女眷結交。事實上，上回吳良娣給當地的太太小姐們留下了良好印象，南撾當地人一直以為吳良娣才是縣太爺的正妻，因此王良娣便只能以姨娘的身分出現，可想而知，當地的太太們自然不願自降身分跟一位姨娘結交。

出乎慧馨的預料，王良娣對這些事完全沒有計較，一門心思都放在顧承志身上。她把顧承志照顧得無微不至，一日三餐都親自下廚，衣物鞋襪也由她一手縫製，內院的事則全交給了慧馨。

日子一長，慧馨就發現顧承志對王良娣也越來越好了。是人都會渴望真情的，王良娣為顧承志奉上的便是一份真情。天天吃著王良娣做的飯，穿著王良娣做的衣鞋，晚上看摺子有王良娣陪伴，冷了熱了都有王良娣在旁噓寒問暖，面對這一番深情，顧承志怎麼會不感動呢？雖然顧承志貴為皇孫，但王良娣大概是第一位用深情來打動他的人吧！

王良娣跟吳良娣在風格上完全不同，主事上沒有吳良娣的能力，稱不上是賢內助，可她全副心思都放在顧承志一人身上，是個心裡只有顧承志的女子，正是這種態度讓她成了很重要很特別的人，顧承志的個人情感也在王良娣身上得到了滿足。

慧馨每次看到顧承志望著王良娣的眼神，便知道以後聖孫府裡最受寵的女主子必是王良娣無疑。王良娣發自內心的關愛和情意，都是袁橙衣和吳良娣沒有的，也是她們無法做到的。

另一方面來說，只要王良娣擄獲了顧承志的心，在他心裡佔有一席之地，她就會是袁橙衣最好的幫手。看著王良娣跟顧承志恩愛，慧馨就會想起敖敦。如今聖孫府裡還未被寵幸過的女主子只剩敖敦了。敖敦是異族人，她的長相使得顧承志縱使有心也不能帶她到南方，怕別人會懷疑她的身分。在慧馨的記憶中，敖敦應該是跟娜仁一樣驕傲熱情的女子，她嫁給顧承志已有三年多，卻一直獨守空闈，也不知熬不熬得過去。不過至少在府裡不會受到委屈，畢竟她是羌斥王弟女，待遇絕對差不了，袁橙衣只要明事理便不會虧待她。

王良娣不但把府裡內院的事情交給了慧馨，連跟南平侯有關的事情也交給了慧馨。慧馨今日一大早就騎了馬帶一名家僕往南平侯的莊子趕，顧承志從京城帶了不少孝敬太夫人的禮物，她今天要送去。慧馨現在的騎術好了很多，已能夠策馬狂奔了，雖然堅持不了多久，但來回縣衙和南平侯莊子已是足夠。她為了能夠當日往返，把禮物都包成了包裹掛在馬背上。

慧馨兩人趕在午飯前到了南平侯的莊子，慧馨陪著太夫人說了會兒話，太夫人便留她一起用飯，不過慧馨還是堅決推辭了。畢竟顧承志的真正身分還瞞著莊子上其他的下人，加上如今她只是侯府一個遠親的下人，怎麼能跟太夫人同桌用餐？。

慧馨匆匆辭別太夫人就要往回趕，正在外院尋找那位跟她一起前來的家僕時，南平侯正好從外面回來，一開口便叫住她，把她帶到一旁單獨問話。

「你們這次回京有沒有聽到京裡有什麼奇怪的傳言？尤其是宮裡頭傳出來的消息……」南平侯皺著眉頭問道。

慧馨想了一下才說道：「奴婢這次回京，殿下體恤奴婢，給奴婢放了休假，年節也是在自個家過的，算下來奴婢只在聖孫府裡待了三四日，隨後又忙著為殿下再次南下做準備，聖孫妃幾次進宮，奴婢並沒有跟在身邊，府裡頭也沒聽說什麼消息……依奴婢看聖孫妃臉色，宮裡應該一切如常才對。至於京城裡頭，也沒聽說有什麼特別的傳言。」

南平侯聽了慧馨的話，一時沉吟不語。慧馨見南平侯臉色深沉便問道：「侯爺，您詢問京裡的消息是不是發生了什麼事？」

南平侯看了慧馨一眼，笑了一下說道：「沒什麼，只是許久沒回京城，對一些人事都有掛念，本來還想找妳打聽打聽消息，看樣子妳是不知道了……早點回去吧，別在外頭耽擱晚了，這還是初春下晌濕寒氣重。」

慧馨見南平侯不願說，自覺沒資格打聽南平侯的事情，便謝過南平侯關心，跟那家僕一起牽著馬出了莊子。

慧馨看看天色，跟旁邊的家僕說道：「今日天色尚早，咱們出來的時候，姨娘說老爺喜歡吃醬鵝肝，讓我們有時間的話，路過上港買些新鮮的鵝肝回去。我看咱們時辰來得及，先去上港菜場轉一圈吧。」

那家僕是一直跟著顧承志的侍衛，知道慧馨在府裡的分量，對慧馨的吩咐自然沒有二話。慧馨兩人縱身上馬，急速往上港城飛奔而去。

上港的菜市場慧馨很熟悉，她隔三差五就往這邊採購物品。上港終究是繁華港口，東西種類比南撾更加齊全。像這新鮮的鵝肝，只有在此才能買到。

既然來一趟，慧馨自然不只買鵝肝，順便採購了些東西，其中以調料居多還有一隻活雞。其實慧馨一直覺得應該在內院養幾隻雞，可是她又擔心顧承志嫌髒，便打消了這個念頭。

看看天色差不多了，慧馨把東西分成兩份後，上馬便往南撾趕。

慧馨騎在馬上，迎面的風颳著臉和手指，空氣有些濕冷。慧馨攏了攏指尖，這副手套有些薄了，回頭要再加厚一點，還有耳朵，要做副耳套，跑馬的風很強，吹得有點冷。這都入春了，可別又生了凍瘡教人笑話。

慧馨耳邊呼呼的風聲忽然感覺好像變大了，她有些疑惑地側了側頭，看到旁邊的家僕正回頭向後看，慧馨奇怪地也往後面看了一眼。這一眼可把慧馨嚇了一跳，後面一群人正騎著快馬，朝他們奔來。慧馨定眼一看，後面的人好像很耳熟，竟然是南平侯和他的侍衛們。

南平侯一群人很快就追上了慧馨他們，側頭看著慧馨，「怎麼才走到這裡？」

慧馨有些不好意思地回道：「去了趟上港菜場，買了些東西……」

南平侯皺眉看了看慧馨馬上掛的包裹，似乎對慧馨的騎速很不滿意，他又看了看慧馨的身板說道：「妳的速度太慢了，到我的馬上來，我帶著妳。」

慧馨有些驚訝地看著南平侯說道：「……侯爺若是找老爺有急事可先行，不用管奴婢，這裡離南撾已經不遠，用不了一個時辰，奴婢就能趕回府裡。」

南平侯皺眉，「哪來那麼多廢話，爺吩咐妳怎麼做妳就怎麼做，把手臂伸出來！」

慧馨見南平侯臉色一沉，心下一突，手臂不自然地就伸了出來。南平侯打馬靠近慧馨，大掌一伸抓住了慧馨的肩膀。慧馨只覺肩膀一重，還沒反應過來，便被南平侯抓到了他的馬上。慧馨完全沒搞懂她是怎麼跑到南平侯馬背上的，好像一眨眼就坐到了南平侯懷裡。

慧馨看了看她原來騎的馬，那是匹訓練有素的老馬，即使無人駕馭，也會跟在馬隊後面。

慧馨又抬頭看看南平侯，心想南平侯會這麼做，肯定是有原因，要不然為何會這麼著急地往南撾趕？慧馨想起南平侯今日向她詢問京城的消息，難道是京城出事了？

南平侯低頭看了一眼身前沉思的慧馨，說道：「我剛接到密報，京裡頭出事了，皇上病危。朝廷對外封鎖了消息，不過這消息瞞不了多久，估計很快就會傳開了。」

【第一百九十八回】替死鬼？

屋裡頭南平侯和顧承志兩人正在談話，侍衛守在門外看管，任何人不得入內。慧馨在自個的屋子裡發呆，她還未從皇上病危的消息中醒過神來。

過年的時候皇上還在大殿上接受百官朝賀，怎麼才離京兩個來月就突然病危了呢？南平侯應該是比顧承志先得到了密報，想來南平侯出身軍隊，估計有比較特殊的通信管道。且南平侯今日這樣問她，恐怕是早就懷疑京裡出了事，可能過年時就已經傳出皇上身體不好的消息。

皇帝病危，太子身體羸弱，這種時候最需要皇聖孫在京中穩定人心，可偏偏顧承志沒有得到一點消息，這麼關鍵的時刻不在京裡，若是被有心人趁虛而入，只怕京城要亂了……為何顧承志沒有得到一點消息？是有人故意針對他？是皇帝？太子？漢王？燕郡王？抑或是其他人？

顧承志的首要之急便是趕回京城，有心人能封鎖皇上病重的消息，多半也會察覺顧承志沒有出海而是在南撾的實情，那這趟回京之旅只怕就不太平了……。

慧馨長嘆了口氣站起身，摸一摸肚子，有心事所以晚飯吃得少，不一會兒又已經餓了，去廚房找點吃的吧！

慧馨還未進廚房就看到了裡面王良娣的身影，王良娣應該正在灶台上給顧承志煮湯水。慧馨在外頭看了看王良娣忙碌的身影，並未進去打擾她，京城出事的消息她大概還不知道吧！王良娣這兩個月來，從未比顧承志早睡過，也未比顧承志晚起過。

慧馨回了自個屋子，待會估計顧承志那邊會叫她過去，等主子們睡了再去找吃的吧。一直到丑時，顧承志才派人叫慧馨過去。

慧馨進了屋，看到顧承志、南平侯、六公子和王良娣都在屋裡，她上前行了禮站到了王良娣身後。

顧承志簡要地說了京裡的情況，南平侯收到的密報是許皇后送過來的，皇上病危這件事是肯定的了。目前京裡頭氛圍不太好，許皇后怕太子壓不住，便召了顧承志立馬回京。

❖

按照皇后所說，聖孫妃袁橙衣在半個月前就已經派人快馬往這邊送消息，但卻一直沒跟他們聯絡上，十有八九是路上出事了。那麼顧承志在南撾的消息也很可能已經走漏，這邊也會變得不安全。

在這種敏感的時刻，顧承志只能祕密回京，並由南平侯派小部分的侍衛護送他，不能出動軍隊以防止引起其他流言，或讓有心人藉這個話題反咬顧承志造反。

現在估計還沒人預料到他已經得知此事，因此顧承志決定單獨一人同南平侯的幾個侍衛回京。考慮到不要引起注意，他也刻意不帶府裡的侍衛一同隨行。而慧馨他們留下的人更要裝作沒事一樣照常過日子。

南平侯已經派了侍衛在南撾城外接應連夜啟程的顧承志。至於假扮顧承志繼續待在南撾的這個人也已經找好。可皇上病危的消息只瞞得了一時，時間一長肯定會露出風聲，太子那邊總要給顧承志送消息過來，而「偽」顧承志到時就得進京，這一上路肯定會遭到對方襲擊，能不能活著到京城都是未知。

顧承志和南平侯商量過後，決定到時候上京的「顧承志」分成兩批，讓對方分不清虛實，也可分散對方的人手，增加人員存活下來的機會，更能掩護顧承志早就提前動身的事實。

這麼一來，就要有至少兩位顧承志的親信分別隨兩批人馬上京，在這屋裡頭算得上顧承志親信的人就有三位，王良娣、慧馨和六公子。顧承志既然沒有帶六公子一起進京，這兩批人馬裡必然有六公子。

六公子主動要求跟其中一隊行動。而剩下的人中，慧馨看了看王良娣，見她一副茫然無知的樣子，心下嘆了口氣。

慧馨往前邁步，走到顧承志面前往地上一跪，「殿下，另外一隊人，讓奴婢跟隨吧！王良娣身子弱，不適合跟隊伍上京……」

王良娣看著慧馨跪在地上，似乎才反應過來，忙看向顧承志說道：「我……」

顧承志抬手制止了王良娣後面的話語，在慧馨和王良娣之中，最好的人選便是慧馨，考慮到這個任務危險，王良娣只會成為隊伍的拖累。

顧承志和南平侯又與幾人商量了一下細節，計畫就這樣定下來。因著顧承志要馬上動身，慧馨等人便先退下去，留下王良娣跟顧承志二人說些離別悄悄話。

慧馨出了屋直接往廚房那邊去，她精神還有些恍惚，雖然主動接下了顧承志的安排，但其實是在剛才那種氣氛下，不得不主動。因為當時只要她有所猶豫，那麼與顧承志之間的情義也會毀於一旦。可慧馨雖然這麼決定了，她心裡卻不像六公子那樣覺得理所當然。畢竟慧馨和六公子的任務，說白了就是替顧承志送死。

慧馨慢騰騰地看看案板上的乾麵，是今天晚飯剩下的，她往灶膛裡添了把柴火，原本被壓住的火苗重新燃了起來。慧馨看著火苗有點恍神，火光映得她臉龐紅彤彤。她真要做別人的替死鬼嗎？雖然她跟顧承志有些交情，但也沒到兩肋插刀的地步啊！

「給我也煮碗麵，多盛點湯。」身後一個沉穩的聲音說道。

慧馨回頭一看，南平侯正站在廚房門口看著她。慧馨莫名一陣臉紅，咳了一聲掩飾自己的尷尬：「侯爺也餓了嗎？您要多少麵？這些夠嗎……？」

南平侯直接坐在廚房裡的桌子旁看著慧馨。這個女孩比當年更加讓人難以捉摸了，明明比所有人都小，卻表現得比所有人都懂事。

慧馨給南平侯盛了一大碗麵，澆上湯汁，再撒些蔥花在上面，也給自己盛了一小碗。慧馨想再找些醬菜就麵吃，抬頭就看到一個罈子，裡面裝的正是王良娣為顧承志做的醬鵝肝。慧馨心下哼了一聲，取下蓋子，就挑了兩塊比較大的鵝肝，放在她和南平侯的碗裡，一人一塊。

慧馨和南平侯就這麼對坐著在廚房裡吃麵，兩人都沒有言語。慧馨吃得很斯文，沒有發出一點聲音，倒是南平侯吃得唏哩呼嚕，好像特別好吃的樣子，搞得慧馨都懷疑他們兩人是不是吃同一鍋麵了。

南平侯很快就把麵吃光，起身又給自己盛了一碗湯，「……這鵝肝是妳做的？」

慧馨還在跟自己那碗麵奮鬥，她好像盛得有點多了，卻又不好意思當著南平侯的面倒掉，只能努力往下塞，聽到南平侯問話，她忙抬頭搖了搖頭，「不是奴婢做的……」

「味道不太好。」

慧馨疑惑地咬了一口鵝肝，仔細品了品，好像是有點苦味，慧馨忙說道：「調料估計沒放對，下回奴婢親手做了給您嘗，呃……」慧馨剛說完這話，便覺得這話有些詭異，忙住了口，有些尷尬地看看南平侯。

在火光的映襯下，南平侯光亮的臉龐好似嘴角掛著笑，慧馨不好意思地低下了頭。

「不要胡思亂想了，不用害怕，我會跟妳一起。」

慧馨驚訝地抬頭盯著南平侯，他微笑的嘴角安撫了慧馨緊張的情緒，讓她一瞬間放鬆了下來。這句話就像一個承諾，有了這個承諾，她也就不再害怕了。

❖

次日清晨，慧馨按時起床，雖然昨夜睡得晚，可今天卻很有精神。她昨晚到後來就想開了，既然為主子賣命沒法拒絕，那就要好好地完成這份差事，並努力活著回到京城。只要她能活著回去，也算是對顧承志有一份救命之恩。

以前慧馨和顧承志算是有些交情，可卻不牢靠，若日後有了救命之恩，她才能真的算是顧承志自己人，且將來顧承志要給她指婚或者什麼的，總得先考慮她的感受，問問她的意見。於是慧馨一個轉念，把這事件當作是未來取得發言權的機會。

【第一百九十九回】
出發

顧承志連夜離開的消息，只有慧馨他們幾個知道，府裡頭的下人完全不知情，而假的顧承志會由暫時留在縣衙裡的南平侯幫著掩飾身分。幸好他以前也經常視察造船廠，所以南撾人對南平侯的出現並不覺得奇怪。

慧馨這幾天很忙，忙著府裡內院的事，還要幫六公子處理縣衙的事，最最重要的是她得為自己準備保命的東西。既然知道要去做替死鬼了，多少得要想盡辦法保住自個兒的小命。

慧馨把南撾城所有的店鋪逛了一圈，淘到一塊護心鏡，穿在身上試了試還挺重的，而且還有點太厚……

慧馨總覺得這個護心鏡不太實用，不僅厚重，保護面積又小，她想起以前看過別人利用「剪切增稠液[1]」製作防刺服，雖然現在弄不出一模一樣的東西，但簡易版類似功能的東西還是找得到。

慧馨做了一件四層的坎肩，內裡兩層用玉米糊浸泡棉布，外面兩層是油布。慧馨看著手上剛做好的簡易版仿液體防刺服，也不知道管不管用又不好拿出來試，怕別人看到問起這是啥，她可沒法跟他們解釋原理。

慧馨除了準備一件不知管不管用的坎肩，還做了一副護腿，上京這一路肯定要騎馬的，雖然慧馨如今騎術小成，但長時間下來腿肯定受不了，有副好的護腿可以讓她在馬上少受點罪。

今日，有當地的士紳設宴請南平侯和「顧承志」，為不打草驚蛇，南平侯帶著假顧承志前去赴宴了。

慧馨剛吃完午飯，便有侍衛過來回話，北邊送了密報過來。慧馨接過侍衛手中的密報，封皮上一個大紅的印戳「急」，顧承志曾給侍衛們下過命令，若是他不在府中，京城有緊急密報送到，可以交給六公子或者謝姑娘處理。

慧馨打開密報，果然是皇上病危，令顧承志速返京城的消息。既然要做戲，就得做得像點。慧馨眉頭一皺，吩咐侍衛道：「速去天香樓告知侯爺和老爺，就說縣衙有急事，急需他們回來處置。」

慧馨轉身回了自個屋子，又把早就準備好的包袱檢查了一遍，裡面放的是幾件衣服和一些乾糧……還有幾瓶南平侯給她的金瘡藥，慧馨把坎肩穿在身上，既然收到了消息，他們最遲今晚就要出發上京了。

南平侯和「顧承志」很快就趕回來，雖然事先都已經安排好了，但還是要做給暗處的人看。縣衙後院裡現在忙得雞飛狗跳，王良娣他們全在收拾行李。

慧馨召集了府裡頭雇來的下人，跟他們說老爺和太太要去南平侯莊子上住幾日，府裡暫時不需

【注釋】

① 一種新型防護材料，平時極具柔韌性，受到衝擊作用時，會在瞬間變成堅硬的固體。

要人，給這些南擼當地人全都放了假。雖然不少下人覺得奇怪，不過有假休總是好事，幾人簡單收拾東西便出了府。

夜幕降臨，府裡頭剩下的人用過了晚飯，慧馨和六公子下午把一些機密文檔都燒燬，府裡頭也已經清理乾淨，不能留下顧承志曾在這裡的蛛絲馬跡。王良娣把從京城裡帶的東西全都打包，只把在當地購買的物品留下。

夜色越來越濃，南平侯抬頭看看天色，是時候該出發了。他們這些人要分成三批離開，第一批走的是王良娣，她乘坐馬車由顧承志的侍衛護送到南平侯的莊子。莊子裡有南平侯的侍衛，別人不敢打莊子的主意，而只要對方確定顧承志沒跟王良娣一起，那麼王良娣就是安全的。

第二批離開的人是六公子和顧承志的侍衛，他們會沿大路走官道。慧馨與「偽」顧承志是第三批離開，她會跟南平侯的侍衛一起，他們要走小路，避開官道。而南平侯現在已經換了一身侍衛裝，他會混在侍衛中跟慧馨一起走。很顯然，後面這兩隻隊伍，慧馨他們第三批人是重點，在對方看來這第三批人才有可能混著真正的顧承志。說是兩個親信分散對方注意力，其實真正危險的隊伍是慧馨他們，六公子一批人算是在明，慧馨他們在暗，往往在暗的隊伍更容易引起對方懷疑。

送走了王良娣和六公子，慧馨與南平侯三人在屋裡靜候時辰，三批隊伍要間隔一個時辰出發。六公子出發前不知道從哪掏出一壺酒和三個酒杯，他把酒杯倒滿，往南平侯和慧馨面前一推。

慧馨了然六公子的意思，其實她並不奇怪顧承志會這樣安排，六公子從小就在顧承志身邊做伴讀，跟顧承志的情誼自然比慧馨更深厚。而且六公子的家世也不是慧馨能比，雖然不清楚六公子究竟是哪家人，但肯定是出身貴族。

慧馨很痛快地飲下了這杯酒，笑著跟六公子說：「……這一杯酒可不過癮，等到了京城，六公子要請我們喝頓好的。」

六公子一愣隨即豪情地說道：「好，咱們一言為定，等回了京城，我請你們到家兄的酒樓喝頓好的。」

慧馨看了六公子，好奇地問道：「說起來，我還不知道六公子的姓名呢，往日裡都只跟著別人喊六公子，不知令兄是……？」

「……敝人姓易，在家中行六，故而爹娘給我起名易六，家兄名宏，在京城開了家無名茶樓。雖然在京城不是很出名，但有些飯菜做的味道還不錯，酒水也勉強入得口。咱們今日就說定了，到時候我給兩位下帖子，到無名茶樓喝一場。」

原來是熟人，慧馨看了南平侯一眼，易宏公子是南平侯的好友，慧馨的「含霜」還是易宏送的。

慧馨笑著對六公子說：「好，咱們一言為定！京城見了。」

已經到子時了，輪到慧馨他們出發了，慧馨跟著侍衛們上馬，包袱背在身後，因是夜間行路，慧馨他們一隊都穿上了黑色的連帽斗篷。

慧馨最後又看了一眼縣衙，這裡早就不像他們剛到南撾時那般殘破不堪，這次離開後不知道還會不會有機會再回來……

❖

慧馨他們在馬上狂奔一夜一天，要趕在再次天黑前到前面的小鎮過夜。他們中間只在用餐的時候停下來過，吃過乾糧喝一點水就繼續趕路了。這一路疾馳，沒有人說話，最開始的幾天應該是最輕鬆的，所以他們要趁這幾天多趕路，儘快回到京城。

這一天慧馨覺得還可以，雖然很累，但還不是不能忍受。終於到了客棧，慧馨先伺候「顧承志」洗漱用飯，然後才回了自己的房間，她讓小二打了熱水，要泡個熱水澡解掉身上的乏，在有條件的情況下，要盡量保持自己的體力，越往後面路越難走。

慧馨沒在水裡泡多久就出來了，她要早點睡覺，明天一大早還得繼續趕路。叫了小二進來把水撤下去，剛鋪好床就聽到了敲門聲。

慧馨打開門見是南平侯，忙把他讓進了屋。南平侯進了屋也不坐，直接拿出瓶子給慧馨，「……

這是藥油，睡覺前抹在大腿兩側和膝蓋上，腿就不會很痛了。」

慧馨歡喜地接過瓶子，謝過南平侯，她看了南平侯一眼，心下有些奇怪，怎麼感覺侯爺的臉有些紅紅的。

南平侯尷尬地看看慧馨，說了一句「早點休息」就出去了。慧馨看著南平侯消失的身影，還是覺得有些怪異，侯爺為何臉紅呢？難道是她看錯了？

慧馨趴上床，按侯爺說的塗藥油，她塗著塗著就反應過來了……膝蓋還罷了，像「大腿兩側」這種詞，侯爺對她一個女子說這話，放在古人身上哪能不尷尬。呃，剛才她都沒反應過來，慧馨畢竟不是土生土長的古人，有些事情沒有古人這麼敏感。這會她反應過來，想到南平侯剛才紅著臉跟她說「大腿兩側」，她忽然也感覺熱血衝頭，臉紅辣辣的。

慧馨忍不住捂著臉，心下尖叫：「好色啊！」把藥瓶收進包袱，一頭栽進被窩裡趕緊睡覺，色念頭彈開彈開……

他們一行人就這樣疾馳了三天，沒有受到任何的騷擾，慧馨除了覺得比較累，並未感覺到危險。就在慧馨以為他們可以這樣無驚無憂一路飛奔回京城的時候，南平侯下了個決定，他們要在下一個小鎮休整一天。

本來慧馨覺得能休整一天也好，正好歇歇她快散掉的身體，只是侯爺又下了吩咐，他們要故意暴露行蹤給敵人。

這三天對方一直沒騷擾他們，對方很可能是還沒發現他們這一夥人。三天時間他們跑了不短的路程，應該已經跟六公子拉開了距離。若是對方一直跟著六公子那隊人，三天的時間對方差不多該對六公子他們下手了。這個時候慧馨他們如果暴露行蹤，可以讓對方起疑，六公子便有更多的機會擺脫對方。慧馨這隊人的任務就是起掩護作用，除了掩護顧承志，還要掩護六公子。若是對方一直發現不了他們，那掩護的任務就沒意義了。而且他們這隊比六公子那隊更多好手，他們更該吸引對方的主力注意。

【第二百回】

暴露

巨峰鎮的名字很大氣，全因鎮口的兩座大山而得名，慧馨一行人現就在巨峰鎮裡休整。

「顧承志」病倒了，大概是急火攻心加上這幾日連續奔馳，讓他一到客棧就倒了，慧馨忙著照顧他，又遣了兩名侍衛去鎮上找大夫。

慧馨給「顧承志」倒了一杯又一杯的熱水，再蓋上兩床被子。「顧承志」現在已經被捂得滿臉通紅，渾身冒汗，再加上他做出一副渾身無力的樣子，說他沒生病沒人信了。

大夫很快就到了，診了脈開了方子。慧馨拿起來一看，方子是按傷風開的，這位大夫倒是手下不留情，用了不少好藥，要不是慧馨心知「顧承志」只是累倒，否則真會以為他生了什麼大病。

慧馨隨後拿了方子跟著南平侯去藥舖抓藥，要暴露行蹤，自然需要慧馨出面。兩人行到藥舖門口，慧馨停了下來，她在思考該怎麼做，一隻手拍了她的肩膀，她抬頭看向南平侯。

「不用想太多，妳是聖孫府的司言，正七品女官，雖然現在要掩飾身分，但以妳的氣質，任誰見了也不會當妳只是個普通ㄚ鬟的，只要做平時的妳就行。再說，還有我在妳身邊，別人只要懷疑妳，就會發現我……」

慧馨眨眨眼睛，嘴角一翹，她本來就是顧承志親信，不需要刻意偽裝什麼，只要做自己就行。

對著南平侯點了點頭，慧馨昂首進了藥鋪。慧馨把藥方遞給夥計，夥計看了下方子，挑眉問慧馨，「姑娘這藥，要拿幾副？」

「先拿十副吧，吃著管用了再來拿……」慧馨淡淡地道。

那夥計似是有些為難地看了看慧馨說道：「不瞞姑娘，這藥抓下來要十二兩銀子一副，裡面有好幾味藥都很貴，姑娘是找城南的張大夫給病人看病吧？張大夫向來是給有錢人家看病的……」

慧馨了然夥計的意思，為出行方便，慧馨穿的是粗布藍衣，而她身旁的南平侯穿的也是灰色布衣，夥計這是怕他們付不出藥錢。

慧馨無所謂地說道：「請小哥幫我們包起來吧，銀錢我們不缺。」說著，慧馨解下腰間的荷包，抖了一抖，「碎銀子，我這裡不夠百兩了，你們店裡可收銀票？」

那夥計聽慧馨剛才抖荷包的架勢，那荷包裡沒有百兩也得有個幾十兩銀子，又聽慧馨說還有銀票忙道：「收的，收的。」

慧馨從荷包裡掏出一張銀票遞給夥計，夥計眉開眼笑地接過來，拿眼一看就傻了，「姑娘，這是一千兩的銀票，小店找不開啊……」

慧馨一愣，有些不相信地說道：「一千兩而已，怎麼會找不開？我看你們藥鋪店面挺大，藥材也齊全，居然連一千兩都找不開？」

夥計撓了撓頭，不好意思地說道：「實在是不好意思，小店今日櫃檯上就只有五百兩的備銀，老闆昨晚陪老闆娘回娘家，把店裡的整銀都收走了，就留了五百兩給小的們備用……」

慧馨皺眉，略顯得有些不耐煩地說道：「巨峰鎮應該有錢莊吧？我們去把銀票換成小額的，這樣總行了吧？」

那夥計忙把銀票還給慧馨，跑到門口給慧馨指方向，「往那邊走一條街左拐，走到街尾就是本鎮最大的錢莊寶豐號。您的藥我先給您包好，等您回來就可以直接拿了。」

慧馨點點頭，跟南平侯兩人往錢莊去了。

慧馨邊走邊偷偷看了看南平侯，衝他眨了眨眼，南平侯不明所以地回看她。

慧馨小聲地說道：「有沒有跟著我們啊？」

「沒有這麼快的，我們這一趟只要留下蛛絲馬跡，讓他們注意到就夠了。」南平侯有些好笑地看了看慧馨。她進寶豐號換了銀票，錢莊裡的夥計們都用奇怪的眼神看著慧馨和南平侯。這女子穿著普通，卻懷揣鉅款，那男子雖穿著布衣，卻自有一種風流倜儻之感，看他行路的姿勢，腳步穩健，很可能是位練家子。

慧馨心知南平侯要的就是這個效果，她臨出錢莊前還故意在門口很無奈地皺著眉頭嘆了口氣。

錢莊門口有幾個叫化子，默默地跟上了慧馨和南平侯。南平侯用眼角瞥了後面一眼，嘴角一翹。

重回藥舖付了錢拿了藥，慧馨和南平侯便回了客棧。慧馨借客棧的廚房拿了鍋子熬藥，南平侯則帶人不知道幹什麼去了。

❃

慧馨熬好藥端上樓，假裝服侍「顧承志」吃藥。待湯藥涼了，她把藥湯倒進了房裡擺設的花瓶裡。服侍「顧承志」重新躺下，跟看守在房裡的侍衛交代了幾句，便下樓去廚房做幾個爽口適宜生病吃的飯菜。

客棧廚房裡的廚子看到慧馨忙進忙出，想到慧馨借用廚房是給了銀子的，便想上前幫忙，慧馨婉言謝絕了他們。

慧馨把飯菜端進屋，又下樓去廚房給「顧承志」煮洗腳水……廚房裡的人看著慧馨煮著一大鍋放了藥材的熱水，奇怪地問道：「姑娘，這是什麼湯啊？我以前咋從沒見過啊……」

慧馨嘆了口氣說道：「哎，我們主子病了，我燒些藥湯來給他泡腳，這病能好得快點。我這也是沒辦法了，我們還得急著趕路，主子這一病就得耽擱不少時日，得讓主子儘快好起來才行。」

廚房的人聽了慧馨這話，一陣抽搐，這夥人夠奇怪的，穿得不怎樣，吃卻很講究，這會還要用藥湯來洗腳，真是夠奢侈的……

慧馨小心翼翼地端著一盆泡腳藥湯上樓，推門進屋，一眼便看到南平侯正坐在桌前吃飯。南平侯揮揮手，招呼慧馨一起來用飯。慧馨也不客氣，把泡腳盆往旁邊一放，就坐到了桌邊。

桌上飯菜正是慧馨剛才做的，可惜「顧承志」沒口福享用，便宜了南平侯和慧馨自己。清淡的小菜非常可口，南平侯隨手盛了一碗粥遞給慧馨。慧馨很自然地接了過來，就著菜吃了兩口。她忽然愣了一下，侯爺親手給她盛粥哎，她竟然很理所當然就拿過來吃了。

慧馨抬頭看了南平侯一眼，見南平侯並無什麼異樣，心下叫道，都怪南平侯動作太自然，搞得她也反應遲鈍。慧馨見南平侯飯碗空了，忙搶著給南平侯添了碗飯，還衝著南平侯不好意思地笑了笑，好像這樣他們就扯平了。可惜慧馨沒看到，就在她剛低下頭後，南平侯就著菜扒了口飯進嘴裡，嘴角淡淡地彎起了一個弧度。

用完飯後，慧馨收拾房間，她將花瓶裡的湯藥倒進洗腳盆裡，連帶洗腳水一起倒掉，收拾碗筷送回廚房。

南平侯見慧馨已經把屋子收拾好正要往外走，便開口說道：「今晚妳就睡這邊吧，夜裡可能會有動靜……」

慧馨了然地點點頭，並沒有大驚小怪地多問，洗漱後和衣躺在了榻上。屋裡頭只剩了慧馨、南平侯和裝病的「顧承志」三人，「顧承志」躺在裡面的床上，慧馨躺在榻上，南平侯則坐在桌邊看書。

慧馨閉了眼睛休息，她雖然沒有仔細詢問南平侯晚上會有何事，但還是有些擔心，忍不住豎起耳朵聽著外面的聲音。

外面夜風吹動樹枝，偶爾有人走過，還有壓低的人聲，還有小二招呼客人的聲音，除了這些好像再沒有什麼特別的了，時間一點點流走，慧馨迷迷糊糊地在燭光映照下睡著了……

門外響起輕輕的叩門聲，南平侯放下書過去開門，門外的侍衛跟他耳語了幾句，南平侯點點頭便把門關上了。

南平侯回到屋內走到慧馨的榻前看了看，把她的被子往上拉了拉，他吹了燈到慧馨對面的一張榻上躺了下來。

❖

次日清晨，慧馨睜開眼睛，從被窩裡伸出胳膊扒扒腦門，明知昨夜會有事發生，可她竟然很快就睡著了，還睡得很香，她的神經好像變大條了……

慧馨側頭看到對面榻上的南平侯，侯爺好像還在睡，不知昨夜他什麼時辰才歇下，估計不會早了。慧馨輕手輕腳地起身，收拾好床鋪，下樓去了廚房。

當慧馨從廚房端著早飯回到房間，南平侯已經收拾好坐在桌前了。慧馨把飯菜擺好，給南平侯盛了飯，又給自己也盛了一碗。慧馨的神經的確變大條了，她這會完全沒注意到，她已經把跟南平侯一起吃早飯當成了一件理所應當的事情。

南平侯邊吃飯邊跟慧馨說道：「昨夜是幾個本地的宵小，大概是在街上看到咱們從錢莊出來，想打咱們主意，晚上進屋偷東西……正好在他們身上留下點記號，方便後面的人找上來。」

慧馨點點頭問道：「那咱們什麼時候繼續上路？」

「再等等，等六公子那邊傳消息過來，咱們再走不遲……」

慧馨和南平侯邊吃邊聊，他們完全遺忘了屋子裡頭還有另一個人的存在。

仍躺在裡頭床上裝病的「顧承志」歪頭看著南平侯和慧馨，忍不住嘴角抽搐，侯爺跟個女子像夫妻一樣，同進早餐，兩人還邊吃邊聊，很是自然，這副景象怎麼看怎麼詭異啊……

【第二百零一回】
慧馨的煩惱

慧馨他們又在巨峰鎮停留了一日，直到接近傍晚終於收到六公子的飛鴿傳書，暗中窺探六公子的人少了一部分，南平侯命大家晚上好好休息，明日一早要繼續上路。

慧馨熬了一天的藥，從樓下就能聞到「顧承志」屋裡的藥味了。晚飯，慧馨一行人破天荒地全到客棧樓下大廳裡用飯。

慧馨和南平侯分坐在「顧承志」兩邊，「顧承志」臉色蒼白地咳了幾聲，慧馨趕忙給他倒了一杯茶，說道：「爺，你的病還沒好，還是奴婢給你做些吃的吧？這客棧的飯菜不一定合你胃口。」

「顧承志」沙啞著聲音說道：「沒事的，我已經好得差不多了，再不出來透透氣，要在屋裡悶壞了。這幾天一直辛苦妳了，明日我們要繼續趕路，今晚大家好好休息下，妳也別忙了，我看這客棧還不錯，湊合一頓晚飯可以了。」

「爺，咱們明日就走，您身子骨受得了嗎？要不要在這裡多休息幾日？」南平侯靠在「顧承志」身邊，小意地說道。

「……京裡頭不知怎樣了，我還能撐住，咱們還是儘快趕回京城才行。」「顧承志」說道。

慧馨看著南平侯和「顧承志」的樣子，心下好笑，用力地捏了自個腿一把，才忍住沒笑出來。

慧馨他們在大堂裡演了一齣戲，用完飯後便各自回房休息了。

慧馨服侍「顧承志」歇下後，便回了自個的房間。今天回了自己房間，她反而有些睡不著了，想著剛才在大堂裡南平侯和「顧承志」一唱一和，慧馨就想笑，真沒想到南平侯還有這麼裝模作樣的時候。

次日一早，慧馨讓客棧給他們準備了不少乾糧，用過午飯他們就重新出發了。

這一天很辛苦，一路上一直沒停，中午吃飯也是在馬背上解決。晚上過夜則是在野外，因著要在明天晚上趕到下一個大城鎮。對方應該已經在追趕他們了，晚上宿在大城市中，對方多少會有些顧忌，對慧馨她們來說就更安全。

火堆這邊圍了兩圈，內圈是慧馨、南平侯和「顧承志」，外圈是六名負責安全的侍衛，其他侍衛則在樹上休息。南平侯在火堆旁用樹枝做了兩個窩，一個是慧馨的，一個是他自己的，「顧承志」則在慧馨他們對面給自己做了一個窩。

慧馨鑽進樹枝搭出來的窩裡，像隻雛鳥一樣蜷縮成一團，她把包袱裡衣裳都拿出來蓋在身上，火堆散發的熱氣烤著她的臉龐，驅散了夜晚的寒氣和潮濕。只要抬起頭來就能看到前邊的南平侯，這讓她感到很安心。

雖然是在野外，但慧馨很快就入睡了。這一路上她其實休息得都很好，雖然白天騎馬很累，但並不到不能忍受的程度，包括現在在野外露宿。她並沒有像出發前預想那般恐慌，反而比平時感覺更加放鬆。

野外露宿的晚飯和早飯都是侍衛們煮的，在野外做飯他們比慧馨更拿手。慧馨早上醒來的時候，有幾個侍衛已經架了小鍋在煮熱水了，他們把乾糧捏碎了泡在裡面，這就是他們的早飯。

慧馨打好包袱，用清水稍微擦了擦臉，簡單地收拾了一下。慧馨這人其實挺想得開的，條件既然不允許，她便不會講究太多，既然別人能忍，她就也能忍。

用過早飯，侍衛把他們留下的痕跡掩蓋好，不過精明人仔細察看還是能看出來。南平侯帶著他們上馬，又開始了新的一天奔馳。

這一天又是全天在馬上，午飯還是在馬上解決。

看著慧馨皺著眉頭咬著手裡的乾糧，南平侯安慰她道：「忍一下，實在吃不下去就別吃了，我們今日可以趕在酉時前到太平鎮，那邊比較繁華，可以好好吃一頓再休息一晚。」

慧馨愣了一下才反應過來，不好意思地點點頭，又啃了兩口手裡的乾糧才作罷。其實她剛才並不是吃不下乾糧才皺眉的，她只是想到乾糧的營養實在不夠，像這樣趕路，應該吃三明治才對，她正在考慮等到了下一個鎮子，自己做一些三明治給大家。麵包可以用饅頭切片代替，火腿可以改成豬肉片之類的，蔬菜要多放一些，還應該補充點水果……慧馨之所以皺眉，就是想到了要多吃蔬菜和水果，這兩天疾馳，她一直沒便便，現在她很擔心這樣只吃乾糧，身體的消化系統肯定要出問題……沒辦法，她上輩子坐辦公室，就經常因為不注意飲食，引發便祕，她對這個有點心理陰影。

慧馨他們果然在酉時前就進入了太平鎮，迅速在客棧中住下。現在「顧承志」不用裝病，慧馨便自由了許多，她先要了水，好好洗漱了一下，然後就去了廚房開始忙活她的三明治……

慧馨做了一個三明治嘗了嘗，味道還可以。她點點頭，決定明天一早提前一個時辰起床為大家做三明治，晚上要把包三明治用的紙張先裁好。

晚飯慧馨他們是在客棧大堂用的，為了讓後面追趕的人一直能跟著，他們一路都要留下痕跡。

南平侯在吃飯前給了慧馨一瓶藥丸，囑咐她每次連續行路都吃一粒，對身體有好處。慧馨拿出一粒藥丸，毫不遲疑地吞了下去，有點清涼薄荷的味道，然後把藥丸放進了包袱。

慧馨吃過晚飯沒多久，就感覺到腸胃在蠕動，她迅速找到茅廁解決了問題。從茅廁出來後，慧馨很欣慰，還好自己的消化系統沒出問題……問小二要了熱水，她要泡熱水解解乏。

慧馨早早就爬上了床，翻出南平侯給她的藥油，塗在腿上按摩。這個藥油滿管用的，記得上回塗過第二天腿就不痛不痠了，這次連續跑了兩天，希望明天起來不要太痛苦。

天沒亮小二就敲響了慧馨的房門，慧馨賴在床上翻了個身，哼哼了兩聲才爬起來，揣上昨晚裁的紙去了廚房。

南平侯起床來到大堂用早點，慧馨正在給大家發放做好的三明治，每人兩個。南平侯奇怪地看了看慧馨做的三明治，直接打開一個吃了起來。南平侯品嘗後，點頭說味道不錯，慧馨忙又跑回廚房給補做一個。見廚房裡有一罈醃黃瓜，慧馨取了一根切成片夾在三明治裡。搞到最後，慧馨給南平侯補做的這一個，比其他的三明治都要厚。

今日趕路不再像前兩日，雖然隊伍行進的速度仍然很快。慧馨發現有兩名侍衛故意落在了隊伍的後面，漸漸再看不到他們的身影。

慧馨轉頭看看南平侯，見南平侯面沉似水，心頭一動，莫非後面的追兵跟上來了。

南平侯見慧馨看他，微微點了點頭，沒有說話。慧馨了然，她也沒有問多餘的話，只奮力催動身下的馬匹，慧馨心知她幫不了南平侯他們，只能盡力不讓自己拖累隊伍。

下午的時候，那兩名侍衛從後面趕了上來，衝著南平侯點了點頭，做了個手勢，便無聲地加入了隊伍。

慧馨不敢想像他們是不是把後面追趕的人幹掉了，只悶頭跟著前面帶路的人奔馳。在此刻，她終於又想起了他們是一群替死鬼，現在趕路其實是在逃命……

慧馨他們在夜幕降臨前趕到了一個鎮子，她原以為他們會繼續趕路，但南平侯決定今晚在此鎮休息一夜。

「早上我們一出太平鎮，就有人跟在後面了，這些人應該是對方的本地人手，他們的主力還在後面沒趕上來，今晚我們還是安全的，趁著還能好好休息就盡量好好休息，後面追兵趕上來，想睡個安穩覺就難了。」南平侯說道。

第二天早上出發，有四名侍衛直接留在客棧裡。慧馨看著他們無所謂地坐在一起笑談，心裡有些莫名地難受。他們這一路行來，雖然大家不常交談，但是整個隊伍彷彿有默契一般，慧馨也融入了這支隊伍，她自然不希望隊伍中的任何人出事。

慧馨他們一行總共也就十來個人，一下少了四個人，還是感覺很明顯。看著少了人的隊伍，慧馨情緒有些低落，臉色也不太好看。

南平侯看了看慧馨，見她繃著一張臉，便悄悄走到她的身後說道：「他們留下來布置些陷阱，陷阱做好就會趕上來。」

慧馨驚訝地看著南平侯，她沒想到侯爺會把這些告訴她。慧馨心下埋怨自己，肯定她表情太明顯，連侯爺都看不下去了，才會連他的安排都提前告訴她。南平侯是整支隊伍的領導者，所有人都應該聽從他的安排，而且這些侍衛都是侯爺的人，平日裡他們之間相處就像兄弟一般，侯爺是不會罔顧他們性命，讓他們替他送死的。

慧馨深刻檢討自己，剛才她繃著臉的態度，等同於在質疑侯爺的決定，這實在是不應該也要不得，這種態度要是持續下去，會影響他們隊伍後面的進程。

慧馨想通後，便走到南平侯身前，認真地說道：「侯爺，奴婢剛才想太多了，是奴婢犯錯，以後不會再這樣了。」

南平侯見慧馨竟這麼快就反應過來並承認了她的錯誤，倒是對慧馨又有些刮目相看，這個女子倒是拿得起放得下，這幾日沒有叫過委屈叫過累，沒有拖累過隊伍，也沒提過什麼個別要求，真是難能可貴了。

【第二百零二回】
夜行

四個負責設置陷阱的侍衛在中午前就趕上了他們，中午他們路過一條河，在河邊稍事休息，用了午飯。慧馨有些疑惑地看看南平侯，不明白為何突然停下來休息。

「前邊不遠便是下一個鎮子，咱們在這留下痕跡，對方會以為我們不勝勞累，晚上在鎮子上休息，他們會在鎮子裡頭搜索我們。不過我們今晚既不在鎮子裡休息也不露宿，要連夜趕路，到明晚再休整。這樣對方既不會失去我們的行蹤，又沒法趕上我們，始終跟我們保持一段距離。」南平侯說道。

慧馨點點頭，今晚要連夜趕路啊，她要努力撐下來。慧馨啊嗚一口咬在三明治上，又拿起水囊喝了兩口，多吃點補充體力啊！

慧馨他們下午就到了安平鎮，七拐八拐地找了家酒樓用了飯，然後一行人又在鎮子裡兜了幾圈，見天要黑了，這才出了城。慧馨似乎看到，他們在鎮子上兜圈子的時候，有幾名侍衛不時地下馬丟些東西在角落，這些大概是誤導後面追兵的「線索」吧？

雖然頭頂有月亮高懸，夜路還不至於一片漆黑，但是慧馨畢竟缺乏走夜路的經驗，她已經無法用眼睛看清楚路面，只能勉強跟著前面的開路人。

慧馨抬頭看看月亮的位置，這一夜還未過半，慧馨咬住嘴唇，集中注意力盯著前方馬匹的屁股……還有三個時辰天才會亮，咬牙堅持也要挺過去。慧馨頭一次希望時間快點過，太陽趕緊出來。

慧馨不知道自己又堅持了多久，她開始感覺自己有點搖晃，腿好像有些使不上力氣了，夾不住馬腹是很危險的，慧馨趕緊把韁繩在手腕上纏繞了幾圈，穩住身形。

剛穿過一片峽谷樣的路段，慧馨感覺眼睛有些睜不開，倦意像潮水一樣襲來，剛才的路段太過危險，他們一隊人都提高了警惕，高度集中精神後，慧馨感覺特別睏倦，再加上腿已經有些麻木，除了手指還能握緊韁繩，慧馨已經很難在馬上保持穩定了。

南平侯忽然靠到慧馨身旁，向她伸出手。慧馨眨了眨眼睛，模糊地看著南平侯，然後她下意識般地向著南平侯舉起了胳膊。

一個起落，慧馨便坐到了南平侯身前，反應過來的慧馨迅速調整好自己的坐姿，把自己的斗篷攏好，又幫南平侯把斗篷整好。慧馨側頭看看她的馬，韁繩已經被另一個侍衛拿在手裡。

慧馨放了心，鬆了口氣靠在身後的胸膛上，陣陣熱氣從背後傳來，慧馨舒服地忍不住偷偷呼了口氣。她老實地蜷縮在南平侯的胸前，眼睛從南平侯斗篷的縫隙間看看天色，好像離天亮還有段時間。

「睡一會吧，今天還要趕一天路，要到晚上才能休息。」溫和低沉的聲音從頭頂傳來。

慧馨輕輕嗯了一身，靠著身後的胸膛閉上了眼睛，兩條有力的手臂把她夾在中間，讓她感覺很安全，不用擔心會從馬上掉下去，累極倦極的慧馨就這樣迷迷糊糊地睡著了。

當慧馨再度醒來的時候，發現天已經大亮了，她從南平侯的懷裡探出腦袋，發現隊伍還在奔馳。慧馨用手揉揉有些僵硬的臉，抬頭看看南平侯。

「前頭有條小溪，到那邊休息一下用早飯，妳先這樣坐著吧，換來換去的麻煩。」南平侯說道。

慧馨點點頭，感覺剛醒來嗓子有些乾，左右摸了摸，沒摸到水袋，反倒摸到兩條腿……慧馨忽然想起來這是在南平侯的馬上。她趕緊低頭老實地坐好，心裡頭卻忍不住小小邪惡了一下，摸到侯爺大腿了……

終於到了小溪邊，慧馨被南平侯扶下了馬，顛了一夜，腿麻了。慧馨跑到小溪邊，打濕了帕子擦了擦臉，轉頭看到南平侯也在洗臉，便把手上的帕子擰乾遞給了南平侯。

慧馨直起身做了一套伸展的動作，雖然大庭廣眾下伸胳膊踢腿的不文雅，可這會她全身僵硬，待會還要趕一天路，無論如何都得先舒展筋骨，活絡身體。

南平侯擦完臉，把慧馨的手帕擰乾搭在一根樹枝上，見慧馨在一旁活動身子，他也拉開架勢在小溪邊打起了太極。

周圍的侍衛都互相擠擠眼睛，心照不宣地避開小溪邊。兩個架好鍋子煮好乾糧的侍衛，不好意思去打擾南平侯和慧馨，只得假意咳兩聲，得到其他侍衛奉送眼球數雙。

慧馨對侍衛們的小動作毫無所覺，走到吃飯的地方，接過侍衛遞過來的湯，說了聲謝謝便吃了起來。泡饃乾上面撒了一點肉鬆末，微鹹的味道讓慧馨很受用。

用完早飯，慧馨他們又上路了。南平侯走過搭著帕子的樹枝下，隨手就把帕子取了下來，看也不看就直接揣進了懷裡。

慧馨他們下午就到達了天平鎮，不過他們沒有在鎮子上停留，直接穿過鎮子出了城。出城沒多久，便離開大路走了一條小路，慧馨雖然有疑問，不過她很信任南平侯，便也沒有開口問。

終於他們跑進了一片山林裡，山路不好走，他們的速度慢了下來。慧馨在馬上顛得七葷八素，十分懷念跟南平侯共騎的時光。

就在慧馨以為他們要爬到山頂的時候，林子突然現出了一片開闊地。慧馨看著眼前的這座小山莊，要不是南平侯帶路，她實在想像不到這林子裡竟然隱藏了一個山莊。

南平侯看著慧馨吃驚的樣子笑著說道：「這是我以前建的莊子，少年時遊歷，偶然在這發現了一個好東西，就建了這個莊子，很久沒到這邊來了，正好今晚讓我們住宿，這裡很隱蔽，他們找不到的。」

慧馨側頭對著南平侯了然一笑，侯爺果然是個妙人，在山野老林裡建莊子，夠情趣。

莊子上的人不多，他們似乎對於南平侯一行突然出現並不感到奇怪。茶水點心迅速上了桌，一個上了年紀的老人恭敬問南平侯：「爺，是先用飯還是先沐浴？」

「先打點水簡單擦一下，然後上飯，我們這幾天都沒好好吃過，多做點，溫泉浴池那邊準備好，待會用完飯，我們去那泡一會。」南平侯說道。

慧馨在丫鬟的帶領下進了自個的屋子，簡單地洗漱一下換了件乾淨的外衫，便坐在床上整理包袱，將藥油拿出來放在一邊，睡前要記得塗，拿出藥瓶取了一粒藥丸吞下去。慧馨到現在也不知道這藥丸有啥功用，反正是南平侯給的肯定是好東西。慧馨本是個戒心比較重的人，可對南平侯卻好像有一種莫名的信任，從未想過南平侯是否會害她。

慧馨看看忙碌整理床鋪的丫鬟，好奇地跟她聊起了天。原來南平侯當年賦閒之後，便開始了隱姓埋名的遊歷生涯，幾年裡走遍了大江南北。後來他途經這片山林，在山林中發現了一口溫泉，便在這裡建了一個莊子。莊子的男女老少很多都是當年受過侯爺恩惠又無家可歸的人，侯爺將這些人安置在這裡，也算是給他們一個安身的地方過活。

「……翻過山頭有個村莊，隔幾日莊子上的人會去那邊買些東西，這整個山頭都是俺們爺的，這附近沒人敢打莊子的主意。」那丫鬟與有榮焉地說道。

飯菜很快就送了上來，慧馨一口氣喝了兩碗雞湯，這才動筷子吃菜。這幾日，雖然有水囊帶著水，可是騎馬畢竟喝水不方便，還為了免去下馬解手的時間，他們基本除了吃乾糧的時候就點水喝，其他時候基本不會動水袋。慧馨舔舔嘴唇，好像有些起皮乾裂了。

慧馨用過飯，迫不及待地讓人帶她去溫泉，丫鬟邊笑著邊抱著一堆東西帶她去了……

丫鬟帶慧馨進了室內的溫泉池，「爺吩咐了，他們用露天的池子，小姐用這個室內的。小姐，奴婢拿了按摩油，待會給您按按肩背吧？」

慧馨聽了丫鬟的話，也不矯情，連連對著她點頭。泡在溫泉裡感覺真是舒服死了，慧馨這幾天身子就像快散架了，有人能給她按摩放鬆一下也好。

慧馨泡完溫泉又按摩，舒服得讓她昏昏欲睡，但又忽然想起來這會這麼放鬆，要是明天爬不起來如何是好。慧馨突然坐了起來，叫著丫鬟就回房，還是趕緊睡覺才是真，他們還沒到京城呢，不能放鬆警惕。

慧馨回房自個在腿上抹了藥油，藥油滲入皮膚下感覺一陣陣刺痛，雖然有護腿，但這幾天下來腿上還是磨得起皮了。慧馨把兩腿叉開，在床上擺了個很不雅的姿勢，深深地嘆了口氣，拉過被子蒙頭便睡。他們現在走還沒一半路程，後面的日子有得熬了……

慧馨一覺睡到自然醒，迷迷糊糊睜開眼睛，看了看床褥，有些反應不過來，又側頭看了看窗戶，外頭已經天光大亮了。慧馨一驚，從床上翻了下來，衣服也來不及穿便去開門。

【第二百零三回】
休養

慧馨打開門，剛跑出去就栽進了一個懷裡，她摸摸撞疼了的鼻子，抬頭一看，原來是南平侯。慧馨趕緊又跑回屋裡，邊跑邊說：「侯爺，我睡過頭了，等我一下，我馬上就收拾好……」

南平侯見慧馨拿起旁邊的衣服就往身上套，忙轉過身說道：「不用著急，我們今天不走了，在這裡住兩日，昨晚忘了跟妳說了……」

「啊？要住兩天？那我們會不會被後面的追兵追上啊？」慧馨驚訝地說道，正在穿外衫的手只穿了一隻袖子就停下。既然不走了，昨天睡覺前怎麼不跟我說啊，害她剛才一睜眼嚇了一跳，還以為誤了時辰。

「我們就是要讓後面的追兵追上來，而且要讓他們走到我們前頭去。從這裡往北的下一個鎮是橫鎮，出橫鎮往北有兩條路，一條路走一天半可到下個鎮子，另一條路要走三天才能到下一個鎮子。後面的追兵前天在安平鎮找不到我們，他們很快就發現咱們並未在安平鎮停留，會以為我們直接去了橫鎮，我們這麼趕時間，他們必會以為我們走了那條短路……」南平侯說道。

「可橫鎮和下一個鎮子，咱們沒到過，不會有痕跡留下，他們恐怕會很快就發現咱們並未走這麼快……」慧馨說出了自己的疑問。

「所以等他們發現我們並未走得這麼快，就會以為我們繞道走了那條遠路，到時他們繞到遠路上找我們，咱們再出發，就可以跟他們錯開。」南平侯說道。

「那我們這是在拖延時間嗎？我們不是應該儘快趕到京城嗎？」慧馨有些不解地問道。

「儘快趕到京城，只是做給對方看的，我們的任務是拖著這些人，讓承志能祕密抵京，只要承志進了京，我們的任務就算結束了；而對方的打算落空，我們也安全了。所以我們晚點沒關係，關鍵是要讓對方以為承志跟我們在一起。對方越是摸不著我們，就會越加肯定承志在我們這邊。」

慧馨被南平侯繞得有點暈，打仗之類的事情她不懂，只要南平侯心裡有數就行，「侯爺，這些我不懂，我都聽您的。」

既然不用趕時間了，慧馨又把衣服放了回去，她這才注意到她還穿著裡衣在跟南平侯說話。慧馨一下跳進了被窩裡，拉上被子蓋住臉，「侯爺，既然不用趕時間，我還想再睡一會……」

南平侯一直沒有回頭說道：「妳睡吧，我讓小紅守在門外，妳有事叫她就可以了。」說著，南平侯出了慧馨的房間，順手把門關上。

慧馨趴在床上翻來覆去，一點睡意也無，剛才她又在南平侯面前丟臉了，哎，她最近在南平侯跟前警惕性明顯下降啊……

已經睡不著的慧馨索性從床上爬了起來，難得有機會在深山裡的莊子住兩天，應該可以在附近逛逛吧。

慧馨叫小紅給她拿了早飯過來，用過早飯，慧馨叫小紅帶著她在莊子上走走。她們走得很慢，慧馨的腿還是不舒服，只歇了一夜無法完全恢復，好在南平侯的藥油好用，不然現在她恐怕連路都走不了。

這個莊子不大，人也不多，而且大多是些上了年紀的人，慧馨腿腳不舒服，便沒有走遠，見到一群老婆婆坐在樹下補衣服，慧馨帶著小紅也坐在旁邊的杌子上。

老婆婆笑著看了看慧馨，慧馨對著她們也笑笑，撐著頭聽她們聊天。這種感覺讓慧馨很放鬆，像在家裡一樣，可以讓她暫時忘記煩惱和憂愁。

慧馨身上穿的是粗布布衣，為了路上方便，她包袱裡放的只有布衣。老婆婆們似乎沒把她當成小姐，反而很隨意地丟給她幾件衣服和針線，示意慧馨跟她們一起做活。

慧馨無所謂地笑笑，看了看手裡的衣服，好像是侯爺他們這一路穿的，也不知怎麼地，這衣服上有些地方是磨破的，也有劃破的，好像還有撐破的……莫非昨夜侯爺帶人出去了？是跟追兵交鋒了？還是只是出去做陷阱了？抑或是出去做些迷惑敵人的布置？

慧馨歪著頭想了想，南平侯是個怎樣的人呢？他心思縝密，這一路上又很照顧她，感覺跟一般權貴之家的男子很不一樣，他威嚴的時候能令人害怕，體貼的時候卻又讓人感覺清風拂面，和藹可親。他還能給人一種信心、信念，彷彿只要有他在，一切都能迎刃而解。在離開南撾前她一直很擔心害怕，可這幾日跟在南平侯身邊，卻再沒害怕過。

小紅坐在慧馨的旁邊，側頭看了看慧馨的針工，驚訝地說道：「呀，小姐的針線工夫真好，這麼快就補了三處了，不貼近看仔細，真難看出這是補過的。」

慧馨嘴角一翹，故意說道：「不是我自誇啊，我可是從小就跟著娘學針線來著，這一手活從小被我娘誇到大。」

旁邊坐的婆婆也紛紛伸頭過來，看了看慧馨手上的衣褲，連連誇獎慧馨好手藝。慧馨笑著跟幾位婆婆打成了一片，幾位婆婆笑著跟慧馨講起了當年她們頭次見到南平侯的事情。

❖

「當年我們村子裡有名惡霸，名叫黃天虎，要搶村子裡的……就是小紅她娘做妾，結果碰巧咱們爺遊歷到村子，幫著村民把黃天虎抓了起來，後來爺把黃天虎送進了縣衙，可偏縣太爺的八姨太是黃天虎的表姊，爺前腳把他送進牢裡，後腳就被縣太爺給放了。那黃天虎糾結了一群人跑到村裡找爺的麻煩……爺一人戰他們三十來個，把他們打得全都趴在地上滿地找牙，後來……」

「後來怎麼了？侯爺怎麼把黃天虎解決的？只是揍一頓了事，可起不了什麼長期作用。」慧馨見那婆婆停下了講敘，連忙心急地催促她趕緊往下說。

那婆婆頓了一下，縫好了一條褲子，又換了一條才繼續說道：「後來村裡的大姑娘小媳婦都喜歡上了爺，擠在村長家裡就為了看上爺一眼……」

一群婆婆全都哄堂大笑，慧馨皺著眉頭拉著那婆婆問道：「不是這個啦！是那個黃天虎後來侯爺是怎麼解決他的？」

「後來黃天虎的那個表姊在外面偷人，被縣太爺抓了個正著，縣太爺把八姨太打了一頓板子丟到了街上，加上黃天虎得罪的人多，他表姊一出事，就有人尋仇，聽說不知是被人打死了還是弄去做苦力，沒人知道他後來怎麼了……」

慧馨心下了然，肯定是侯爺暗地裡動了手腳。侯爺的手段倒是切中要害，去掉了那個八姨太，毀掉了黃天虎的靠山，剩下的也不用侯爺親自動手，黃天虎的仇家怎麼可能會輕易放過他。

「……村裡頭還未說親的姑娘們都想嫁給咱們爺，一個兩個的找村長幫忙提親，可惜爺只在村裡待了三天就走，他走的那天，姑娘流的眼淚都能匯成河了。」

慧馨跟著婆婆們一起大笑，這話說得也太誇張了。慧馨心頭一動，拿著樹枝在地上畫了起來，前頭一個小人，後頭跟了一群小人，她指著前頭那小人笑著問旁邊的婆婆：「這像不像侯爺啊？後頭追了這麼多姑娘。」

慧馨一群人正在捧腹大笑，外頭卻有一群人回來了，正是南平侯帶著侍衛們，原來他們進山打獵去了，滿載而歸，人人手上都提著東西。

婆婆們把衣服收好，上前接過南平侯他們手裡的獵物，慧馨則上前跟南平侯行禮。

南平侯見慧馨的表情有些詭異，心下奇怪，「妳睡飽了，可以在莊子裡走動一下，稍微運動一會反而對緩解腿疼有幫助，不要老是坐著，腿容易漲。晚上記得塗藥油，估計我們再動身的時候，腿疼就會好得差不多了。藥油若是不夠，記得找我拿就是。」

慧馨忙謝過南平侯，心下鄙視自己，侯爺對她多好啊！她竟然還跟別人開侯爺的玩笑，真是太不應該了。

午飯有許多野味，都是侯爺他們打回來的，這幾天一隊人都在一起用飯，這會慧馨一個人在屋子裡頭吃飯，忽然感覺有點冷清。她甩甩頭把奇怪的情緒拋開，吃飽喝足爬回了床上，再睡個午覺。

下午起來，小紅告訴慧馨，侯爺他們去了附近的村莊，讓慧馨在莊子裡頭隨意。慧馨看看晴朗的天，這樣窩著真沒勁，想去林子裡頭轉轉吧，她腿腳還沒恢復，走不了多長的路，馬她是更不想騎了，還是只能在院子裡走走了。

走到廚房，正好瞧見廚娘正在宰鵝，慧馨想起上回在南擣的那個晚上，她曾說過要親手做醬鵝肝給侯爺吃，正好今天無事，動手做一份試試吧！

慧馨這一動手，便多了不少東西，一罈醬鵝肝，還有一罈醃黃瓜，上回她給侯爺做的那個特大三明治，裡頭就放了醃黃瓜，看侯爺好像還挺喜歡吃的。

【第二百零四回】
桃樹下

慧馨用過晚飯在院子裡頭散步，抬頭看看皎潔的月光，恰巧跟前幾天那個夜行的晚上一樣，不過這會慧馨的心境卻是不同。寧靜的夜裡，微風拂過，樹葉沙沙作響，偶爾幾聲雞叫傳過來，慧馨會心一笑，廚娘在廚房那邊養了幾隻母雞，好像今天下了幾顆蛋，明天早上會不會有雞蛋吃？

院子裡有兩棵桃樹，桃花已開到要謝的時節，風一吹，朵朵花瓣盤旋著落在慧馨的頭頂，樹下有兩把躺椅，慧馨不客氣地坐了。

躺在椅子上將雙手放在腦袋後，看著天空數星星，一面從胸口吐了口氣，這樣的日子過得賽神仙了。

慧馨哼唱記憶中的小調，臉上帶著微笑，就差沒蹺二郎腿了……人生得意須盡歡吶。正當她投入忘我的時候，旁邊突然有人發出了一聲悶笑。她扭頭一看，那南平侯不知什麼時候已經默默坐到身旁的椅子上了。

慧馨有些不好意思地把手從腦後抽回來，不過她沒起身，而是轉頭跟南平侯說道：「侯爺這麼有雅興，也出來賞月啊？」

「今晚月色不錯，不出來看看，豈不是浪費這大好的月光，倒是妳，剛才唱的什麼曲子？怎麼一句也聽不清。」

「我這是有感而發，隨便哼兩句，情之所至，未必一定要有詞句，隨意而已，我自個兒也不知道唱的什麼。」

「看妳這樣子，不擔心逃命啦？別忘了咱們可還沒到京城，後頭還有大段路要走呢……」

「您都不擔心，我還有什麼可擔心的，就算天塌下來，也有您先頂著，我跟著您，那是大樹底下好乘涼。」

南平侯禁不住悶笑了幾聲，「妳膽子倒是比以前大了許多，記得幾年前的妳，可不敢這麼跟我說話。」

慧馨訕笑了幾聲，「以前是我不了解您的為人，現在知道您其實又和藹又可親，不會亂發脾氣，更不會莫名遷怒人，自然就不怕您了。不怕您，自然就敢說真話了。」

南平侯嘴角彎了彎，沒再說話，學著慧馨的樣子躺在椅子上看星星。

過了半晌，慧馨忽然嘆了口氣，說道：「侯爺，我真是羨慕您，有這麼個莊子，我作夢都想在這樣的莊子裡養老呢……侯爺，我想問個問題行嗎？您要是覺得不方便，可以不回答我，就當我沒問好了。」

「說吧，妳想知道什麼？」

「侯爺您為什麼會離開京城呢？大趙有幾個侯爺不在京城裡坐鎮，卻跑到偏遠山村隱居的啊？」

「『彼之蜜糖，吾之砒霜。』京城是非之地，不是吾心之所嚮之處，亦不是吾身之所往之處……」南平侯停頓了一下，又繼續說道：「妳呢？為什麼會做女官？身處朝堂之中，難道不怕無法全身而退嗎？」

「我也是那句話『彼之蜜糖，吾之砒霜。』家裡要為我安排婚事，我縱然不滿也不能明著反對，可是要我妥協，卻也做不到，事出從急，我沒有別的辦法，只有女官這一條路可走……至於聖孫府的那些是非，別人能全身而退，我便該也能，只是事在人為罷了。」

「好一個事在人為，妳不滿意家裡安排的婚事？那妳想嫁給什麼樣的人？想要過什麼樣的生活？」

「……我啊，嚮往男耕女織的田園生活，倒不是真的要下地幹活那種，我沒啥力氣估計做不來農活。我想要的應該是那種心靈上的自給自足吧，不要勾心鬥角，不要通房小妾，不要夫妻之間相互算計，只想要平淡自在又簡單的生活……」

「不過妳現在也算是承志的親信之一，估計將來到了年齡，他會給妳指婚的，應該不會隨便讓妳嫁給什麼山野莽夫……」

「……我也不求什麼，只要將來能有個像侯爺這樣的小山莊，與世無爭地過日子就好。」慧馨喃喃道，她忽然感覺她跟南平侯性格好像有點，算不算是志同道合了呢？

「既然故事的開頭已經由不得我們左右了，那故事的結尾總要給我們機會，為自個兒爭一爭吧……」

臨睡前，慧馨坐在床上塗藥油，她剛泡完溫泉，臉上還殘留著兩抹紅，比腿上塗的那藥油還紅，不知是熱氣熏的還是因為想起了剛才在桃花樹下的對話。剛才那番話不知侯爺聽了會不會覺得她離經叛道。不過，侯爺自個也夠有個性了，說不定反而會很理解她……但願如此。

休息了兩天後，一行人又踏上了逃命的路途。再度上馬奔馳，慧馨一時有點轉換不過來，大約是這兩天過得太放鬆，心裡的那根弦沒法馬上繃緊。

南平侯側頭看看慧馨，提醒她道：「集中注意力，雙腿夾緊馬腹，這麼快的速度從馬上摔下去，可不只是傷筋動骨這麼簡單……」

慧馨點點頭，集中精力用力夾住馬腹，現在不是胡思亂想的時候，有命活下來才有機會談將來。

夜晚，慧馨他們沒有進入橫鎮休息，而是在城外找了間無人的破廟，廟裡掛滿了蛛網，供桌和佛像上落滿了灰塵。

慧馨在佛像前拜了拜，便幫著侍衛們收拾地方，南平侯吩咐兩名侍衛去撿樹枝，然後帶著二名侍衛去查探城裡的情況。對方有可能在橫鎮留了人，他們要在進城前先打探好情況。

慧馨往鍋子裡倒了點水，開始煮晚飯，包袱裡有莊子上婆婆們給她備的大米，她準備煮鍋菜粥給大家。

粥剛煮好，南平侯就帶著人回來了，手裡還提了兩隻燒雞。慧馨盛了碗粥遞給南平侯，南平侯撕下雞腿遞給慧馨。慧馨道了聲謝，接過雞腿就著菜粥，邊吃邊喝了起來。

南平侯把幾個包袱疊在供桌的後面，讓慧馨倚在上面休息。慧馨半躺在供桌後，供桌上的燭光被風吹得搖來擺去，慧馨拉緊斗篷，閉上了眼睛。

月上中天，供桌的蠟燭不知怎地突然熄滅，南平侯看看旁邊已經睡熟的慧馨，站起身，把自己的斗篷也蓋在了慧馨身上。

南平侯轉身看了看後面的侍衛，此刻所有的侍衛都睜開眼看著南平侯，靜等著他的吩咐。南平侯打了手勢，有八名侍衛站起身，南平侯點點頭，侍衛們跟著南平侯悄無聲息地出了破廟。

如果此時慧馨醒來看到南平侯，她便會發現此刻的侯爺跟平時散發的氣息完全不同，南平侯不再感覺和藹，而是令人戰慄的害怕，這是浴血過的戰士才會發出的氣息。

對方在橫鎮留了二十多個人，侯爺打算趁著夜色把這些人解決，對方看來比他想像的還聰明，知道留下人在這守著，看來下一個城鎮人數會更多。

南平侯一行人少，不適合跟對方正面交鋒，最好的辦法就是迂迴分散，再逐一瓦解對方分散的兵力。從六公子那邊傳過來的消息看來，追兵心狠手辣，前幾天對六公子他們進行了偷襲，六公子一隊死了近一半人，假「顧承志」已經露了餡。現在對方已經很肯定顧承志在這邊了，想來之後會把兵力都集中來對付他們，接下來的日子免不了要跟敵人纏鬥一番。

當南平侯幾人重新回到破廟，已經是未時了，他悄無聲息地走到慧馨身旁，蹲下身看了看她的臉色，右手手指順勢在慧馨脖頸下方按了一下，然後俯身把她連帶斗篷一起抱起。這麼大的動作，慧馨竟然完全沒有醒來。

南平侯把慧馨的頭往他胸前靠了靠，然後跟侍衛們吩咐了幾句，幾個侍衛便走過來把地上的包袱撿起來，跟著出了破廟。

南平侯抱著慧馨上馬，把她的身子靠在他懷裡，另一個侍衛上馬後牽著慧馨的馬匹，一行人偷偷摸摸地從側城門進了橫鎮。

次日清晨，慧馨睜開眼睛伸了個懶腰，感覺昨晚睡得很好，一夜無夢。一扭頭看看身下的床鋪，再看看周圍的環境，好像她現在是在客棧裡，可她明明記得昨晚他們是在一座破廟裡休息的啊？

她並沒有慌張翻身坐起開始穿衣服，既然還活著睡在客棧裡，那昨晚肯定沒有發生壞事，像這樣突然轉移到客棧的「靈異事件」多半是南平侯搞的鬼。

當慧馨收拾好到樓下用飯的時候，果然見到南平侯一群人面不改色地坐在下面喝粥吃包子。慧馨嘴角抽搐，好吧，他們都是「武林高手」，像她這樣的普通人是領悟不了他們的高深的。

慧馨平靜地走到他們桌旁，一屁股坐在「顧承志」的另一邊，拿起一顆包子，看著南平侯狠狠地咬了一口。

桌子上傳來幾聲悶笑和假咳，慧馨厲眼掃過這群侍衛，然後不懷好意地盯著南平侯。

南平侯嘴角一彎跟慧馨解釋道：「……昨晚把鎮子裡清理乾淨安全了，破廟裡太簡陋，大家住著不舒服，便連夜搬了過來，我見妳睡得熟，就沒吵醒妳。」

【第二百零五回】
生病

慧馨用力嚼著包子瀉火，好吧，侯爺是為她著想，她若是追著不放就太小氣了，算了，她有大量，小女子不跟侯爺計較。

慧馨瞥了眼旁邊憋著氣的侍衛們，眼珠一轉，想看好戲啊？偏不給你們看，慧馨把粥喝完，擦擦嘴，面帶微笑，柔聲細語地向「顧承志」問道：「爺，咱們什麼時辰啟程啊？」

「顧承志」好似被粥嗆了一下，連咳了幾聲，邊咳邊瞅瞅侯爺和謝姑娘的臉色，兩位主子氣色都不錯啊，拍拍胸脯呼口氣，這才說道：「休息一會再走不遲……」

慧馨疑惑地看看南平侯，南平侯放下碗說道：「等前頭的消息過來，咱們再走。」

慧馨點點頭，他們這一路都在按南平侯的計畫行進，既然是計畫就要按部就班地來，急不得。

到了中午，南平侯跟慧馨說：「妳下午睡一會，我們晚上出發，夜裡行路，明天一早可到下一個城鎮，然後我們白天在那邊休息。」

慧馨點頭應是，吃過午飯就回屋睡覺去了，她上次夜裡趕路，後來睏得要死，多虧侯爺帶著她，否則肯定拖累了隊伍，上回是連續騎馬兩天一夜情有可原，這次只有一夜，她無論如何都要堅持下來。

❈

這次夜行，沒有上回那麼輕鬆，隊伍的前頭和後面都各有四個侍衛在開路和殿後，沒有人說話，每個人臉上都很嚴肅。慧馨左右瞅瞅，發現侍衛們都很警惕，除了看著前方的路，還時刻提防著四周。這種氣氛，讓慧馨心下一緊，這一趟路果真免不了歷險才能到達京城嗎？

前面開路的四人突然加快速度跟隊伍拉開了距離，慧馨正要催馬跟上，南平侯卻伸手阻止。南平侯對著身旁的侍衛做了個手勢，便有兩名侍衛追著前面的四人也加快了速度。慧馨騎在南平侯身旁，跟著他一起放慢速度，但並未停下來。

終於，那先行的六人又進入了視野，他們正停在前方打掃路面。慧馨眨眨眼睛低下頭，雖然看不清楚，可是從他們的動作上，能判斷出正把橫在路中間的屍體往路兩旁拉。

慧馨咬了咬嘴唇一言未發，這種不是你死就是我亡的時刻，任何語言都是多餘的。

南平侯側頭看了看慧馨，慧馨轉頭對著南平侯搖了搖頭，示意自己沒事。看著鎮定的慧馨，南平侯嘴角微微一翹。

慧馨他們辰時就趕到了永平鎮，在客棧安排房間的時候，南平侯跟慧馨說：「從今日開始，以後的房間都是妳、我和『承志』三人一間。」

慧馨定定地看著南平侯應了是，她知道南平侯並不是無理取鬧的人，既然這樣安排必然有他的道理。

南平侯留下兩名侍衛保護「顧承志」和慧馨，然後帶著人出去了。

慧馨沒有詢問南平侯出去做什麼，她收拾好包袱便躺在榻上，一夜未眠卻不睏，可是身體終歸還是疲倦了。

昨夜那六名侍衛會先去清除敵人是為了她吧？若沒有她，侯爺可以一起出手，反而更安全，勝算更大。可是為了避免她親眼看到血腥場面或被刀劍所傷，才讓人先把敵人清除。

其實慧馨心裡明白，他們這一路行來，好似並未出什麼事，事實上，在她不知道的地方，在她沒注意到的時候，南平侯他們已經跟對方交過手了，只是為了保護她，他們才不提起也不在她面前表露。

慧馨心裡很感激侯爺，其實這一趟回京，南平侯完全可以不跟著一起，若他一心避世，大可不蹚這鍋渾水，漢王也好，太子也罷，包括顧承志都是他的晚輩，就算他袖手旁觀，事後這些人也不敢找他麻煩。可是南平侯還是跟著一起來了，若是沒有他，慧馨這會兒估計已經替顧承志和六公子送命了。不管南平侯打著什麼主意來摻和這個局，對於慧馨來說，都算得上是她的救命恩人。

慧馨一天都沒離開房間，飯菜也是客棧的小二端上來的，看著小二帶著疑惑的眼神拚命往他們房裡瞧，慧馨摸出一角銀子塞在他手裡，然後關上了門。

夜裡，仍然是「顧承志」睡在裡面的床上，慧馨躺在外面的榻上，她已經這樣躺了一天，可仍然覺得很累，腦袋也有些恍恍惚惚。

南平侯手上拿著書倚在榻上，今天白天他帶著人出去，發現鎮上有兩批人衝著他們來，看來京城那頭參與這個局的人還挺多的。看看時辰差不多了，南平侯翻身從榻上坐了起來，闔上書走到「顧承志」床邊吩咐了幾句，然後從窗口翻了出去。

南平侯跟侍衛們碰面後，十幾人便分兵兩路，要在今晚解決掉那兩批人馬。先下手為強，他們本就人少處於弱勢，若是等別人找上門來才反抗，就晚了。

等南平侯重新回到客棧已過丑時。南平侯推開房門，屋裡的蠟燭已經熄滅了，躲在門後的「顧承志」一見進屋的人是南平侯，便從陰影中走了出來。南平侯做了個手勢，「顧承志」便自個回了床上。

南平侯剛解下外衫要上榻休息，卻聽到對面的慧馨又翻了個身，南平侯轉身向慧馨走去，從他進屋，慧馨已經翻了四次身了。

藉著月光，南平侯發現慧馨的臉頰有些發紅，他趕忙把手背放在慧馨額頭試了試，果然有些燙。

※

慧馨很不舒服，她感覺一會兒冷一會兒熱，因著跟南平侯和「顧承志」同房，睡覺都是直接和衣而臥，前幾回也沒感覺如何，今天不知怎麼了就是覺得不舒服。頭腦昏昏沉沉，搞不清自己是醒著還是睡著，迷迷糊糊中感覺到自己好像病了。可又沒有力氣起身，心想明天一早可能還要趕路，要是真病倒了可怎麼辦？慧馨昏沉中感覺心急，不自覺地在榻上翻來覆去。

忽然感覺有個涼涼的東西覆上了她的額頭，讓她感覺舒服了些，但那個清涼的東西很快就離開了。慧馨嘟嘴不滿地嘟囔了幾句，忽然感覺嘴裡被放進了一顆苦苦的藥丸，正當她想抗議藥丸太苦要吐掉時，一杯水放在了她的唇邊，她感覺脖子後面好像被揉了幾下，然後不自覺地吞了一口杯裡的水，藥丸就這樣順著滑進了喉嚨。

南平侯把慧馨平放在榻上，看看她全副武裝的衣服嘆了口氣，乾脆俐落地幫慧馨解開了外衣，剝得只剩裡衣才把她放回榻上，幫她把被子蓋嚴實。

看看慧馨仍然緊皺的眉頭，南平侯伸手在她的頭頂按了幾個穴位，然後從懷裡拿出一條帕子到水盆邊，浸濕後放在了她的額頭上。

怕慧馨待會熱了踢被，南平侯又把她的斗篷壓在被子上，才回自己的榻上休息。

這一夜，南平侯起身好幾次，直到慧馨額頭的溫度退下去，他才舒了口氣放心睡了。

清晨慧馨一身清爽地醒來，發現屋子裡只剩她一人，南平侯和「顧承志」都不在，他們應該去用早飯了。

慧馨坐起身，見自己只穿著裡衣貼在身上有些潮濕，應該是她出的汗水。這麼說，昨晚真的應該是發燒生病了，那昨晚感覺有人照顧她也是真的了，那人應該是侯爺吧？

慧馨迅速從包袱裡取出一套乾淨的衣服換上，要是再受涼生病可就麻煩了。梳洗後，她在梳粧檯前照照鏡子，除了臉色還有點蒼白，其他都沒問題。慧馨伸伸腿腳活動一下腰，感覺神清氣爽，這病一夜就好了，看來侯爺給她吃的藥丸很不錯啊！

慧馨收拾好東西去了樓下，果然看到侯爺和一眾侍衛正在用飯。慧馨照舊坐在「顧承志」的另一邊，看看同桌的人，然後不好意思地對侯爺說了聲謝謝。

南平侯點點頭沒有說話，繼續吃他的早餐。慧馨見南平侯對昨晚照顧她的事情並沒多大反應，便也把這事放到了一邊，就當昨夜的事是她跟侯爺心照不宣的祕密吧！

一眾侍衛原本都豎著耳朵裝作無事地靜等著兩位主子的下文，誰知侯爺沒接話，謝姑娘也不說只顧埋頭吃飯，讓這些想要聽八卦的侍衛憋得很內傷。侍衛們忍不住心想，原來謝姑娘跟侯爺一樣悶啊……

待慧馨用完早飯，侯爺又拿了一粒藥丸遞給她。看看手上的藥丸，昨夜嘴裡的苦澀好像又從胃裡湧了上來，她不敢多想，趕緊給自己倒了一杯水，閉著眼睛就著水吞了下去，又連喝了兩杯水才把嘴裡的苦味沖淡，見南平侯正看著她，她正色道：「我沒事，今早清爽多了，我們啟程吧。」

南平侯認真地看了看慧馨的臉色，見她並不是在強撐，便點了點頭，眾人這才又踏上了行程。

【第二百零六回】

落單

這一夜他們本來應該連夜趕路，可是南平侯還是在子時讓大家停下來休息。慧馨拿手帕捂著嘴小聲地咳嗽，她實在感到很不好意思，都是因為她生病耽誤了大家的行程。本來白天好好的，怎知入了夜寒氣加重，她雖拿手帕當作口罩圍住口鼻，可是仍然吸入寒氣，嗓子更是發癢，再怎麼也忍不住咳嗽。

南平侯看看慧馨憋紅的臉，她畢竟昨夜才發過熱，雖然出了汗讓體溫下降，可身體裡的炎症肯定還有殘留，若是連夜趕路，勞累加上寒氣，引發舊症就麻煩了。

侍衛們忙著生火，南平侯在火堆旁給慧馨做了一個窩，吩咐她快點躺好。

本來慧馨還想動手幫侍衛們收拾東西，後來想想她還是別添亂了，趕緊養好病要緊。她聽話地鑽進了草堆，看著南平侯把兩個斗篷都蓋在她身上。

南平侯藉著侍衛煮的熱水化了顆藥丸，再把藥水端到慧馨面前餵她喝下，看著慧馨喝過藥水很快入睡，他摸摸慧馨的額頭，不燙，應該是舊疾未出乾淨，只要身體不發熱，過個幾天就應該好得差不多了。

南平侯擔心慧馨頭腳受冷，拿了幾個包袱壓在斗篷邊上，他和侍衛們圍坐在火堆旁，並未整理草窩休息。

林子裡忽然傳來幾聲鳥叫，南平侯手一揮，侍衛們便都散開消失了，只剩下「顧承志」和南平侯還坐在火堆旁，還有對面趴在草窩裡睡得正香的慧馨。

此時突然出現的刀劍聲和慘叫聲都沒有驚醒熟睡的慧馨，南平侯給她吃的藥裡有安神的成分。而近在咫尺的喊殺聲也同樣沒有驚動「顧承志」和南平侯，他們還是很鎮定坐在火堆旁，只有南平侯會不時往慧馨的方向看一眼。

顧承志離京城大約還有十天左右的路程，這就是說慧馨他們只要再堅持十天左右就可以結束逃命了。

當夜色再度恢復平靜，侍衛們重新圍在火堆旁，這一次，有兩名侍衛受了輕傷。同伴們在幫他們處理傷口，幸好只傷了表皮，包紮後仍能行動，不影響下面的路程。

「爺，這次的人明顯比以前的那幾批更厲害，出手更快更狠辣，而且看蹤跡，他們不是從後面追上來的……」

南平侯沉吟了一會說道：「後頭追的人不足為懼，今晚遇到的這批，估計是埋伏在這等著我們的。我們走了將近一半路程，越往北走，攔堵我們的人會越來越多……離京城越近，就越危險。」

南平侯和侍衛們一臉嚴肅，他們都心知後面的路程比前面要難走得更多，真正是後有狼前有虎。這一路上已經幹掉了好幾批人馬，而這些人互相並不合作，顯然是不同人派來的。不過他們一路一個活口也沒留。

對於這些人背後的指使者，南平侯並不打算查探，他只希望大趙不要亂，至於朝堂上他們怎麼鬥爭，他並不關心。這些人背後的主使者擺明是衝著顧承志下手，那就應該由顧承志自個去對付。南平侯只負責幫助顧承志回京，剩下就不關他的事了。

南平侯走到慧馨身邊，又摸了摸她的額頭，沒有發熱，這個女子的性格堅強，身子也堅強。看著慧馨恬淡的睡顏，心如止水。這次逃亡不算什麼，跟以前在邊關打仗根本不能比。倒是一路照顧慧馨，對南平侯來說是一種新鮮的體驗，他不覺得麻煩反而有種說不清道不明的情愫在裡頭。

南平侯拂了拂慧馨額頭的髮絲，幫她掖了掖斗篷，然後坐回火堆旁。這一夜，南平侯和侍衛們都沒有休息，他們在商量後面路程該怎麼走。

天光微亮，南平侯便叫醒了慧馨，「起來喝點熱湯，我們早點上路，晚上前趕到封登城，封登城大，治安管得嚴，對方不敢在那裡動手，我們可以在那裡好好休整一夜。」

慧馨點點頭，正要取水囊弄水擦臉，南平侯卻先把熱湯端了過來，「先喝湯，暖一暖再收拾，剛起來被涼水激著了，當心病情加重。」

慧馨道了聲謝，接過南平侯手裡的碗，熱湯下肚，渾身舒服了不少，伸伸胳膊踢踢腿，活動一下窩了整夜有些僵硬的腿腳。

南平侯拿出一瓶藥遞給慧馨，「……在飯前吃，病可以好得快點。」

慧馨微笑著接過藥瓶，她感覺南平侯好像有個百寶囊一樣，隨時隨地都能掏出好東西來。

封登城是附近百里最大的一個城市，也是慧馨他們這一路上唯一路過的大城市。封登城地處交通要道，每日來往客商無數，外來流動人口多，城市容易混亂，為了城市的治安，封登城的城守每日都安排人在城中巡邏，數年下來，封登城反而成了大趙有名的太平城。也因為秩序良好又安全的關係，城內這幾年更加繁華，凡是往來經過的客商無不在這裡停留休整。

慧馨他們選了封登城的順風客棧歇腳，慧馨用過飯吃了藥，早早就爬上了臥榻。「顧承志」原本想讓慧馨歇在床上，可後來南平侯覺得若是有人夜襲，床上的人比榻上的更危險，所以還是把「顧承志」安排在床上。

慧馨腦袋一沾枕頭就睡著了，南平侯留下「顧承志」守著屋裡，帶著其他侍衛出去了。他要去查探封登城當地的勢力，如果可以的話，最好能在城裡多逗留幾天。

正當慧馨睡得香甜，卻隱約感覺到有人在推她，而且還推得十分急切。慧馨勉強睜開眼，看到「顧承志」正一臉焦急地叫她，身上還背了兩個包袱，一個是他自己的，另一個好像是南平侯的。

「謝姑娘，快醒醒！」

慧馨抹了把臉問道：「怎麼了，出什麼事了，怎麼急成這樣？」

「有人正在搜房間，我們要趕快離開這！」

慧馨聽到有人搜房間，馬上清醒不少，抬頭向對面的床鋪看去，卻沒有見到那個熟悉的身影。

「侯爺呢？」慧馨焦急地問道。

「侯爺帶人出去打探消息了，還沒回來，我看來搜房間的人不太對勁，好像是官府的人，我們得趕緊離開……」

慧馨趕緊起身收拾東西，外頭的吵嚷聲已經離他們越來越近了。那些被打擾的客人責罵的吵鬧聲，清晰得可以聽到。

「顧承志」伸頭在門口看了一眼，撤身回來又到窗戶旁邊看了看，「走廊人太多了，我們不能從門出去，窗戶下面是馬廄，我們從這裡跳下去吧？不好，馬廄這邊也來人了……」

慧馨往窗下看了看，黑夜裡不時有人頭從下面晃過，她思索了一下說道：「你一個人先逃吧，帶著我不好躲藏，一個人更容易逃出去，不管來人是哪邊的，都不能讓他們看到你，我暫時留下來應付他們，只要你不在，他們不會把我怎麼樣的。」

「顧承志」猶豫了一下，終究依了慧馨的提議。在慧馨的催促下，「顧承志」背著兩個包袱從窗口躍了出去。「顧承志」心下哀嚎，不知道侯爺知道他把謝姑娘一個人丟下後，會不會打扁他啊……

慧馨轉身回到梳粧檯前攏了攏髮髻，就聽到房門被人拍得震天響，她轉身嘆了口氣，皺著眉頭打開了屋門。

❖

敲門的是一隊官兵，慧馨來回掃了他們一圈，皺著眉頭問道：「官爺，這大半夜的，這麼大動靜，出了什麼事了？」

那領頭的官差瞪大眼睛上下打量慧馨，見慧馨衣著樸素，看起來像是尋常百姓，便說道：「有犯人從牢裡逃出來了，現在整個封登城都戒嚴了，城守發話，掘地三尺也要把這個犯人抓回去。現在滿城裡都在挨家挨戶地搜，我們兄弟是公事公辦，打擾小姐的地方還望海涵了。」

慧馨側身把官差讓進屋，從袖口摸了一角銀子放在領頭的官差手裡，說道：「官爺辦差事，我們百姓協助是義不容辭，您幾位儘管進屋看，這屋裡就我一個人。您們辦差也不容易，我看這架勢，幾位怕要忙活一夜了，這銀子是小女子的一點心意，給幾位官爺買酒喝。」

管差見慧馨識趣，臉色好了不少，幾個往屋裡頭查看的官差也沒亂翻東西，見了慧馨的包袱也只是撥了幾下，沒有要求打開檢查。

「官爺，原本聽說封登城的治安良好，怎麼會有犯人從牢裡跑出來呢？這是大事啊，不知道這犯人所犯何罪，竟有本事從牢裡逃跑？」慧馨趁機會跟那官差打聽消息。

「……這個……不瞞妳說，對這犯人我們兄弟也是一無所知，只知道是個殺過人的，我看妳人挺好才給妳提個醒，晚上睡覺門窗關嚴了，這幾天也別上街了，估計一天抓不到這人，城門一天不會開。」

慧馨拍拍胸口，做出一副害怕的樣子，連聲地跟那官差道謝。

官差把屋子搜了個遍，自然沒有發現什麼犯人，領頭的官差揮揮手，「走，去下一間。」

「慢著！」突然一個女聲突兀地從走廊上傳來。

隨著這一聲，幾個官差都駐了足。慧馨皺眉，這個聲音好像在哪裡聽過，很耳熟……

【第二百零七回】

識破（上）

慧馨轉身看著身後走來的人，竟然是她！她怎麼會在這裡？她不是在宮裡頭嗎？幸好「顧承志」跑了，否則被她看到，定會被識破……

李惠珍嘴角帶著笑走到慧馨面前，她沒跟慧馨打招呼，而是跟那幾位官差說道：「幾位官爺慢走，小女子只是見這位姑娘面善，才出言打擾，這會近了仔細看，原來是認錯人了，讓幾位官爺虛驚一場，還望幾位原諒。」

跟著李惠珍一起過來的男子，轉頭看了看慧馨，又轉頭看了看李惠珍，眼中閃過一道精光。這男子無所謂地笑了笑，衝那幾位官差擺了擺手，「既然李姑娘說是認錯了，那就是認錯了，你們還愣著幹什麼，人抓到了嗎？沒抓到還不繼續去搜，若是搜不到那誰也別想休息，都給我打起精神來，整個封登城就是掘地三尺，也得把人抓到！」

官差們聽了男子的話，應聲是便灰溜溜地走了。慧馨打量這男子，能讓官差這麼聽話，估計是封登城裡的官員了。慧馨皺眉，李惠珍突然出現在封登城，又跟本地的官員在一起，這可不是什麼好兆頭……

李惠珍轉身跟那男子道：「城守大人，我有幾句話想跟這位姑娘說，還請大人行個方便。」

封登城守眼珠一轉問道：「剛才李姑娘不是說認錯了人嘛，怎麼這會又……」

「的確是認錯了人，不過我看這位姑娘跟我所認識的某人長得非常相像，說不定有些關係，所以想跟這位姑娘單獨談談，也許她知道什麼消息也說不準……」李惠珍看著慧馨說道。

慧馨看看李惠珍又看看城守，心下了然，見城守正疑惑地打量她，慧馨笑著說道：「城守大人，雖然我不認得這位姑娘，不過看她尋人心切，若是有什麼我能做的，我倒是願意幫忙。」

城守盯著李惠珍看了半晌，想從她的臉上看出她究竟打得什麼主意，這個女人拿著燕郡王的手令來找他，命令他關閉城門在城裡搜人，問她要抓什麼人卻不肯直言，要不是確定燕郡王的手令確是真的，城守才懶得理這女人。

李惠珍見城守半天不說話，也懶得跟這人推磨，直接轉頭跟慧馨說道：「我們說話……」慧馨默不作聲，轉頭便進了屋。李惠珍則跟著慧馨身後，進屋後隨手把門一關，將城守大人關在了門外。

慧馨往桌邊的椅子上坐了，看著李惠珍的動作，心下一動，這個李惠珍平日裡倒是有些本事，不過做起事來就太沉不住氣了，門外那位城守吃了她的閉門羹，只怕心裡頭不會好受。

慧馨衝著旁邊的凳子指了一下，跟李惠珍道：「坐。」

李惠珍心下一滯，慧馨的這個動作、這個字忽然讓她有種莫名的自卑感……只見她咬咬嘴唇，在慧馨指的椅子坐了下來。

李惠珍定定地看著慧馨道：「謝司言，殿下如今人在哪裡？」

慧馨瞥了李惠珍一眼，慢條斯理地說道：「李姑娘搞錯了吧？張口就問我殿下的事情，殿下是主子，我不過是個奴才，殿下人在哪裡，難道還要向我彙報？說起來能在這裡遇見妳，我還真是吃了一驚，妳不是應該在宮裡怎麼跑這裡來了？什麼時候宮裡頭的人能隨便出宮到處亂跑？」

「這裡又沒有外人，咱們明人不說暗話，我能出宮自然是奉了旨，我這是奉命前來接應殿下，謝司言一直跟隨殿下左右，京裡頭出了事，急需殿下趕回京城，現在是什麼時候，妳應該不會不知道吧？」

「奉旨？妳是奉了哪位主子的旨意來接殿下，可有憑證？」

李惠珍從袖口中取出一個牌子，放在桌子上，推到慧馨面前，「這是燕郡王手令，燕郡王是聖孫殿下的同胞兄長，這次京裡出事，他十分掛念殿下，怕有人會對殿下不利，所以才派我拿著他的手令在封登城等候殿下。」

慧馨看看桌上的牌子，她沒見過燕郡王的手令，無法判斷真假，不過，就算這手令真是燕郡王的，那也不能說明什麼，燕郡王是不是真心希望顧承志回京這事本身就有疑問。若是顧承志出了事，聖孫府中的少爺們年紀太小，加上太子又多病，燕郡王便有機可乘……況且當初顧承志會避走南擱，也是因了燕郡王之故，所以燕郡王本身就不可信。不過這李惠珍真是不能小覷，離開聖孫府才幾年，就跟燕郡王勾搭上了……

慧馨眼光一閃打定主意，一反剛才的冷臉轉而熱絡地跟李惠珍道：「原來是燕郡王派姊姊來的，那可好了，我剛還一直擔心那些官差來敲門是賊人的圈套，侍衛們護著殿下跳窗逃走了，留下我殿後。既然姊姊是來迎接殿下，那我就沒什麼好擔心的了。麻煩姊姊讓城守大人把城門打開，殿下自會帶著侍衛出城，現在的當務之急是保證殿下能儘快趕回京城。」

李惠珍眉頭一跳，說道：「這事沒有問題，只要見了殿下，確認他安全無事便會立刻讓城守開門。謝司言，當務之急咱們還是先去見見殿下吧……」

「……殿下有侍衛們保護，不會有事的，咱們就算去見了，也幫不上什麼忙，反倒要拖累殿下照顧咱們，我看姊姊還是應當先讓城守開城門，等殿下回了京城，我定會跟殿下稟報姊姊的功勞。」

李惠珍看著慧馨，眉頭越皺越緊，「謝司言，殿下如今生死未卜，我們卻在這裡說話浪費口舌，妳就不怕殿下在外面有個萬一嗎？」

慧馨看著李惠珍語氣越發不好，反倒心下越鎮定，「殿下身邊有侍衛保護，等閒賊人進不得身，反觀我等肩不能扛手不能提，跟在殿下身邊反而拖累。」

「妳就不怕侍衛對殿下照顧不周？侍衛們都是粗人，殿下身邊沒個知冷知熱的人照顧，千金之軀如何受得了？」

「事急從權，我相信殿下能理解我的決定……」

李惠珍再也抑制不住心裡的怒氣，一拍桌子站起身，「妳！謝司言！為何不肯帶我去見殿下？」

慧馨瞥一眼李惠珍道：「想讓我回答妳這個問題？那妳先告訴我，妳為何非要見殿下？若是讓妳見了殿下妳又想做什麼？」

「燕郡王命我在此處接應殿下，見到殿下後，我自然會跟封登城的城守言明，讓他們護送殿下進京。」

「我實話跟妳說吧，剛才殿下走得匆忙，新的落腳處根本還沒來得及跟我說，就算我想帶妳去見，也不知道殿下如今身在何處。而且，此次回京一路都是祕密行進，妳說什麼讓城守護送之事，殿下肯定不會同意的，所以妳見不見殿下都無所謂。只要妳讓城守把城門打開，殿下就能安然出城，我相信事後，燕郡王定能理解妳姊。」

李惠珍聽慧馨說她不知顧承志身在何處，卻是不信，面色緩了緩，語氣有些哀求地說道：「妳這話我可不敢苟同，燕郡王吩咐我一定要接應到聖孫殿下，若是我沒照辦，那就是抗命，謝司言，您最懂規矩了，就當是幫幫我帶我去見殿下，就算只見一面也算能交差了。」

慧馨對著李惠珍嘆了口氣，搖搖頭說道：「李姑娘，咱們也算曾經共事過，有幾句話我想提醒妳。當年妳在聖孫府做司記做得好好，卻突然被宮裡調走，過了這些年，妳可曾想通為何宮裡會把妳從聖孫府調走呢？小時候，我們也一起在靜園學習過，我還記得當年入靜園學的第一件事，那件事還與妳有關，當初嬤嬤教訓我們，要我們記得『什麼話當說，什麼話不當說；什麼事當問，什麼事不當問』，這個道理妳似乎一直都未曾領會啊……」

李惠珍見慧馨死不肯說出顧承志的下落，氣得咬牙切齒，一時想不出什麼好辦法讓慧馨開口，又見她不為所動、氣定神閒地坐在那裡，李惠珍愈發覺得慧馨的樣子刺眼。

李惠珍咬咬嘴唇，看來這敬酒慧馨是不會吃了，那麼大家就撕破臉吧，「謝司言，咱們話說到這份上，我也就不保留了。我既是奉了燕郡王之命，聖孫殿下我是一定要見到的。你們從南邊過來，京裡頭現在的情形恐怕還不清楚……皇上重病撐不了幾天了，太子因在皇上跟前侍疾，也病倒了，聖孫殿下又流落在外杳無音信，朝中大臣已經聯名上書，保薦燕郡王暫代國政。謝司言，妳是明白人，現在的情況妳還想不通？識時務者為俊傑，妳告訴我聖孫殿下在哪，回頭，我定會在燕郡王面前為妳美言幾句……」

【第二百零八回】識破（下）

慧馨抬頭定定地看了李惠珍半晌，終於沉不住氣說實話了啊，果然是來者不善。慧馨見李惠珍面色越發沉重，忽然噗哧一笑說道：「李姑娘說笑吧，就算妳再怎麼想見殿下，也不能說這種話啊，這話要被別人聽了去，那可是謀逆之罪……」

李惠珍沒想到慧馨會這樣說，一時沒反應過來，愣了一下才說道：「我說的都是真的，燕郡王現在……」

「住口！」慧馨突然站起身盯著李惠珍，「京城裡頭現在怎樣我不想知道，也沒必要知道，妳的主子要妳做什麼，我也沒興趣知道。我只再跟妳說一句，想從我這裡知道殿下的下落，妳作夢！」

「妳！」李惠珍氣得用手指著慧馨，「原本我是為妳著想，才苦口婆心地跟妳說這些話，不過現在看來，我是白替妳操心了。謝慧馨，妳別把話說得這麼死，妳可要想清楚如今是妳落在我的手裡。別說我讓城守關閉城門，回頭我就讓他們把妳抓起來，不就是聖孫殿下的下落嗎？我就不信，妳再強還能熬得過獄刑！」

慧馨聽了李惠珍的威脅哼了一聲，「想抓我？妳憑什麼，以為郡王手令是尚方寶劍嗎？妳還真當自己是欽差了，別怪我不提醒妳，妳如今什麼身分我不知道，可我是實打實的聖孫府司言，我的腰牌是御造天賜，比妳那郡王手令來路正宗多了。想叫封登城守抓我？妳有這個本事嗎？」

李惠珍也對著慧馨哼了一聲，「妳這麼聰明，難道還看不出來，封登城守跟我一樣，都是燕郡王的人？朝堂上的朝廷大員現在都看得明白，轉而支持燕郡王，這地方上的小吏自然也懂得投靠明主。今晚的搜捕，搜的就是聖孫殿下，就算妳不說，興許明天就會被搜出來。」

慧馨看著李惠珍輕蔑地一笑，「妳當我三歲小孩子嗎？我好歹也在靜園待了這麼多年，又是聖孫府的司言，門外的那位城守大人是不是跟妳一路的，我難道看不出來？剛才妳壓根就不敢跟他說我的身分，可見是不敢讓他知道，妳在找聖孫殿下，再加上剛進屋，妳要求單獨跟我談話，還把城守關在了門外，依我看，城守大人根本不知道妳打的什麼主意。他會配合妳，不過是看在妳手裡的燕郡王手令，給幾分面子罷了，那郡王手令可不是兵符。

還有，妳說朝廷大員們都支持燕郡王，這種話誰會信？皇嗣傳承講究名正言順，聖孫殿下受封已有三年多，朝廷中從未有過反對的聲音。有人若要趁機上位，都是名不正言不順。這次殿下在南方之事，除了皇上，皇后娘娘、太子妃、聖孫妃和吳良娣他們全都知曉，就算皇上和太子不能理事，他們也不會眼睜睜看著有人作亂不管，聖孫妃和吳良娣的娘家也不是好惹的。聖孫殿下不是一個人，而是牽一髮動全身，這朝堂上聖孫殿下的人手也是不少……」

「妳……妳別忘了，我比你們早到封登，城守早就信了我的話，要不然今晚他就不會配合我搜城，也不會關閉城門了。就算不是燕郡王的人，也已經上了這條船，我若是威脅他，他也只能乖乖聽我的話行動……」

慧馨見李惠珍一副狗急跳牆的樣子，心下更加篤定城守不是燕郡王的人，那她就更不怕了，大不了拿出腰牌證明自個的身分，她就不信這城守敢明目張膽傷害聖孫府的人。

慧馨無所謂地又坐回椅子上，斜眼看了李惠珍一眼說道：「妳既然這麼肯定，那妳就叫吧，把門外那位城守大人叫進來，我猜他現在一定很好奇，他肯定很想知道我究竟是什麼人，我們兩個又在這裡說了什麼話。不過……也有可能他已經聽到了，隔牆有耳，興許他在外面也能聽到咱們說話。只要他夠聰明，就該明白，這種時候，還是應該明哲保身，不要摻和京城裡的事為好。雖說擁立之功人人想，可也要先保住項上人頭。有些事大家心照不宣，各自行個方便，誰也說不了是非。李惠珍，我勸妳別這麼死心眼了，只要殿下平平安安進了京城，我可以當今晚的事沒發生過，在殿下面前隻字不提……」

慧馨不知門外的城守是否會偷聽他們的談話，不過剛才在門外，看那城守對李惠珍的態度多有防備，想來是不會輕信李惠珍的，只要那城守不站在李惠珍一方便夠了。但說來也奇怪，燕郡王為何會派李惠珍到封登，莫非真是京城混亂，他抽不出人手？不過也幸好李惠珍只有一人，若是她有幫手，慧馨還真沒把握跟她這麼硬碰硬。

李惠珍被慧馨氣得夠嗆，咬咬嘴唇也沒想出還有什麼辦法能威脅慧馨，她一跺腳索性轉身出屋，準備看看今晚搜城有什麼成果，若是能直接把顧承志搜出來，就省心了……

❈

李惠珍一開門，就看到城守帶著十幾個官差正伸著頭豎著耳朵，似乎在偷聽房裡的動靜。李惠珍臉色一板，正要開口說話，那城守卻是搶在李惠珍前面開了口。

「李姑娘跟裡頭那位說完話了？」

李惠珍不自在地點點頭應了聲是。

「既然這樣，我讓人送兩位姑娘先回城守府休息吧。」城守揮揮手，旁邊的官差都靠了上來。

李惠珍眼皮一跳，感覺城守的態度好像發生了變化，還有這十幾位官差，個個面色陰沉，哪裡像是要護送他們，那樣子倒像是要綁架她們。

李惠珍皺著眉頭看著城守，「城守大人，你這是什麼意思？說好了今天晚上搜城我也要參與，而且，你為什麼要送裡面那位姑娘去城守府？」

封登城守搓搓手，好像有些不好意思地說道：「這夜深露重，李姑娘身子嬌貴，若是受了寒，我可不好向燕郡王交代。裡面那位姑娘不是說可能是李姑娘故人的親戚嗎？不管是不是，既然遇見了就是有緣，不如一起去城守住幾日好了，城裡頭有逃犯，客棧不安全，兩位姑娘在城守府裡也好做個伴……」

屋門開著，城守和李惠珍說的話，慧馨在屋裡就已經聽到了。慧馨冷笑著看了看李惠珍和封登城守，這位城守倒是聰明人，懷疑她們兩個，便把她們兩個都軟禁起來。這樣也好，李惠珍困在城守府裡，她見到「顧承志」的機會就更少，只要「顧承志」的身分不被拆穿，她們耗在封登城也沒關係。

慧馨收拾好包袱手裡一提，直接走到門口，跟城守行了禮：「多謝城守大人體恤，我已經收拾好行李，隨時都可去城守府。」

李惠珍瞪圓了眼睛指指慧馨又指指城守，氣得話都說不出了。

慧馨看著李惠珍的樣子搖了搖頭，這人太沉不住氣，註定辦不了大事，燕郡王派她來封登算是失策了。一直以來李惠珍都過於急功近利，當初在聖孫府為了上位，敢找袁橙衣的麻煩，如今為了討好燕郡王，連顧承志都敢得罪……實在太不智了。做為知情者，李惠珍在封登城的差事不管辦不辦得成，事後燕郡王都不會留著她的。說起來這差事，根本就是兩頭都不得好的送命差事。

不管李惠珍有多生氣，封登城守都鐵了心要把她和慧馨一起軟禁。十幾個官差壓著她們到了城守府，給她們安排了房間，一個在東院，一個在西院。

慧馨看看門口守著的兩個官差，再想想她和李惠珍住的地方相隔這麼遠，看來這位城守對她們兩個很是提防啊。這樣也好，李惠珍翻不出什麼花樣，南平侯他們在城裡就越安全。

慧馨收拾了一下趴到了窗邊的桌子上，這個夜還很長，她一時半會是睡不著了。不知道南平侯他們怎麼樣了？「顧承志」有沒有跟他會合？

慧馨倒了一杯茶水，用手指沾著在桌子上寫字，字寫煩了就改畫畫……她東一筆西一筆，畫了個人頭出來。慧馨看看桌上的人像，突然把整杯水都倒在桌上，畫像被水暈開成一片水漬，再也看不出原來的樣子。

慧馨把腦袋頂在桌子上哀嚎，真是發春了，竟然不自覺地畫了南平侯的面容……

慧馨在窗前坐了大約一個時辰，終於頂不住瞌睡，打了個哈欠，也許今天不會有人來了吧。她有些失望地從椅子上站起身，準備上床睡覺算了。窗戶突然發出了一聲響動，慧馨心下一驚，一個轉念立馬臉上一喜，連忙跑到窗邊支開窗子，果然見到正是那人。

原來南平侯在得知慧馨被帶到城守府的消息後，便親自帶人到城守府裡把府內的布局探查清楚，找到了慧馨住的院子。他們在院子裡埋伏了半個時辰，見府裡頭無人走動，這才點了迷香迷暈了院子裡的守衛。

南平侯敲敲慧馨的窗子，正要喚她，便見窗子已經被人支開了，嘴角不禁上揚。

【第二百零九回】
圈套

南平侯翻身入屋，先把屋裡四下都查看了一遍，才坐到桌邊跟慧馨說話。慧馨倒了杯茶，推到南平侯面前。

「……那個李惠珍，原是聖孫府的司記，後來犯錯被宮裡調走，不知為何跟……其他人搭上了線，不過這次她是隻身來到封登，也幸好她是一個人，她雖然有些小聰明，不過性格過於急躁，沉不住氣，成不了事。只是她畢竟做過聖孫殿下的貼身司記官，對殿下太過了解，絕不能讓她見到『顧承志』，否則很可能會被識破……」

「這個妳放心，『承志』現在在一個很安全的地方，沒人能找到他……」

「那就好，我看那個封登城守有些心思，他竟然敢把我和李惠珍都軟禁在府裡頭，他究竟是不是……其他派的？」

「封登城這些年發展迅速，跟封登當地的官員不無關係，從城守到知事，封登城的官員都是中立，他們不參與朝堂上的黨爭，也不屬於任何一派，同時他們又不得罪任何一派。這次李惠珍能在封登城掀起風浪，都是因為她佔了先手。原本我計畫藉由封登守備，在這裡多停留幾天好讓妳養養病，沒想到被他們佔了先機。如今封登城守已經發覺有異，他雖然不會再聽李惠珍的，想讓他聽我們的恐怕也不容易了……」

「要不咱們先將計就計，李惠珍找不到『顧承志』，便只能想辦法把我們困在這裡，那我們乾脆在封登住幾天，『前頭』還有幾天路程？」

「快了，再有八九天，前頭就該有消息過來了……我們就在封登停留三天吧，太久對方會起疑，而且封登閉城的消息，很快就會傳出去，北方定能猜到咱們被困在這裡，到時他們還會往這邊派人，我們最好趕在增派的人來之前離開這裡。」

「好，我陪著李惠珍在這城守府裡玩三天，不過三天後，我們要怎麼出城？」

「……向城守吐露妳的身分，他自有分寸，他已經出手幫了李惠珍，那也該幫我們一次，不然，他可不好交代。」

南平侯又跟慧馨商量了一些細節，約莫過了一個時辰，才起身準備離開，「……這幾天記得吃藥，把妳的病養好。」

慧馨聽了臉上一紅，點了點頭。

❖

慧馨做好準備跟李惠珍磨上三天的嘴皮子，沒有人身傷害，只是口頭上打架，這誰不會。可惜封登城守沒有給她們「打架」的機會，每次李惠珍要來找慧馨，都被城守府的人攔了回去。聽說李惠珍現在走到哪裡，身後都會有六個人跟著。慧馨跟她比起來就老實多了，她只管把軟禁當休養，每天就在屋子裡待著。

南平侯每天入夜都會來看她，告訴她城裡的情況。封登城仍在封城，出城的人都要手持城守手諭或權杖。由此可見，李惠珍雖然看起來在城守府裡不受待見，可她在暗地裡對城守的影響並不小，否則城守完全沒必要繼續封城。

慧馨皺著眉頭跟南平侯說道：「……其實李惠珍這人心思很簡單，她只是想上位，誰能給她好處她就會跟著誰，她一心想著見殿下，心裡頭未嘗沒有打著賣好的主意。牆頭草嘛，隨風倒，來陣風就跟著倒。若是殿下能跟她見一面，有很大的可能把她爭取到我們這邊，不過……可惜，人算不如天算，她也是時運不濟，想見殿下根本是不可能的。」

「最近入城的人有些不對勁，我們是時候該離開了，明天妳就去找城守，不必跟他說得太清楚，他心思通透，只要給他點通要害，他就知道該怎麼做才是正確的。」

封登城守打量著坐在他對面的女子，他沒想到此人會是聖孫府的女官，而且還是聖孫殿下的貼身女官。此時此刻，一股涼意從他的背脊直竄腦門，之前他雖聽說京城有異動，但沒想到這麼快他就被人陷害。他封閉城門這幾天，反倒把趕往京城的聖孫殿下阻在封登城……那個叫李惠珍的女人，不僅愚弄他，還把他騙上了燕郡王的賊船。

慧馨看了一眼滿頭大汗的封登城守，放下手裡的茶杯說道：「大人不要太過焦慮，殿下知道大人的為難之處，我們這幾天待在封登城，也算是休整一下，只是時不我待，殿下已命我明日出發。」

城守拍拍自個兒的腦袋，他現在心亂如麻，滿腦子亂哄哄的，他不想摻和皇聖孫和燕郡王的鬥爭，只想守著封登城，可是……

「……我知道大人在擔心什麼，其實我有個建議，能讓您既不用得罪燕郡王，同時聖孫殿下也能記得您的好。只要您告訴我出城的權杖在哪裡，剩下的就不用擔心了，我們自會處理……說起來您只不過是想明哲保身，兩頭都不願得罪，既然這樣不如睜一隻眼閉一隻眼，一手捂一手放。聖孫殿下和燕郡王終究是親兄弟，就算他們一時有些不合，也不是咱們這些人能插手的……儘快脫身是為上策。」

南平侯帶人順利從城守府盜取了出城的權杖，有了城守的幫忙，慧馨也順利地離開了城守府。

這會，一行人已經拿著權杖出了城。

再度騎在馬背上飛奔，慧馨的心情卻是比之前更加沉重，他們一行人在封登城停留的這些日子，等於是暴露了行蹤，前方不知有多少埋伏的敵人在等著他們。

慧馨感覺自己心緒有些不穩，便轉頭看看身旁的南平侯。南平侯臉上面無表情，看不出在想什麼，他忽然好似感覺到慧馨的目光，側頭看了看慧馨，隨即嘴角勾起了弧度。

慧馨一陣臉紅，趕忙轉頭看著前方的道路。慧馨心下稍安，侯爺既然不擔心，那就沒什麼可怕的了。

夜幕剛剛降臨，慧馨他們就遭遇了第一波襲擊，侍衛們把「顧承志」和慧馨圍在中間，幸好這次襲擊的敵人不多，他們很快就可繼續趕路。慧馨有些詫異，這次南平侯並未讓人去前面開路，而是選擇了跟敵人面對面。她並沒有因為看到敵人被殺而動惻隱之心，她真正擔心的是這些侍衛，因為他們看起來好像很疲倦了。大概他們在封登城裡躲藏多日，都沒休息好吧。

這段路很長，下一個鎮子要三天後才能到，所以這一路只能露宿。只是這三天，慧馨他們過得很不好，不斷有少數敵人襲擊，包括夜晚也不停騷擾。這些人數量不多，而且十分滑頭，打不過就跑，擾得慧馨他們不敢多加停留。

這三天侍衛們幾乎沒有闔過眼，慧馨比他們好點，畢竟不需要她拿刀砍人，只是她看著侍衛們憔悴的樣子很是心疼，每次他們停下來休息，她都會主動爭著多幹些活，讓侍衛們能盡量多歇一會。

相比侍衛們，南平侯倒還好一些，他一直很平靜，每回看到慧馨打量他，都會回以微笑示意他無事。

前面是一片山林，等過了這片山林，就是下一個鎮子了，到了那裡他們應該能好好地休息一下吧。慧馨如是想著，可惜現實總是殘酷。他們還未進入山林，便有一群人從裡面跳出來攔住了他們的去路。

慧馨焦急地坐在馬上，周圍奮戰的侍衛越來越吃力，南平侯並未出手，他在觀察著兩邊的局勢。侍衛們被對方壓著不斷地縮小保護圈，慧馨不禁用手捂著自己的胸口，感覺心臟就要從胸腔裡跳出來了。這幾天，她已經把臨行前仿製的那件防刺服穿在身上，包袱裡也放著一把短刀，那是她跟南平侯要的。她還記得當她提出想要一把短刀防身時，南平侯眼裡的詫異。慧馨摸摸背上的包袱，考慮著是不是到了該把短刀拿出來的時候。

就在慧馨只盯著周圍侍衛們的時候，南平侯幾不可查地跟「顧承志」使了個眼色，「顧承志」微微向南平侯點了頭。

「顧承志」輕輕催馬前行，幾個在混戰中的侍衛也突然抽身回到馬上，侍衛們開始護著「顧承志」往前衝。

南平侯對著慧馨道：「待會不管發生什麼事，妳只管跟緊我。」說完，南平侯就催著馬跟著「顧承志」他們，試圖一起衝出包圍圈。

慧馨來不及發呆，趕忙打馬跟上，緊緊地跟在南平侯身後。

前方混戰中的侍衛突然暴起，對方似乎沒想到他們還能這麼勇猛，一時手腳有些慌亂，包圍圈出現了一個缺口。

「顧承志」抓住機會，從缺口處衝了出去，其他幾位騎在馬上的侍衛護在他的兩側，護著他往山林中衝去。

南平侯領著慧馨也衝出了包圍，不過他們的方向跟「顧承志」不同，是往林子的另一頭。

【第二百一十回】
等待

慧馨緊跟在南平侯身後，大部分的賊人去追「顧承志」他們了，只有幾個賊人追著他們進了山林，好在慧馨和南平侯很快就跟追兵拉開了距離。

慧馨被馬顛得渾身要散架，完全沒記憶自己是怎麼跟過來的。南平侯忽然停下來飛身上了慧馨的馬，手攬慧馨的腰部，慧馨還沒反應過來，便被南平侯帶著飛了起來。

當慧馨的雙腳終於踏實，她發現自己正站在一塊從崖壁突出來的大石上，這塊岩石從山壁上突出來，與山壁連接的地方長了一棵粗壯的棗樹，這塊岩石不大，她和南平侯兩人堪堪能夠站立。

慧馨疑惑地看看南平侯，南平侯對她說道：「妳暫時在這上面藏一會，我下去把追兵清理掉，不用害怕，這個位置從下面看不到，若是有人從下面經過，只要趴下不出聲便好……晚上睡覺把自己跟棗樹繫在一起，免得不小心掉下去。」

說著，南平侯把兩個包袱交給慧馨，他的手忽然從慧馨的頭上滑下，既像在拍慧馨的頭又像只是撫過慧馨的髮絲，「裡面有水和乾糧，餓了就吃，不管下面發生什麼事，妳只管在這上面待著，等我回來。」

慧馨呆呆地點了點頭，看著南平侯掉下去，騎上馬消失在山林中。慧馨拍了拍自己的額頭，一臉緋紅，心下嘆息，她可不是小孩子了……

慧馨把包袱放好，再把岩石上的枯枝都收攏到一起，在棗樹後面給自己做了個窩，這幾天她跟南平侯學會了怎麼用樹枝搭窩，搭窩也要講求技術，不然一坐一起樹枝會散一地。

把包袱拿過來搭在棗樹上，取出一件長衫一頭綁在樹上，一頭繫在腰上，慧馨盤腿坐在窩裡，背靠著包袱。她把斗篷裹緊，入夜了，不能生火，這山壁上可不暖和。幸好有這棵棗樹，還能幫她擋擋山風。

慧馨原本還努力地想聽到下面林子裡的動靜，感覺人聲好像離她所在的地方越來越遠，但她還是不敢出聲，今晚的晚飯就先算了吧……慧馨把頭靠在身後的包袱閉上了眼睛。

慧馨原以為南平侯很快就會返回來，可是她在這塊崖壁上已經待三天了，侯爺一次都沒回來過……慧馨看看只剩一點水的水囊，還有最後的兩塊乾糧嘆了口氣，若是身後的這棵棗樹結果了，那她還能多挨幾天，可惜現在季節不對，棗樹連開花的時節都還沒到。

可是相較於自己將要斷絕水糧的狀況，慧馨更擔心南平侯和「顧承志」他們。三天了，三天可以發生很多事情。

這三天裡，不時有人經過慧馨所在的岩石下面，從他們的談話聲中，慧馨聽到「顧承志」好像在幾個侍衛的保護下跳崖了，這些人就是在山中搜尋他們的屍體。

乍聽到這個消息，慧馨難過地想要哭泣，幸好當時她還記得自己的處境忍住了，這些日子相處，她對「顧承志」和侍衛們多少都有些共患難的情感。等下面搜尋的人走了，慧馨靠著棗樹發呆，她突然一個激靈，想起這幾天被她忽略的幾個細節……侍衛們這幾天為何突然顯得很疲憊，雖然對方一直在騷擾他們，可這些侍衛畢竟是跟著南平侯上過戰場，怎麼會如此不堪一擊呢？還有「顧承志」衝出包圍前，跟侯爺眉來眼去，他們顯然事先通過氣了。幾位侍衛會跟著「顧承志」跳崖？慧馨不信……他們完全可以分散開，各自躲藏，南平侯都能把她藏起來，「顧承志」他們要找藏身處肯定也可以的。想通此點的慧馨心下稍安，這才靜下心神乖乖地在崖壁上等南平侯來找她。

雖然下面經過的人越來越少，對方大概快放棄搜尋了，可是慧馨卻不能完全放心。一個人藏在這裡，一點南平侯的消息也沒有，她再怎麼強迫自己要勇敢還是忍不住擔心害怕。

侯爺不知怎樣了，是被他們抓住了沒法來找她，還是受傷了不能來找她？時間一天天地過去，慧馨開始變得胡思亂想。

過了今晚，明天就是第四天了……慧馨的思緒在這個夜晚變得尤其混亂。好像三這個數字是一個門檻，三天內她可以強迫自己在這裡等待，過了三天，她就再也坐不住了，三天就像一個底線，一個承受壓力的界限點。

太陽升起來了，慧馨拿出手帕沾著棗樹葉上的露水，擦擦臉和手，她打開水囊喝了兩口，然後拿起一塊乾糧就啃。

昨晚她幾乎一夜沒睡，只盼著南平侯能出現。可是南平侯還是沒有出現，平定了心緒後，慧馨決定要想辦法離開這座山壁，吃的喝的最多只能再撐過今日，她要在自己被餓得沒力氣前離開。

慧馨把包袱解開，將裡面的衣服全都繫在一起。兩個包袱一個是她的，一個是南平侯的，兩人的衣服和包袱繫起來大概有兩丈長，慧馨估計這離地面大約有三丈，再把身上穿的外衣解下來繫上去，雖然還到不了三丈，但應該能讓她安全到達地面了。

想好辦法離開崖壁的慧馨，把最後一塊乾糧也就著水吃掉了。等到了下面，食物和水應該都能找到，剩下的這點她不好帶下去，不吃掉就浪費了。等把餘糧跟剩下的水都吃光，慧馨便開始動手脫衣服。

這時南平侯輕輕一躍跳上了崖壁，抬眼一看就發現那個小姑娘正蹲在地上解衣服。南平侯不自在地假咳了一聲，看那蹲在地上的人沒反應，只好又假咳了幾聲。

慧馨終於聽到了南平侯的聲音，她愣了一下才站起身，當她轉身看到那個熟悉的人再度站在她面前時，她很不爭氣地哭了。

南平侯看著慧馨向她衝來，趕緊用力穩住下盤，左手抓住了樹枝，右手扶住了慧馨的腰。他們費了這麼大的勁活到現在，若是突然因失足落下山崖沒了命，那可就糗大了。南平侯看著在他懷裡哭得稀裡嘩啦的慧馨，不禁勾起了一抹微笑。

終於哭夠了的慧馨，不好意思地抬起頭，對著南平侯說了一句：「你回來了⋯⋯」

「嗯，我回來了。這上面不方便待兩個人，我先帶妳下去，有什麼話咱們下去再說。」南平侯笑著說道。

慧馨紅著臉背過身，把身上的衣服重新穿好，又把被她繫成一團的衣服和包袱攏在一起，還有兩個水囊也提在手中。南平侯兩手攬著她的腰，一個縱身便躍到了地面。

南平侯幫慧馨穩住身形，這才放開她。慧馨蹲著身整理包袱，南平侯則開始講述這幾天發生的事情。

「⋯⋯前幾日便得到消息，對方在前面的鎮子埋伏了大量人手，就等著到了那裡把我們一網打盡。之前他們連續騷擾是為了消耗我們的體力。前面的鎮子是個死局，我們不能進去，畢竟這點人手再怎麼安排也殺不過近百人的埋伏，所以我決定將計就計。這片山林，以前我曾經路過還進來打過獵，地形很熟悉，知道這裡有個山壁可以藏身，而另一頭則有座懸崖。所以我們便事先商議好，利用對方在山林騷擾我們的機會，『顧承志』和幾個侍衛會從懸崖跳下去，而我則把妳藏在這座山崖上，只要等對方搜尋結束，我們就可以出來了。算算時間，聖孫殿下差不多應該到京城附近了，對方若是相信他已經身亡，自然不會再派人在路上堵截；即使對方不信派人再度搜山，可他們怎麼也不會想到我們演了齣假死的戲碼。」

「那『顧承志』和侍衛們……？」

「他們自然不會真的跳崖，只是做個樣子，不管對方信不信，只會把注意力放在這片山林裡，相信再過兩三日聖孫殿下到京的消息就會傳開，我們的任務就完成了。」

雖然之前就已想通「顧承志」他們不會有事，但此刻聽南平侯親口說出，慧馨才真正地舒了口氣。算算天數，他們自分開到現在已經四天過去，顧承志那邊再有個一兩日應該就能進京。南平侯的計策果然很好，不但免他們踏入敵人的埋伏，還把對方的注意力全都吸引到這片林子裡。那些人估計打破腦袋也想不到，真正的顧承志已經在京城附近。

「之前沒有告訴妳計畫，害妳擔心了……」南平侯突然蹲到慧馨面前，柔聲說道。

慧馨手上一頓，嘆了口氣這才說道：「你不告訴我，一定是有你的考量，我不會怪你的……只是沒經歷過這些，心下沒底，尤其是你一走就是四天，我……我很害怕。」

【第二百一十一回】

遇險

慧馨感覺南平侯的手順著她臉龐像風一樣撫過，又好像只是她的錯覺，當下不知該如何反應，只呆呆地望著侯爺。

南平侯嘆息了一聲：「現在不用再害怕了……」看著慧馨盈盈的目光，他的手指不自覺地從她的眼角劃過。他這三天在林子裡躲避敵人的搜尋，也一直記掛著慧馨，可他不敢過來就怕他的蹤跡被敵人發現反而連累慧馨，所以只能往離她藏身之處更遠的地方跑。

慧馨心如鼓擂，看著南平侯一點點靠近，突然之間南平侯用力抱緊她，兩人側倒在地上滾了幾圈。慧馨瞪大眼睛看著南平侯右肩上的箭羽，一時反應不過來。

南平侯從地上抓起一把石子，朝對面的草叢扔去，只聽「噗噗」兩聲，兩個身影在草叢裡翻滾了幾圈便沒了聲息。南平侯心下一嘆，是他大意了，原以為搜尋的人已經離開，沒想到這裡還有掉隊的。

「你中箭了！」慧馨焦急地扶著南平侯。

「沒事，不用怕，小傷而已。」南平侯安撫慧馨，剛才埋伏的人在慧馨背後，而他全副心神都在慧馨身上，警惕性下降，以致對方的箭放出來他才聽到風聲，兩隻箭他只來得及抱著慧馨躲開一隻……

南平侯迅速地把箭拔了出來，慧馨抖著手幫他解衣服，傷口的顏色有些發青，慧馨不安地看了侯爺一眼，南平侯直接拿匕首把傷口中毒的部分剜了去，慧馨幫她撒了止血粉，又把自己的衣裳用刀劃成條，包紮在南平侯的傷口。

「這箭上是不是塗了毒？」慧馨顫聲問道。一時的大起大落，讓慧馨的心緒亂成一團。

「別擔心，我有解毒藥。」說著，南平侯從懷裡掏出一個藥瓶遞給慧馨。

慧馨倒了幾粒藥丸在手掌上，南平侯拿起兩粒吞下去，「妳聽我說，這藥吃下去，我會昏睡一段時間，妳把我藏在那邊的草叢裡，然後向北走，翻過山頭，有一個村莊，暫時先到那邊歇腳，等我醒了就去找妳。」這藥丸的藥性很強，南平侯才剛服下藥，便感覺四肢開始麻痹，腦袋有些昏沉了。這藥丸效果好，可解百毒，就是副作用太大了……

慧馨聽南平侯要她把他丟在這裡，急得直搖頭，「我不會把你一個人丟在這裡的，這裡太危險，先不說還會不會有敵人，這林子裡頭也許還有其他的動物，你一個人昏睡在這，我沒法放心。」

「……聽話，對方雖然現在撤退了，但還有可能會再派人來，林子裡頭不安全，我昏過去後，就剩妳一個人，太危險了，趁著這會還早，趕緊走，翻過山頭到了村裡就安全了。」

「你都說林子裡頭危險了，我又怎麼能把你一個人丟在這。你不要再說了，無論如何我也不會把你丟下，這一路走來你都沒有丟下我，就應該明白我也不會丟下你……不跟你廢話了，我要想辦法帶你一起走。」

南平侯雖還想再說什麼，可是他渾身的力氣都消散，眼皮也撐不住了。見南平侯搖搖晃晃地一副要倒地的樣子，慧馨忙上前扶住，讓他靠在一棵樹旁。

南平侯用盡最後的力氣抬了抬眼皮，只看到慧馨忙碌地在周圍撿樹枝的身影，他想再喚一聲，可是已經沒力氣，就這樣皺著眉頭陷入了昏睡。

❖

慧馨把衣裳用匕首劃成一條條，再把撿來的樹枝綁成擔架的樣子，然後把南平侯挪到擔架上固定好。

把布條綁在擔架的前邊，慧馨看看方向，把布條放在腰部，像馬拉車一樣拖著南平侯往前走。她只能想到這個笨辦法，人力拉擔架。慧馨盡量找地勢偏下的地方走，這樣她可以走得省力走得快一些，要爭取在入夜前走出林子。

慧馨一路走得跌跌撞撞，她一路都在想他們的馬如果突然出現該多好，或者有輛手推車也好……做為學習過現代化知識重生而來的人，慧馨腦子裡閃過無數交通工具，可惜這會兒一個也沒有。

慧馨不時回頭看看擔架上的南平侯，堅毅的臉龐此時顯得柔和了許多，皺著的眉頭好似在表達不滿……對慧馨不聽話的不滿。慧馨嘿嘿訕笑了兩聲，她可不是小女生了，她可是有擔當的成熟女性。

慧馨此刻雖然感覺辛苦，但是卻不覺得沮喪，雖然南平侯昏迷了，可她不再像前三天那樣患得患失，只要侯爺在她身邊，她好像神經就會變得大條，什麼煩惱憂愁都不會讓她動搖。

直到月上中天，慧馨才拖著南平侯走出林子，看著前方一點燈光也無的村莊，慧馨猶豫了一會，還是不要半夜進村吧，聽說一般村莊裡的人都會養狗，萬一黑燈瞎火的，對方以為她是賊人就麻煩了。

慧馨四下看了看，把南平侯拖到一塊大石頭後面擋住夜風。月光下，慧馨歪著頭端詳了他好一會，南平侯不知怎麼保養的，看起來好像只有二三十歲的樣子，尤其是這會昏睡，放鬆的臉龐完全不像一個高高在上的侯爺。

慧馨把斗篷解下來蓋在南平侯身上，然後她做了一番思想鬥爭，最終決定在這寒冷的深夜，侯爺就做做她的臨時人體暖爐吧。山裡的夜晚很冷，慧馨在那座山壁上已經挨了三個晚上的凍，如今侯爺在身邊，雖然他昏迷但身體還是散發著陣陣熱氣。慧馨在一番天人交戰後，究竟還是覺得她反正不是土生土長的古代人，沒那麼多忌諱，而且這會又沒有其他人，把侯爺當人體暖爐這事，是天知地知，慧馨知，侯爺不知……

慧馨收拾了一下便鑽進斗篷，靠在南平侯身旁。慧馨大著膽子抱住侯爺的一隻手臂，手掌放在侯爺的胸口感受他有力的心跳。暖熱的身體顯示著旺盛的生命力，慧馨把小腦袋靠在南平侯的肩膀上，閉上眼睛睡著了。

【第二百一十二回】
鄉村生活（上）

南平侯足足昏睡了兩天才醒來，可想而知對方用毒的狠辣，想要顧承志絕命的決心更是可見一斑。

南平侯躺在床上打量了一下四周，土炕、棉被、泛黑的牆壁、簡陋的家具、磨得看不出本色的桌椅，這一切都表明了一件事……慧馨終究沒有把他丟在山林裡。

他活動了一下手腕腳腕，然後騰地一下坐了起來。桌上缺了口的茶壺還熱著，南平侯提起茶壺給自己倒了一杯，冒著熱氣的白開水下肚暖和了五臟六腑。南平侯又倒了一杯白開水，山裡的水雖不是茶，卻自有一股淡淡的香甜。他側耳聽了一下外面的動靜，放下杯子出了屋。

慧馨正在院子裡跟幾位大媽一起縫衣服，想把裁成布條的衣裳重新縫起來，她拖著侯爺走了一路，搞得他身上衣服又髒又破，這個村子又很窮，想買件新衣服要去很遠的鎮上才能買到。所以慧馨只能把這些布條重新收集，然後一條條地縫起來，重新組合成一件衣服。

慧馨雖然看著手裡的針線，可她的耳朵卻一直豎著，注意著屋子那邊的動靜，南平侯睡了兩天，今天早上看他臉色紅潤了許多，毒素應該清除得差不多了吧？

聽到房門發出聲音，慧馨一個轉頭往那邊望去，南平侯迎著陽光帶著微笑的臉晃花了她的雙眼。慧馨眨眨眼睛掩去眼裡的水霧，放下手裡的衣服跑到南平侯身邊打量他，「哥，你醒了，有沒有哪裡覺得不舒服？肚子餓不餓？兩天沒吃東西肯定是餓了，我去給你弄點吃的……還有啊，新衣服馬上就做好了，等你吃完飯就能穿了，先進屋等我一會，我馬上弄東西給你吃……」

南平侯聽著慧馨嘮嘮叨叨，臉上的笑容更大了，他聽話地跟院子裡的幾位大媽打了招呼便進了屋。看著那幾位大媽帶著興味的眼神打量他，南平侯破天荒地有點臉紅……

慧馨煮了一鍋粥，烙了兩個菜餅，粥裡放了一顆雞蛋，這些東西是她出錢跟暫住的這家人買的，原本村子裡的人老實，不願意收她的錢，在慧馨的一再堅持下才接受了慧馨的銀子。這個村子很窮，可這戶人家拿來招待他們的都是好東西，估計他們也就過年才捨得吃雞蛋，這些慧馨都看在眼裡，因此更加不願白佔村人的便宜，不過幾兩銀子既能接濟這些村人，又能讓她吃用別人的東西更加心安，何樂而不為呢！

慧馨端著煮好的東西進屋，南平侯正打了水在擦臉擦手，慧馨把碗筷擺好，跟南平侯說道：「快來，趁熱吃。」

南平侯坐到桌邊拿起筷子，抬頭見慧馨又出去了，不知怎地突然有點失落。他喝了幾口粥，便又聽到房門響動，慧馨拿著衣服和針線又進來了，南平侯的嘴角不自覺地勾了勾。

慧馨一屁股坐在南平侯對面，低頭看著手裡的針線，手指翻飛在衣服上飛針走線，嘴也沒閒著，跟南平侯絮叨這兩天發生的事：「……我跟他們說我們是兄妹，出來遊玩在山林裡迷了路，後來你從山頭上摔下來昏迷了過去……這些吃的我都給錢了，你儘管吃，要是實在過意不去，等你好了去山上打幾隻野味送給他們吧……鎮子離這裡太遠買東西不方便，我放心不下你，又擔心在鎮子上埋伏的人還沒走光，沒敢過去。你身上的衣裳弄髒了還破了好多口子，我差幾針就補好了，待會你把衣服換下來，我去河邊給你洗洗。包袱裡的衣服被弄了布條，只能拼湊著縫了，先將就著穿吧。我跟你說，其實這拼湊的衣服也比村裡其他人身上穿的好了，聽說他們好多人一件衣服能穿半年，那得多髒啊……」

南平侯邊吃邊聽著慧馨絮絮叨叨，看著慧馨專注地看著手裡的針線，他突然感到以前從未體驗過的溫馨，一種讓人心生眷戀的特別感在心頭蔓延開來。

❈

「對了，你身上的箭傷我沒敢讓人知道，前晚看過你的傷口，已經不流血了，綁帶便給拆了扔到山上，待會你要不要擦擦身？我在灶上燒了熱水，這裡洗澡不方便，只能簡單擦一下……」

南平侯看著慧馨邊說邊皺了皺鼻子，他再也忍不住輕笑了一聲。

慧馨眼光不善地橫了南平侯一眼，「有什麼好笑，保持個人衛生不容易生病，這是常識……」

南平侯笑著端起粥碗擋住慧馨的目光，連連點頭說道：「好好，就聽妳的，我吃完就洗，洗完了換妳剛做好的新衣服，全都聽妳的……」

慧馨滿意地點點頭，把手上的線頭收尾，「好了，衣裳先放這，我去打水。」慧馨把衣服折好放在床頭，轉身出去提熱水。

慧馨這邊剛把水給南平侯準備好，他那邊飯也吃好了。慧馨收拾了碗筷拿出去洗，一腳邁到房門口，突然頓了一下，心裡有一絲小小的邪惡冒頭。慧馨偷偷側頭，用眼角餘光飄向南平侯，南平侯也似有所覺地正好側頭看向慧馨，結果好色的慧馨那偷瞄的一眼就被侯爺抓個正著。

慧馨好像被抓到尾巴的貓迅速溜出了房間，僅聽到房間裡南平侯發出大笑，慧馨羞得滿臉通紅……可惜啊，侯爺脫衣服太慢了，只看到一條手臂。

待南平侯換好了衣服從房裡出來，慧馨面不改色進屋收拾了他換下來的髒衣服，把衣服團進木盆裡，再把木盆往懷裡一抱，跟南平侯說道：「我去河邊洗衣服了……」

南平侯憋著笑跟在慧馨身後，「好。」

慧馨抱著木盆往河邊走，可是南平侯還是跟在她身後，她不解地回頭看看。

南平侯笑著說：「我出來走走，躺了兩天了，身上都僵了。」

慧馨在河邊選了一塊大石頭蹲在上面，把衣服從盆裡拿出來浸濕，回頭看看南平侯還沒有要離開的意思，便也不再管他，拿起棒槌開始敲打衣服。每次手洗衣服，慧馨心裡就會有一股強烈的怨念……洗衣機啊！

南平侯向後退了幾步，避免被濺起的水花噴到，看著慧馨不是很熟練地洗著衣服，他覺得心裡有股暖流湧過。四下看了看，這裡環境不錯，南平侯臉色一正，拉開架勢練起了拳。

河對面有幾位婦女也在洗衣服，看到南平侯練得虎虎生風，全都停下了手裡的活，指指點點笑著看南平侯耍拳。

慧馨看看對面笑成一團的小媳婦們，又回頭看看完全沒受外界影響，專注地練拳的南平侯，笑著搖了搖頭，估計這村子上又要有不少姑娘看上我們侯爺了……

慧馨洗好衣服，侯爺也練完了，看看慧馨被河水凍得泛紅的手指，南平侯不客氣地把慧馨的一雙爪子抓在手裡。雖已是初夏，可山中河水還是冷得刺人。

慧馨瞪著眼睛看著南平侯，感受到侯爺手心裡傳來的熱氣，心裡暖暖的。

從河邊回來，南平侯拿著木盆跟在慧馨身後，慧馨把手捂著臉頰，好似在暖手，其實是在掩蓋她泛紅的臉頰。

剛用過午飯，主家就陸續來了不少客人，這些大姑娘小媳婦打著嘮嗑的幌子，其實都是來看南平侯的。

侯爺早上在河邊亮了相，村子裡的婦人們很快就得到了消息，孫家借宿的那個俊秀後生醒了，那後生生猛著呢，早上在河邊那拳打得是驚天動地，英姿颯爽啊……

慧馨幫著主家招待客人，看著這些女子捂著嘴交頭接耳地談論她的「哥哥」，臉上的笑一直沒停過，她心裡頭早就暗暗讚嘆，侯爺不同凡響的魅力今天終於親眼見證了……

南平侯早上在外面撿了幾樣東西，這會正在一旁忙活，慧馨看了半天也沒看懂，便沒再管了。

南平侯正半蹲著給一根枝條打孔，他手指一發勁，枝條上就多了一個孔洞，慧馨看得大讚侯爺功夫了得。

旁邊的一個婦人不知跟旁邊人說了什麼，一群人打打鬧鬧地笑成了一團。慧馨嘴角抽搐，她聽到剛才那婦人好像在評論侯爺的大腿和屁股……我們英武的侯爺被人調戲了，不知道侯爺有沒有聽到，好像聽說習武之人耳朵都特別靈敏。

慧馨對南平侯真是佩服得五體投地，在這麼多熱情目光的注視下，他還能面不改色地該做什麼做什麼，這份修行真不簡單。

慧馨倒了杯開水端給侯爺，對著他訕笑了幾下。南平侯接過水杯，突然背過身，用手指輕輕碰了她鼻子一下。

慧馨不明所以地摸摸自己鼻子，南平侯則是挑挑眉道：「還笑，臉都皺成一團了。」

「哥，你今天特別英俊瀟灑風流倜儻，小妹我與有榮焉自然高興。」慧馨狗腿地說道。

【第二百一十三回】鄉村生活（下）

鄉村生活簡單，太陽下山前各家各戶便早早地開始吃晚飯，一入夜就該上床睡覺了，村人們是絕對捨不得點油燈或蠟燭的。

主人家的屋子少，總共三間屋，一間主人夫妻住，一間是兩個女兒住，慧馨現在就跟他們住一起，還有一間是兩個兒子住的，不過兩個兒子一個在城裡大戶人家做小廝，一個跟著他舅舅出去跑商了。南平侯如今一個人住在那間屋裡，正是因著這戶人家有間空屋，慧馨那天到村裡打聽了一番，才拖著南平侯借宿在這裡。

慧馨和南平侯入鄉隨俗，跟著主人家一早用了飯，太陽一下山，主人家都回了屋。慧馨這會還睡不著，便搬了椅子坐在院子裡數星星。這戶人家可沒有備用的油燈紙筆給她畫畫，她只好無聊地待在院子裡。

南平侯剛洗漱完，見慧馨坐在樹下，便好奇地走到她身後，向著她望去的方向看去，「……妳在看什麼？妳懂得看星辰？大衍之數妳也有研究？靜園好像沒有這門課。」

慧馨搖搖頭說道：「不懂，我就隨便看看，反正也無事可做。周易太深奧，我可看不懂……哥，那邊那顆最亮的星星是不是紫微星？」

南平侯抬頭看了看天，又四處張望，「……那顆不是紫微星，紫微星主正北，那邊那顆才是。我看妳有模有樣的，還以為遇到個大才女呢！」

慧馨訕笑了兩聲說道：「原來那邊才是北啊……這個世上天大地大，萬事萬物，有我不懂的東西很正常啦！」

南平侯嘴角抽搐了一下，「妳這丫頭，連哪邊是北都分不清，當初怎麼從山林裡走出來的？還不肯聽話，非要帶著我一起……」

「哎呀，現在不是天黑了嗎？當時可是白天，太陽東昇西落我總認得出，再說，咱們都已經出來了，你好好的我也好好的，這才最重要，你就別秋後算帳了。」

南平侯輕笑了一聲：「我今天做了兩張弓和二十支箭，明天帶妳去打獵。」

「好。」慧馨笑眯了眼說道，「這個季節山上應該有些什麼動物啊？那天我一個人拖著你下山，都沒注意山上有些什麼，咱們明天再多轉一會吧，要不咱們中午在山裡吃，我明天早點起來烙幾張餅帶上。」

「隨妳。」

「今天真是開心啊，好像今天是我來到這世上最開心的一天……」慧馨有些感慨地說道。

「妳才多大就敢說這種話，這個小腦袋裡頭都裝了些什麼？」

「哥，我不小了，雖然比你小，不過不代表我就懂得比你少，其實我知道很多事情的……」慧馨似是而非地說道。

南平侯突然聲音一轉，變得更加低沉：「是啊，妳已經長大了……記得妳第一次見到我的時候，嚇得連話都說不好……」

「呃……」慧馨尷尬地訕笑了兩聲，第一次見南平侯時她還沒九歲，被三姨娘算計在謝府內院見到了南平侯，「那時候事出突然，我被您的威嚴氣勢嚇到了。如今相處了這些日子，您是什麼樣的人，我還能不知道嗎？自然就不怕了。」

慧馨想到這段日子與南平侯的相處，心下有種異樣的感覺湧上來，她聽到南平侯說：「要起夜風了，早點回屋睡覺，明天一早還要早起。」然後她感覺頭上突然暗了下來，她下意識地眨了下眼睛，在她閉上眼睛的一瞬間，好像有個溫暖的東西在她的額頭輕觸了一下，當她睜開眼睛卻什麼也沒看到，南平侯已經轉身回房了……

慧馨躺在炕上用被子蒙著頭傻笑……原本這屋裡的炕就不寬，睡兩個人也只是勉強，如今多了一個慧馨，就更加擠了，睡在裡面的翠花感覺到慧馨不停發抖，睜開了迷糊的眼睛問道：「謝姊姊，妳怎麼一直發抖，是不舒服嗎？是不是病了，要不要叫阿爹去找大夫過來看看？」

慧馨身體一僵，咳了一聲說道：「我沒事，可能是晚上吃多，一會就好了，不用去叫人了……」

❈

翠花姊妹天未亮就起了，她們要先去山上打豬草，然後回來吃飯。慧馨跟她們一起起來，梳洗後就去廚房忙碌，先烙了幾張菜餅，把水囊灌滿，待看到主人家也起來了，便幫著女主人做了簡單的早飯。

用過飯，南平侯帶著慧馨去山上打獵，包袱由南平侯背著，慧馨則背著一張小弓。

慧馨看看自己背的弓，然後看看南平侯手裡拿的弓，兩張弓完全不是一個等級啊，跟侯爺的弓比，她的這張弓簡直像是玩具，用侯爺的話說就是「適合女子使用」。

慧馨看看走在前面的侯爺，心下偷笑，侯爺擎長的身軀玉樹臨風，即使身上穿著「布條拼接裝」也不減帥氣。

慧馨四下看看，這周圍只有他們兩個人了，快跑兩步行到南平侯身邊，慧馨小聲地說道：「侯爺，我們這幾天待在村子裡沒問題嗎？殿下那邊不會說什麼吧？」

「沒事的，我沒收到新的消息，表示承志已經安全到京了，敵人現在應該很懊惱吧！我們藏在這裡正好，省得他們氣急敗壞拿我們出氣。再過兩天，咱們到鎮子上看看，若是安全了，便放消息出去，讓承志派人來接我們回去。」

「那我們就不必急著回京了，能在這裡多待些日子真是太好了，最好是等京裡局勢安穩了，咱們再回去。」

南平侯停下腳步，伸手把落在慧馨頭頂的落葉拂掉，「這恐怕不行，皇上這次病重只怕來日不多，我們要趕在皇上駕崩前回京，否則會更麻煩，咱們只能待到承志派人來接……」

「……皇上本來身體不是很好嗎，怎麼會突然就病了？過年的時候不是還參加百官朝賀？」

「病來如山倒，皇上有陳年舊疾，冬天裡感了傷寒，一直沒好，後來就一發不可收拾，不過是挺一日過一日……」

南平侯說著話，目光卻看著遠方，臉色也不像剛才那般輕鬆。侯爺跟皇上之間發生的事情太多，他們的關係很難一言概括，親疏之間最是讓人難以把握和琢磨。不論如何，對於皇帝病危，侯爺絕不會高興，而且皇帝病逝前大概還要宣侯爺再見一面吧……

慧馨甩甩頭，大著膽子上前勾著侯爺的胳膊，拉著他往前走，「京城裡的事等回了京城再煩惱，今兒咱們是出來打獵的，出門的時候我可給人家誇口要帶獵物回去，若是沒打到，咱可不許下山。」

南平侯見慧馨皺著臉拉著他往前走，看著她皺成一團的臉，忍不住笑著捏了捏她的小鼻子，慧馨眼角一斜，給了南平侯一記眼刀，接收到慧馨眼角的那片春光，南平侯心裡的晦暗化成了一堆飛灰。

南平侯帶著慧馨在山林裡上竄下跳，慧馨嘻嘻哈哈地跟在他身後，驚走侯爺的獵物無數，偶爾遇到村裡的人，兩人便跟他們打招呼，上山打豬草的小姑娘們捂著嘴邊偷看侯爺邊笑著打鬧。

慧馨笑著打趣南平侯，「哥，你魅力真大啊，你瞧，想嫁給你的姑娘從山下排到山上來了。」

南平侯橫了慧馨一眼，突然低了頭靠在慧馨耳邊說：「妳也這麼覺得嗎？那……妳想不想嫁給我？」

慧馨一陣熱血衝頭，連耳朵也羞紅了，她咬著嘴唇看著南平侯，南平侯臉上的表情好似認真，又好似在開玩笑，看得慧馨心下一動。

南平侯迎著慧馨盈盈的目光，手指撫上了她的眼角，「妳不說話，我可當是默認了……」

慧馨嘴唇囁嚅了一下，正想說點什麼，忽然被南平侯一把抱在懷裡，只聽南平侯說道：「我解毒昏迷後，中間其實醒來過，只是身子不能自由移動，但周圍發生的事我卻很清楚……那天晚上在大石邊，妳可是抱著我睡的。今日我便同妳說，我知妳心中有我，我心中也是有妳，從今後我便把妳定下了，可不許背著我再許給別人。」

慧馨大腦一片空白，只覺得自己的腦袋自作主張地輕點了幾下，她忽然用手臂圈住了南平侯的腰身，頭埋在南平侯的懷裡，這一刻她覺得很幸福，幸福得忘記了謝家，忘記了聖孫府……

❖

南平侯帶著慧馨獵到一隻山雞和兩隻兔子，要不是慧馨吵著要南平侯教她射箭，總共二十支箭，被她射飛了十幾支，侯爺只搶下三支箭這才射到了三隻獵物。

兩人在太陽剛西沉便下了山，回到借宿的地方，慧馨幫著女主人打下手處理獵物。村人家鹽是奢侈品，三隻新鮮的獵物被女主人撥了毛皮便準備直接下鍋煮。慧馨忙搶下一隻山雞，迫不及待地準備親手做個辣子雞。

南平侯坐在院子裡看著慧馨忙碌的身影會心一笑，低頭繼續削樹枝多做幾支箭，既然慧馨喜歡到山裡玩，他們這幾日反正無事，便多帶她出去逛逛好了。

【第二百一十四回】

進城

今日慧馨和南平侯天沒亮就起來了，因著今天是趕集日，要跟著村人一起進城。侯爺是要去打探消息，慧馨則是跟著去玩，她把昨天剝下的兔子皮收拾了一下，準備拿到城裡賣賣看。

南平侯和慧馨跟著翠花姊妹到村口與村人們集合，今天是大集，村裡出動了僅有的兩頭牛，牛車上堆滿了貨物，都是大家要帶去城裡販賣的。

翠花姊妹把東西往第二輛車上一放，慧馨也跟她們把裝兔子皮的簍子放在車上，這個簍子還是昨天侯爺編的，慧馨笑嘻嘻地摸摸竹簍，咱們侯爺手藝真不錯。

翠花幾個村裡的小姑娘坐在牛車的空隙間，慧馨和南平侯則跟在車後說著悄悄話，看著幾個小姑娘紅著臉看南平侯，她心下又忍不住偷笑，侯爺真是個妖孽，老少通殺啊！

翠花向著慧馨招招手，拍拍身邊的車板，示意慧馨一起過來坐。慧馨看了南平侯一眼，笑著跑了過去。

車板坐著既硬又顛，慧馨坐在上面不過是想跟幾個小姑娘湊個熱鬧。南平侯快走幾步跟在車旁，動手把車上的貨物正了正位置，以免車顛的時候貨物歪倒砸到慧馨。

翠花瞧瞧南平侯，又瞧瞧慧馨，裝模作樣地用手捂著嘴，趴在慧馨肩頭小聲嘀咕：「妳哥哥可真疼妳，謝姊姊，謝大哥成親了沒有？」

慧馨疑惑地看著翠花說道：「應該算……沒有吧。」

「成親就是成親，沒有就是沒有，什麼是應該算啊？」翠花有些不滿地嘟嘴說道。

「那就是沒有了……」

「謝姊姊，妳看那邊那個，是我們村的秀竹，她可是我們村的村花，還是村長的女兒，今年十六了，還沒許人家，妳看，秀竹陪謝大哥怎麼樣啊？」翠花眨巴著眼睛看著慧馨，一臉的期待。

慧馨看看秀竹又看看南平侯，見南平侯正挑著眉毛盯著她看，心知侯爺肯定是聽到他們說話了，慧馨心下吐吐舌頭，臉上卻是一臉惋惜地說道：「哎呀，我看秀竹姑娘很不錯，不過可惜我哥沒福分，他已經定了親，回去就得娶人家姑娘過門，所以我大哥跟秀竹是沒有緣分了。」

慧馨抬眼見南平侯正眉眼帶笑地看著她，她臉頰微紅地對著侯爺眨了眨眼。

清晨的鄉間小路上開滿了小朵小朵的鮮花，小小的花朵帶著露水在微風中搖擺，不時有女孩子跑到路邊採幾朵鮮花來戴。

慧馨看得有趣，拉著南平侯一頭栽到了路邊的花叢中，兩人再出來的時候，慧馨頭上多了兩朵開得正好的粉色小花。慧馨感覺她的嘴角都要裂到耳朵去了，好吧，她承認這有點俗氣，可是她就是很高興啊！

進了城門，慧馨和南平侯互看了一眼點點頭，兩人便分開了。南平侯要去打聽消息，慧馨則跟著翠花他們去集市上擺攤賣東西。

南平侯進了一家藥舖，拿出一張方子交給夥計，夥計看了兩眼便把南平侯請到後面。南平侯在廂房裡坐了一會，便有人來敲門，南平侯起身開門，門外竟然是偽裝的「顧承志」和一眾侍衛。

「爺，你終於來了，兄弟們都等著急了，你再不來，我們就要去村裡找你了。」

南平侯揮揮手示意大家坐下說話，「京裡頭有什麼消息？」

「聖孫殿下前天就進京了，不過皇上那邊還是誰都不見，太子漢王都找過御醫，聽說……只剩一個月的時間了，要是挺過去這一個月就好說，若是挺不過去……」

「皇后娘娘怎麼說？」

「娘娘那邊傳話，希望爺能儘快進京，這時候要鎮住那幫蠢蠢欲動的傢伙，還是要靠侯爺。」

「各個軍營有什麼異動嗎？」

「沒有，大家都很老實，爺上個月就傳話讓各個營裡的人都收斂些，他們也知道輕重，這種時候若是軍隊有什麼動靜，那可是要天下大亂，朝裡頭幾位將軍抱病的抱病，閉府的閉府，那幾位想怎麼爭他們都不會管的。」

南平侯點點頭：「漢王手下的人有什麼動靜沒有？」

「沒有，說來也奇怪，這次漢王那邊什麼動靜也沒有，只有漢王妃每日去宮裡看望皇后，漢王求了幾次想見皇上，都被皇上身邊的太監攔了，之後就再沒有其他動作。」

南平侯沉吟了半晌才說道：「不管他是真懂事還是只做做樣子，對他手下軍隊的監控都不要放鬆。只要京外的軍隊沒有行動，僅憑京裡頭的衛隊掀不起什麼風浪。」

「爺，有一件事不知道要不要緊，皇上病重這段時間一律誰也不見，連太子和漢王也不例外，可是前天聖孫殿下進京後，皇上就密召了殿下，原本這事是瞞著的，可如今有太多眼線盯著宮裡頭，殿下剛從皇上那出來，外頭人就知道了。太子似乎有些不高興，聖孫妃昨兒給太子妃請安，還受了太子妃的訓斥……」

南平侯用手敲了幾下桌子，思索了一會才說道：「太子和聖孫之間的事現在不重要，只要皇上還在，太子就不會真的找聖孫麻煩。他們是父子，用不著我們操心，我們只要穩定大趙，不要讓天下出大亂子就行。」

「那爺打算什麼時候回京？皇后那邊還等著爺的消息。」

想到回京，南平侯也有些低沉，可是京城又不能不回，不論是他還是慧馨，都不只是一個人，在他們背後還有家族還有責任，「……再過幾天吧，幾天後你們到村子裡來，我們一起回京。」

南平侯出了藥舖往市集上找慧馨，慧馨一看到侯爺便獻寶似地撲上來給他看賺的錢。兩張兔子皮慧馨賣了一百五十文錢，翠花說她賣便宜了，平時一張可以賣八十文錢的，慧馨笑著說：「一張八十文，兩張一百五十文，不算虧太多了。」

南平侯笑著看慧馨數錢，慧馨說道：「以前雖也自己做生意賺錢，不過好像都沒這次這麼開心，咱們這才真是白手起家。」

旁邊一位姑娘見慧馨這麼高興，便靠過來說道：「謝姑娘真能幹，才這一會就把東西賣光了。」

慧馨抬頭一瞧，原來是秀竹姑娘，慧馨見她紅著臉偷瞄旁邊的南平侯，就知道人家是看在侯爺的面子上來拍她馬屁的了。

慧馨突然覺得自己牙有點發酸，她笑著攬上南平侯的手臂，「哥，咱們去買點東西，秀竹姑娘妳忙著啊！」

翠花看著慧馨要走，忙喊道：「謝姊姊，記得下午申時在城門口集合啊！千萬別晚了，晚了可回不了村子！」

慧馨回頭向翠花揮揮手，「知道啦，申時申時。」

南平侯瞧著慧馨的樣子覺得好笑，「瞧妳這樣子，哪還像個大家閨秀，怎麼又皺鼻子，誰惹妳不高興了？」

慧馨歪頭看了南平侯一眼突然站住不走了，南平侯不明所以地看著她，慧馨踮著腳繞著南平侯轉了一圈，把侯爺從下看到上，從左看到右，從前看到後，嘖嘖稱讚道：「……真是玉樹臨風，難怪這麼多姑娘對你芳心暗許啊！」

南平侯好笑地捏捏她的鼻子，「妳這丫頭，竟然消遣我，這會知道吃醋了，這幾天妳不是跟那些女孩子鬧得開心嗎？」

「原本我是大人有大量，讓他們欣賞一下你的風姿也沒什麼，不過現在跳出來個秀竹姑娘，人家可是村花，我感覺很有壓力啊……」慧馨說著說著忽然低下了頭。

南平侯見她忽然安靜了，有些擔心地說道：「怎麼了？妳還真要計較這些事，這都不過是別人的玩笑罷了，她們怎麼比得了妳……」

慧馨突然抬頭看著南平侯，臉上再無玩笑，「秀竹不過是個玩笑，可是將來還會不會有另一個秀竹？爺……你會納妾嗎？」

南平侯也認真地看著慧馨，一臉正色地說道：「此生有妳便已足夠，女人與我，若說私欲，我不是少年兒郎偏求一時快活；若說私情，到現在也就只有一個妳。以前無心，隨波逐流，別人怎麼說我怎麼做，但現在有了妳，那無論如何也不會放過妳了。」

慧馨感覺臉辣辣的，她定定地看著南平侯說道：「我也是，心中有了你，就再放不下了，不管將來如何，我總會等著你。還有，今天你說的話，你要記得，因為我已經記住了，若是將來有一天你……，我會親手閹了你的！真的，我這人有決心就什麼都敢做！」

南平侯盯著慧馨看了好一會，突然仰頭大笑，慧馨本覺得他笑得莫名，可又想到剛才她說的那些話，頓時覺得無顏見人。慧馨捂著臉皺著眉頭，這麼牙酸的話她居然說出口，還揚言要閹了侯爺，啊啊，不要活了！沒臉見人了！都怪侯爺啦，話說得這麼煽情，搞得她也文藝了一把……

【第二百一十五回】

屋頂一遊

慧馨和南平侯先去了綢緞莊，他們兩人的衣服早就是補丁再補丁了，尤其侯爺還穿著那一身「拼接裝」。

綢緞莊的夥計困惑地看著剛走進來的一男一女，這兩人身上穿得破破爛爛，可看氣質談吐又像是哪家的公子小姐。

綢緞莊裡有裁縫，可以幫客人量尺寸，慧馨謝絕了裁縫幫助，只問店裡借了尺，她要親自給南平侯量尺寸。

慧馨心算了下他們需要的布料，她準備給南平侯做兩身新衣，一身是普通的布衣，一身是他回京城也可以穿的。

慧馨打包了一堆布料和針線，美滋滋地交給侯爺拿著，女人購物男人提包……她忍不住心中呵呵竊笑。

接著慧馨又拉著南平侯去了菜市場，買了些調料，村裡人窮，錢不捨得花在調料上，翠花家除了一點點油和鹽，其他調料根本沒有。

慧馨問侯爺：「……有什麼想吃的？我晚上做給你吃？」

侯爺認真想了想，「我想吃水晶五花凍，第一次吃這個還是妳在莊子裡做的，這幾天雖然也有肉吃，可山雞野兔肉質硬，不解饞。」

慧馨嫣然一笑，「走，咱們去挑塊好點的五花肉……」

❖

把買好的肉和調料放在竹簍裡，交給南平侯背在肩上，慧馨看看侯爺背上背的和手裡提的，一時有些臉紅，見到路邊有賣糖葫蘆的，趕忙屁顛屁顛地跑去買了一枝回來，殷勤地主動餵給侯爺吃。南平侯看著慧馨笑咪咪的狗腿樣，會心一笑，毫不客氣就著慧馨的手咬下一粒山楂……

兩人在市集上漫無目的地逛著，南平侯突然說道：「到那邊看看，好像是賣木頭的。」

慧馨跟著侯爺走到攤位前，這個攤位上竟然在出售各種材質的木料，木料的量不多種類卻很豐富，而且都被切成了一塊塊，應該是工匠打家具後剩下來的邊角料。

慧馨對木料懂得不多，只能聞香味判斷有紅檀、綠檀，其他的就叫不上名字了。看著侯爺在挑木料，慧馨突然想起一事，便問道：「哥，你以前是不是去過江寧的大召寺？」

侯爺疑惑地看看慧馨，「的確去過，以前那邊清靜，經常會去玩一段時間，不過已經許久沒去了。怎麼想起來問這個，是不是想家了？」

慧馨搖搖頭，「不是，我記得幾年前，有次跟著家人去大召寺上香，夜晚留宿在寺裡卻遇到了亂匪襲擊寺廟，我跟著家人躲在寺裡的後講堂，雖然後講堂裡燈火昏暗，不過我當時好像看到一個手上戴著綠檀手串的男子，細節雖然記不太清了，但現在想來那男子好似跟你有幾分相像，莫非那男子就是你？」

「這麼久的事妳還記得，妳那時候可小著呢，聽說那晚謝家有幾個下人被砍傷了，妳當時是否很害怕？」

「原本是很怕的，可是見到那個男子後就放下心了。」

「哦？為何？」

「在那個時候，綠檀這等海外之物，非一般人家能擁有，那男子器宇軒昂，不僅手戴綠檀佛珠，身邊跟隨的家人也是進退有度，想必不是一般的凡夫俗子，那場襲擊來得突然，可那人卻從頭至尾不見慌亂，反而一派氣定神閒，可見早就對那場夜襲心裡有底。想通這點後，感覺就沒什麼好怕了，只要跟在那男子身邊，必然不會有危險。」

南平侯見慧馨說得煞有其事，忍不住笑了幾聲，「原來謝小姐小小年紀已是這麼聰明，在下真是三生有幸……」

慧馨紅著臉訕笑了幾聲，要不是她聰明怎麼能等到侯爺呢，「……那這麼說，那人真是你了，這麼說來，咱們第一次見面不是在京城謝府內院，而是在大召寺的後講堂了。」

南平侯突然看著慧馨的眼睛說道：「下次妳去大召寺上香，我陪妳。」

慧馨用力地點點頭，又用手拍拍臉頰，臉上好熱啊，下次回江寧是不是她回娘家省親之時呢？

南平侯買了六塊形狀各不相同的木塊，放在竹簍裡。慧馨疑惑地看看竹簍，只見南平侯並未向她解釋，而是對著她深深的一笑。

下午回程的路上，慧馨坐在空空的牛車上，旁邊放著竹簍和包袱，南平侯跟在她身側。夕陽的餘暉灑在他們身上，兩人偶爾目光相遇便相視一笑。

❈

回到村裡，慧馨趕著進了廚房，忙活著給侯爺做他欽點的水晶五花凍。南平侯則出門去村裡借工具，貌似要做手工的樣子。

侯爺的那碗水晶五花凍最終便宜了翠花姊妹，侯爺和慧馨才吃了幾勺，就被流著口水的翠花姊妹給搶光了。慧馨對她們毫不作假的作風無奈地搖搖頭，看看侯爺面無表情的臉上微微抽動的嘴角，止不住仰頭哈哈大笑。

南平侯無奈地看看慧馨嘆了口氣，伸手挾了一筷子青菜添在慧馨的碗裡。慧馨趕緊狗腿地也夾了菜添給南平侯，還順手舀了碗湯放在侯爺面前。南平侯寵愛地看了慧馨一眼，端起了湯。

用過飯，慧馨坐在院子裡藉著月光裁布料，南平侯則在一旁拿著鋸子鋸木頭。侯爺鋸木頭的聲音和蟲鳴聲混雜在一起，慧馨並不覺得煩亂，反倒有種難得的平靜，她不知不覺哼起了小調。南平侯聽到慧馨在唱歌，抬頭看看忙碌的慧馨，又笑著低下頭忙著手裡的活。

慧馨把布料先裁好，然後又跑到南平侯身旁，用手掌丈量他的腳長和腳寬。

南平侯坐在凳子上，蹺著腳給慧馨打量，光著腳丫子的侯爺頭一次覺得有點不好意思，「怎麼妳做鞋這麼麻煩，還要看腳？」

「這你就不懂了，其實鞋子比衣服難做，要做得舒服必須合腳，人的腳型各不一樣，有的人一隻腳胖一隻腳瘦，還有的人某個腳趾長得特別長之類的，雖然鞋子可以按著大致的尺碼做，可終究不如專門訂製穿得舒服。想當年我在謝家，為了討好老爺太太可沒少做了鞋子。你放心吧，我一定給你做一雙很舒服的鞋子。」說著，慧馨好似覺得自己還不夠認真，還直接動手捏了捏侯爺的腳趾和腳背，搞得南平侯哭笑不得。

天色實在太暗了，慧馨瞪著眼睛也看不清手上的布，她這次停下手裡的活，把東西收拾好，改坐在院子裡看星星。南平侯那邊也收了工，他往四下望了望，忽然趴在慧馨耳邊說道：「想不想到上面去看看？上面的風景比院子裡好很多。」

慧馨沒搞明白侯爺說的上面是哪裡，不過她還是下意識地點了點頭。南平侯微微一笑，攬上慧馨的腰，一陣風起，兩人飛上了屋頂。慧馨看看腳下的屋頂，心下哈哈大笑，果然是上面……來古代一趟怎麼能不到屋頂欣賞風光？

屋頂上風大，南平侯把慧馨攬在懷裡，兩人坐在屋頂上小聲說話。慧馨看看頭頂的天空，果然很奇妙，不過是高了一層便覺得頭能頂著天了，伸出手來似乎就能抓住天上的星星。

「……我的手帕和畫在你那裡吧？」慧馨問道，她這幾天收拾東西，發現少了一條手帕，還有她放在荷包裡那幅侯爺月下舞劍圖也不見了，想來想去有膽子拿這些東西的人只有侯爺大人。

南平侯輕輕嗯了一聲：「我還以為妳沒發現呢……」

「我若是連自己的貼身之物少了都沒發現，只怕早就活不到現在，被人陷害死了。哼哼，堂堂侯爺竟然偷東西，說出去別人肯定不信。」

「這怎麼是偷呢，爺看上的東西自然就是爺的，誰有膽子敢問爺要回去，嗯？」侯爺裝腔作勢地說道。

慧馨輕笑了幾聲，南平侯感覺懷裡的身軀輕輕顫動，心頭一蕩，在慧馨的額頭輕吻了一下。

慧馨在侯爺懷裡蹭蹭，笑著說道：「呀，侯爺都捨得出賣色相了，那我可得給您面子，手帕和畫都歸您了。」

南平侯聽了這話，忍俊不禁捏了捏慧馨的鼻子，「妳這丫頭膽子不小，竟佔我便宜，看爺怎麼罰妳……」南平侯一時玩心大起，伸手在慧馨腋下呵起了癢。

慧馨癢得小聲求饒，趁侯爺不備迅速地親了下侯爺的額頭，笑著道：「這下扯平了，可該饒了我吧！」

南平侯被慧馨偷襲個正著，愣了一下眼角就帶上了笑，一下子把慧馨抱在懷裡，「妳這傢伙，真真讓人愛不釋手。」

慧馨笑著把頭埋在南平侯的懷裡，過了許久她才又正色說道：「……那張畫，千萬別讓人看到，雖說未必有人會在意，可是當初我畢竟答應過我二姊不再作畫的，雖然我這些年也沒少偷著畫了，卻是從不敢教人看到的……」

見南平侯一臉疑惑，慧馨便把當年慧嘉和漢王之間的恩怨說了。南平侯聽了原委，有些不以為然，見慧馨一臉黯然便安慰她道：「妳也太過小心了，若是漢王要娶謝家女，有沒有那張畫，他都會找上妳二姊，在當年，論年齡，也只有妳二姊最合適。所以妳沒必要這麼忌諱，我看妳二姊要妳不再作畫，多半是嫉妒妳更多一些。」

慧馨聽了侯爺的話，不置可否地嘆了口氣，南平侯見她有些落寞，手臂便又緊了緊，讓慧馨貼在他的胸膛上。慧馨攬著侯爺的腰，臉頰窩在他的肩膀上，兩人緊緊依偎在一起。

【第二百一十六回】

終究是要離開

天上的星星離得很遠很遠，屋頂上的兩個人卻是靠得很近很近。南平侯看看懷裡已經開始打瞌睡的慧馨，手指擦過她的眼角，「睏了？我們下去吧！」

慧馨點點頭，南平侯抱著她縱身一躍回了地面，在慧馨臉頰印下一吻，侯爺輕聲說道：「快進屋吧，小心著涼。」慧馨點點頭，迷迷糊糊地進了屋，南平侯看著慧馨的身影，依舊是寵愛的眼神。

次日起床，慧馨跟著南平侯去山上晨練了一番，侯爺每天都堅持鍛鍊，這幾日他把慧馨也拉上了，還教了慧馨幾個動作，讓她練著養生。慧馨覺得這套動作有點像瑜伽，又有些像太極，不知是哪位高人發明的……

❖

從山上回來，慧馨坐在院子裡開始忙著給侯爺做衣裳，兩套衣服兩雙鞋，要在幾天內做好確實有些趕，雖然慧馨想在村子裡多待幾日，可她也明白就算侯爺有心在這多留，京裡頭的人卻是等不得了。

南平侯也在一旁忙著，把木塊又是鋸又是劃又是刻，看起來比慧馨還要忙。慧馨看看忙碌的南平侯，去廚房倒了兩碗水，自己喝了一碗，把另一碗端去給侯爺。

南平侯一手拿著木塊，一手拿著匕首，就著慧馨的手直接咕嚕嚕喝起了水。慧馨拿手帕幫侯爺擦了擦汗和嘴角的水漬，回廚房放下碗，兩人再度各忙各的，偶爾互相對視便交換一個微笑。

忙活了三天，慧馨終於把兩套衣服兩雙鞋子做好了，拉著南平侯進屋試穿。南平侯解衣釦的手一頓，戲謔地看著慧馨，發花痴的慧馨終於抵不過臉紅，背過了身。

「妳做的果然最好最合適，我可是頭一次穿這麼舒服的衣裳。」南平侯笑著說道。

慧馨心知他是故意討好，心下受用，上前幫侯爺整整衣角，一面又想著，這些衣角應該再用熱茶壺熨一下。想到這裡，慧馨又讓南平侯把衣服先脫下來，她則提了茶壺去廚房添熱水。

慧馨又折騰了一番這才真正滿意，讓南平侯重新試衣服。兩套衣服都很合身，鞋子也很合腳，慧馨把侯爺換下來的舊衣服收拾起來，準備洗洗收起來。侯爺穿著新做的布衣，從桌上拿起一個木盒交到慧馨手中。

慧馨疑惑地看看南平侯，南平侯笑著沒說話，只示意她打開盒子。

慧馨打開盒子，只見裡面放著十二支木釵，兩兩一對花樣，六對木釵六種花樣，六種不同的香木製作，簡潔素雅的花朵散發著陣陣幽香。這十二支木釵可分開簪，也可幾支一起分作扇形插在髮髻上。慧馨十分喜愛這一組木釵，不只因為別具風格，也因為這是侯爺親手做的，是他前幾日在市集上買的木料用匕首一點點雕刻而成。

「不知妳喜歡什麼花樣，便一下做了這許多，我頭一次做這麼精緻的活，妳可不許說不喜歡。」南平侯說道。

慧馨看著侯爺發亮的眼睛，眼睛也笑彎了，「喜歡！我都喜歡！」

慧馨取出一對桃花樣的木釵遞給侯爺，侯爺幫慧馨插在髮間。兩人相視一笑，南平侯把慧馨攬入懷中，兩人靜靜相擁，此時無聲勝有聲。

慧馨忽然想起她之前做的那件偽防刺服，便拿了出來讓南平侯試試是不是真有防刺效果。南平侯把坎肩掛在樹上，站在遠處瞄準了射箭。事實證明這衣服確實有防刺效果，不過外層的油布太不結實，箭雖沒有把衣服刺穿，卻把油布層刺破了。

慧馨問南平侯要不要做一件這種防刺服給他，南平侯笑著說道：「……這世上能傷到我的人，不出一二，這次受傷都是因為我大意了，以後再也不會，妳不必擔心。」

見慧馨嘟著嘴一副不置可否的樣子，南平侯又說道：「我本有一件蠶衣，可避刀劍，這次北上沒想到這麼凶險，便沒有隨身穿著，那蠶衣的效果比妳這衣服更好。」

「那你以後要記得穿，不要大意了，凡事有備無患，不要讓我擔心。」慧馨聽侯爺說他有更好的，這才作罷。

侯爺親親慧馨的額頭，「害妳擔心了，以後再不會了……」

不管慧馨多希望時間能過得慢點，來接他們的人終究還是來了。

村裡人聽說有人來接慧馨他們離開，全都跑來了。有瞧著來接他們的侍衛笑的，也有指指點點的，侍衛們倒是不覺得反感，反而對村人報以微笑。村裡的姑娘見這些小夥子們都很和藹，便有膽子大的上前跟他們搭話。可惜侍衛們臉上雖一直笑著，卻對她們問的話都保持沉默。姑娘們有些失望地站在一旁，他們也知道身分有別，不管如何這些人都不屬於這個村莊。

把他們的行李整理好交給侍衛後，慧馨和南平侯去跟主家道別。翠花姊妹見慧馨兩人要走，都很不捨。翠花送了慧馨一個親手做的荷包，慧馨則拿出前幾天從鎮上買的兩對耳墜回送給翠花姊妹，又與她們說了些話才告辭出了屋。

這次往京城行進，慧馨不適合再騎馬了，侍衛們準備了馬車。慧馨跟翠花一家道別後上了馬車，南平侯也沒有騎馬直接上了馬車，一行人慢慢離開了村莊。

南平侯看看有些落寞的慧馨，幫她把髮絲撥到耳後，「妳要是喜歡這裡，咱們以後就再來玩，或者在這裡建個莊子？」

慧馨搖了搖頭，「我不是喜歡這個地方，而是喜歡這種生活。」

「我知道，將來我們還可以這樣過日子的。」南平侯柔聲說道。

慧馨看著南平侯，臉上綻出一個笑容，「嗯，我等著，會有那麼一天的。」

幾天的路程很快就要到京城了，慧馨他們在離京城最近的驛站住宿，過了這一夜，南平侯就要跟她分道揚鑣。

慧馨把南平侯的衣物整理好放在他的床頭，南平侯給她斟了杯茶放在桌邊，「別忙了，左右都是些小事，妳先歇會吧，我有話要同妳說。」

慧馨把包袱放好，坐到桌邊，說道：「……其實我也有話要同你講。」

【第二百一十七回】

分離

慧馨兩手捧著茶杯，靜靜地看著南平侯，等待他先開口。

「明日便要進京了，妳又要回聖孫府，京裡頭的形勢妳可能還不清楚，聖孫府這段時間的日子估計不太好過。皇上重病，在這種關鍵時候，沒有召見太子和漢王，只召見了皇聖孫，在朝臣們看來這是個信號，皇上信任的人只有皇聖孫，連太子都不信任……皇上的行為讓朝臣們心裡產生了動搖，太子和皇聖孫父子之間產生嫌隙已是在所難免。而如今朝政仍由燕郡王把持，太子和燕郡王想必都會防著皇聖孫，太子熬了這麼多年，就等這一刻了，他不會讓任何人阻擋他，即使是他的親生兒子也不可以。承志雖是皇聖孫，可太子和燕郡王一個是他父親，一個是他親哥哥，他不能動手對付他們，否則會寒了朝臣們的心，所以他現在只有一條路走，那便是隱忍，即使遭到打壓也只能忍下去……」

慧馨點點頭接著南平侯的話往下說：「這些事情本來與你無關，你大可不去理會……」

「燕郡王已經私下開始對付跟聖孫府相關的人員，妳的父兄叔伯在朝為官者，想必多少都會受到牽連。尤其謝家跟漢王跟皇聖孫都有關係，燕郡王肯定看謝家不順眼。」

「這些年我跟著聖孫殿下在南方，跟家裡聯繫不多，對謝家現在的具體情況也不是太了解。不過，謝家能有今日，跟漢王聯姻和我身在聖孫府當差不無關係，成的時候受了恩惠，敗的時候受到牽連，也是無法避免的事情。而今尚未到言敗的地步，不過是大家要忍罷了。況且謝家大老爺、三老爺和四老爺都是在外任職，就算被牽連，受罰也有限，最多考績得個差回家賦閒。在京裡頭任職的只有我二哥，他如今也不過是個翰林，翰林院本就是清水衙門，二哥人又年輕，就算被連累，最多不過閒上更閒，待我回去還可勸二哥直接抱病在家避了風頭也好。說來說去，謝家不過是個沒有根基的小門戶，還不配燕郡王直接下手，最多不過是受人連累吃點虧了。所以，對於家裡頭我並不擔心，你擔心的也不是謝家，你是擔心我，怕我受皇聖孫和聖孫妃的連累……」

「是的，我很擔心妳，太子妃前幾日當著命婦們訓斥了聖孫妃，妳回去後要在聖孫妃跟前當差，我怕他們會……」

慧馨笑笑握住南平侯的手，「我要跟你說的也正是這事，我想告訴你不要為我擔心，趨利避害、審時度勢這些我在靜園就開始學了。說白了，我在聖孫府裡不過是個奴才，天塌了有皇聖孫和聖孫妃在前頭頂著。不論是在御前還是太子府，他們要為難聖孫妃，從聖孫妃身邊的奴婢下手總歸是下下策，主奴之別放在那裡，為難奴婢反倒是他們自降身分了，太子妃應該明白這個道理。所以，你不必為我擔心，他們未必會對我下手，再說我如今已經提防著了，自然就不會給她們機會抓我的把柄。我會比以前更加小心的，而且……」說著，慧馨忽然捂嘴咳嗽了幾聲，「哎呀，這在路上受的風寒到現在都沒好得完全，殿下見了我這樣，也不知會不會先放我幾天假，讓我休養休養……」

南平侯見慧馨狡黠地衝他眨眨眼睛，會心一笑，這個女子總是給他驚喜，原來這世上還是會有一個人能懂他。

慧馨的話還在繼續：「……我知道你也有事要做，不必顧忌我，我會照顧好自己的。」

南平侯手掌從慧馨的臉頰上撫過，感受手掌下那片稚嫩，「我……我會請求賜婚，但不是現在，我們需要一個時機，妳要等我……」

慧馨在南平侯的手心裡蹭了蹭臉頰，侯爺掌心中的厚繭磨得臉有些癢有些心安，「我知道，我會跟你一起等，等這個機會，讓他們找不到理由分開我們……」

次日清晨，慧馨和南平侯用過早飯，慧馨跟著侯爺去了馬廄，兩人即將分離，下次見面不知要等到何時。

馬廄裡的人早就被侍衛們以各種藉口支開，獨留慧馨和南平侯二人。慧馨與侯爺兩人十指相扣，相對無言，只靜靜凝視著彼此，良久，南平侯才在慧馨額頭印下一吻。

「我走了。」

「保重。」

南平侯帶走了大部分侍衛，只留下兩名侍衛護送慧馨。慧馨一個人在驛站的房間裡，她手上拿的是侯爺為她親手做的木釵，手指一根根撫過這些木釵，原本落寞的臉上漸漸有了笑容。

京城是必須回去的，雖然她此刻有些失落，不過這次回京與以前再不相同。以前她不過為了一個不明的前途在努力，這次她卻有了明確的目標，而且她不再是一個人。慧馨的心裡除了失落還有期待，對未來的期待。

慧馨看了下時辰，跟兩個侍衛提前用了午飯然後出發，按照馬車的速度，他們可以在酉時前進京，這個時辰大多數人家已經在準備晚飯，街上人少，正好回聖孫府。

慧馨坐著馬車進了城，一路順利地到了聖孫府，在門口謝過兩位侍衛並與他們道別。回到聖孫府，慧馨先回自己的屋子梳洗換裝。再度穿上宮服，慧馨感慨地嘆了口氣，宮女瑞珠仍是她的貼身宮女，瑞珠見慧馨已換洗完畢，上前說道：「司言大人，要不要先用晚飯？」

慧馨搖搖頭，「不必了，我要先去見殿下和聖孫妃，晚飯妳先領回來放著，等我回來再吃。」

打聽到顧承志正在僖未殿跟袁橙衣用飯，慧馨便直接往僖未殿去了。慧馨到僖未殿外時，顧承志夫妻還未用完飯，傳話的宮女要進去傳話，慧馨忙攔了她，「主子們用飯不要去打擾，我沒什麼大事，等一會無妨，妳待會進去先跟巧蘭姊姊打個招呼，待主子用完飯再幫我傳話便好。」

這傳話的宮女好似是後來提上來的，並不認得慧馨，聽慧馨這樣說便把傳話的事先按下了，待得巧蘭聽說謝司言求見，慧馨已經在殿外站有一會了。

天已經暗了下來，夜風也在輕輕吹動，巧蘭一出殿門正巧看到慧馨在夜風的吹拂下咳了幾聲。

巧蘭緊趕著上前招呼慧馨：「真是妳回來了，怎麼不叫她們直接通報呢？這些丫頭肯定又偷奸耍滑了，傳話的不好好傳話，看我回頭怎麼收拾她們。」

慧馨忙拉住她，「可別，是我不讓她們通報的，主子們正用飯，不要擾了他們興致。我不過是剛回來想著先給主子們請安，卻忘了時辰，湊在用飯的點過來了，說起來還是我的不對。妳可別罰她們，要不就是不給我臉了。」

巧蘭拍了拍慧馨的手，「妳呀，還是這樣認真，既然妳都這樣說了，我就看在妳的面子上放過她們。哎，不瞞妳說，兩位殿下都好幾天沒一起吃頓飯了，府裡府外這段時間忙得一團亂，今天好歹殿下有時間過來，聖孫妃親自下了廚，我們下邊人看著兩位殿下也都不好去打擾，幸好妳是通情達理的，比我們想得還周全。裡面差不多快用好了，再待會我就進去瞧瞧。」

「不急，我又沒什麼重要事，只是請安而已，等兩位殿下空了再去稟報就好。」慧馨說著，正好又一陣夜風吹過，慧馨拿手帕捂著嘴又咳了幾聲。

巧蘭忙拉著慧馨的手問道：「這是怎麼了？莫非生病了？」

慧馨嘆了口氣道：「沒什麼，就是路上受了風寒，因著要趕路一直也沒休養，病雖好了可卻落下咳嗽的毛病。」

「呀，這可不好，妳這趟真是辛苦了，要不回頭我跟娘娘說說，讓妳回家休養段日子，總要把病清乾淨了才好。」

「這……不好吧，如今府裡事多，我雖才回來諸多事還沒上手，但總能幫娘娘分擔些。」

「這有什麼，妳這次可是立大功，雖然殿下不能明著賞妳，想來給妳放幾天假總是可以的。府裡頭雖然事多，但總有章程在，妳甭擔心。」巧蘭拍拍慧馨的手背安慰道：「我進去瞧瞧，裡面好像結束了。」

慧馨看著巧蘭進了殿，嘴角微微一笑。

慧馨被宣進儘未殿，給顧承志和袁橙衣行了禮，袁橙衣說了幾句誇獎慧馨的話，慧馨不便跟袁橙衣多說，直說是託了兩位主子的福才能安然回京。顧承志也只簡單問了慧馨幾句話，便讓慧馨退下了。慧馨心下了然，這夫妻兩個並不是無話不說的，關於南方之行，顧承志肯定有隱瞞袁橙衣的事情。

慧馨回了自己的屋子，瑞珠一直用熱水給飯菜保著溫，慧馨讚許地點點頭便開始用飯。夜裡，慧馨並未直接上床就寢，憑她對顧承志的了解，他很可能會再找她問話。

慧馨在桌前等到近子時，顧承志終於派人來叫她，不過不是宣她去儘未殿，而是讓她去儲芳苑王良娣的院子。

【第二百一十八回】

變化

瑞珠在前面提著燈籠領路，慧馨跟在後面，她四下看了看，感覺聖孫府的夜晚似乎比以前昏暗了不少，原本每到夜裡仍然燈火通明的院子好像也黯淡了，不知是掌的燈籠少了，還是因為走動的人少了……

顧承志穿著便服在前廳等著慧馨，王良娣在小廚房煲湯，王良娣從顧承志離開南攏沒多久就啟程了，他們一行是公開上路，沒有顧承志與她同行，便也沒人有工夫管她，一路走官道，車馬飛馳，暢通無阻，結果她反而比慧馨更早幾日回到京城。

慧馨進屋給顧承志行了禮，顧承志揮揮手，宮女太監們魚貫而出，房間裡只剩了慧馨和顧承志。

顧承志仔細詢問了慧馨他們回京一路上的細節，慧馨一一作答，包括在封登城遇到李惠珍的事，慧馨只把李惠珍持燕郡王手令一事按下未表。李惠珍背後之人最好還是由顧承志自個去調查吧，畢竟他跟燕郡王是親兄弟，皇家兄弟鬩牆不是什麼新鮮事，可也不好由外人說道。

顧承志聽完慧馨的講述，沉著臉坐在椅子上半晌無語，慧馨他們遭遇的追殺其實都是針對他而來，這就是身背大趙前程的人要付出的代價嗎……

顧承志深吸了口氣，「……這一路艱險，辛苦妳了，我……實在對妳有愧。」

「殿下別說這種話，能為殿下分憂，是奴婢的福分。」

顧承志忽然嘆了口氣，「妳我相識已有許多年，我現在經常會想起當初，年少無知，日日偎在父母身邊，天天往宮裡跑，見了皇爺爺皇奶奶可以肆意撒嬌，有父兄寵著不知天高地厚。那個時候為了父兄的憂慮而憂慮，一心只想著怎麼幫父親和大哥。後來如願以償了，可是……一切都變了。」

慧馨見顧承志神色黯然，心下嘆口氣，顧承志也算是她看著長大的，年少時為了父兄努力，終於有能力幫助他們了，反倒要被他們猜忌防備。原本為了父兄而要討皇上歡心，如今皇上越是喜歡他，父兄便越是提防他。

「殿下……忍一時海闊天空，殿下是做大事的人。」慧馨低著頭道，縱然有從小的情誼，有些話她也只能點到為止。

顧承志靜靜地坐在椅子上沉默了很久，就在慧馨以為他是不是睡著了時，他才又開口說道：「聽巧蘭說，妳身子不太好？」

「……路上受了風寒，已經好了七八分，就還有些咳，不妨事的。」

「生病還是要養，府裡也沒什麼大事，妳就休息一段日子吧。」

慧馨應聲退下，行到院門口，遇到了正從小廚房出來的王良娣，王良娣身後跟著的宮女巧惠正端著剛熬好的湯水。

慧馨跟王良娣行禮，王良娣拉著慧馨的手關切地跟慧馨說話：「……妳可回來了，路上沒什麼事吧？殿下和我這些日子天天擔心著，就怕妳出事。」

慧馨低頭說道：「……託殿下的福平安歸來。」

王良娣欣慰地呼了口氣，「回來就好，今兒晚了，我就不留妳，趕緊回去歇著吧。」

慧馨告退之後走到院門，忽然轉身看了一眼王良娣，正巧瞧見巧惠俯在王良娣耳邊說著什麼。慧馨嘆了口氣，王良娣對她的態度似乎有些不一樣了……

慧馨回到自個屋子，從懷中掏出懷錶看看，已近丑時，再過一個時辰就要天亮，看看瑞珠還在等她，便說道：「先去歇了吧，明早起來再收拾也不遲。」

慧馨躺在床上睡不著，雖然她下午才回到府裡，可府裡的變化她還是能看出來。僖未殿添了不少新面孔的宮女，顧承志雖跟袁橙衣一同用飯，晚上卻宿在王良娣屋裡，還有府裡的人好似也沒以前那麼熱絡，來往的大多步履匆匆，女官們眉眼間也是愁緒，看來府裡頭的情形並不樂觀。

❖

瑞珠仍然像以前一樣木訥，不過手腳卻是勤快，一大早就起來幫慧馨收拾東西。慧馨把枕頭旁的木盒拿起來看了看，裡面放著侯爺做的木釵，慧馨猶豫了半天還是隨身攜帶吧，放在這裡萬一不見了，她必定會後悔得不得了瑞珠幫慧馨收拾好東西又出去拿飯，慧馨昨夜睡得少，精神不太好，但還是吃點東西再回謝府比較好。

瑞珠出去了好一會才回來，「大人，剛才奴婢路上遇到了巧玉姑娘、巧蘭姑娘和巧惠姑娘，她們聽說大人一早就要出府，叫奴婢帶話給您，請您稍等一下，幾位主子有東西要賞給大人。」

慧馨點點頭，「我知道了，等她們來過我再走好了，妳到門口看著，有人過來就叫我。」

慧馨端著白粥就著醬菜喝了一口，眉頭微微皺了起來，巧玉是吳良娣的近身宮女，巧蘭是袁橙衣的宮女，巧惠是王良娣的宮女，看來這三位主子都留意上她了，這趟替顧承志做誘餌的差事，讓這幾位主子開始防著她了？不過不管她們怎麼想，她對顧承志是沒有心思的，而顧承志……以前這孩子好似對她有些心思，不過自從他被封皇聖孫後，做事對人都比以前更知輕重，只要她跟他保持距離，他就不會越雷池。這樣也好，只要她和顧承志都沒這個意思，就算袁橙衣她們再搞什麼花樣也成不了。

慧馨剛吃完早飯，袁橙衣、吳良娣和王良娣給她的賞賜就到了，都是布匹首飾和藥材。慧馨吩咐瑞珠幫她把東西收拾好，這次出府一併帶回去。

巧蘭特意拉著慧馨說道：「……這兩瓶枇杷露妳帶好了，記得每日早晚用清水化一滴服用，這枇杷露的方子是廣平侯夫人找人從番外帶回來的，好用得很，聖孫妃前個月叫太醫院給按著方子配了幾瓶放著備用。這不正巧，早上用飯時殿下跟娘娘說起妳的病，娘娘便說先拿幾瓶給妳用。娘娘還說了，這兩瓶若是不夠，妳只管跟我說，府裡頭剩下的幾瓶先緊著妳用。」

「巧蘭姊姊請替我謝謝娘娘，我這不是什麼大病，有這兩瓶盡夠了。」慧馨見巧蘭邊說邊盯著她看，心知巧蘭是在故意跟她示好，雖然她無心可袁橙衣的面子不能不給，只得虛與委蛇地跟巧蘭多寒暄了幾句……

【第二百一十九回】

兄妹一心

慧馨這次回謝府，事先沒給這邊送消息，待慧馨進了門，盧氏才聽到通報迎出來。

盧氏一臉焦急地拉著慧馨問道：「這是怎麼了？怎麼突然就回來了，前段日子聽說皇聖孫殿下回京了，妳二哥派人去打聽妳有沒有一起回來，去的人說沒見到妳，我們都以為妳還要再過些日子才會回來……」

「二嫂，這裡說話不方便，我們還是進屋說吧！」慧馨笑著安撫盧氏。

盧氏領著慧馨回了屋，慧馨並未直接向她解釋為何會突然回來，反是先問起了府裡頭的事情。

想到謝睿，盧氏神色有一瞬間的不自在，「……妳二哥一早就去翰林院上差了，皇上身子不好，朝臣們都戰戰兢兢，翰林院裡也愈發清閒，妳二哥這段時間下晌就會回府了。懷仁在前院跟著先生讀書呢，他現在上午跟著先生讀書，下晌由我盯著他描紅。」

「二嫂，我昨夜沒睡好，妳先容我去補個覺，中午我來嫂子這裡蹭食，咱們再細說可好？」慧馨忽然拉著盧氏撒嬌，有些事情還是應該先跟謝睿講，盧氏能不能知曉就看謝睿願不願意跟她說了。

「妳這丫頭，既是累了還不直接回屋休息，咱們姑嫂兩個還要講這些虛禮嗎？妳快先去歇著，飯食有二嫂安排，到了時辰便去叫妳，少不了妳的。」盧氏笑著拍了拍慧馨，命丫鬟趕緊送她去休息。

慧馨回到自個的屋子，忙命人送熱水過來，她要好好洗一洗，都好幾天沒洗過澡了，反正這會府裡也沒外人，管它白天黑夜，洗乾淨要緊。

慧馨在屏風後的木桶裡泡澡，木槿進屋正要收拾她帶回來的包袱。慧馨一回頭看到木槿的動作，忙道：「先不用收拾了，等我起身後自己整理就好，妳們都下去吧！」

木槿剛搭上包袱的手頓住了，她猶豫一下才應聲退下。

慧馨舒舒服服泡了個澡，香噴噴地往自個床上一撲，想了想還是起身把包袱拎過來放在床頭。

❖

慧馨在床上瞇了一個時辰便爬了起來，收拾好東西去找盧氏。盧氏正在廚房親自下廚，見了慧馨寵溺地說道：「……妳這次回來清瘦了不少，我做個湯給妳，既然回家了，就要把肉再養出來。妳二哥那邊我已派人給他送信，他曉得妳回來，下午必然會早點回府。」

盧氏也是個聰明人，見慧馨一直避重就輕的說話，心知可能有些事不好跟她說，便也不追問。

慧馨淨了手，把袖子一挽，笑著說道：「二嫂，我給妳打下手。」

慧馨在盧氏處用午飯，懷仁下學回來見到慧馨，高興地往她懷裡一撲，「七姑姑，妳回來啦！」

慧馨拍拍懷仁的小肩膀，拉著他到一邊淨手，盧氏在一旁佈菜，看著慧馨姑侄兩人在旁邊說笑，也跟著笑著搖了搖頭。

用過飯，懷仁偎在慧馨身旁打哈欠，慧馨這次離家不過幾個月，懷仁自然記得這個又漂亮又疼他的姑姑，這會見了慧馨，便賴著不願離開。

慧馨幫懷仁擦擦眼角，「你先去午睡，姑姑這幾天都會在家裡不出去，待會等你起來，姑姑跟你一起描紅可好？」

懷仁畢竟年紀小瞌睡多，聽慧馨說下午還在，便像小雞啄米一樣點點頭，跟著丫鬟去了側廂。

下午，懷仁在炕桌上描紅，慧馨在他對面練字，盧氏和丫鬟們在屋門口做針線。懷仁寫了一會，覺得手腕有些酸，瞄瞄盧氏，偷偷放下筆甩甩手腕，抬頭正好瞧見慧馨在跟他眨眼睛。慧馨轉轉眼珠瞟瞟盧氏，懷仁瞧著慧馨的樣子，捂著嘴吃吃笑。還是七姑姑好，肯陪他玩，爹娘都太嚴肅了，沒勁。

盧氏出去了一趟，回來的時候身後的丫鬟手裡多了兩碗杏仁酪。盧氏讓丫鬟們服侍慧馨和懷仁用小食，「這杏仁粉還是月前林家表妹差人送來了，是他們自個莊子上種的杏仁，自己磨的粉，我瞧著新鮮得很，拿來做小食味道正濃。」

慧馨聽盧氏說起林端如，許久沒見過她，也不知如今如何了，便問道：「好久沒見林姊姊了，她現在過得可好？」

盧氏又拿起了針線，邊做活邊跟慧馨說道：「他們一家過得好著呢，妳林姊姊是個會持家的，整了幾個莊子種著，吃穿都不愁，趙家表姑爺這幾年忙著讀書，可惜考了幾次都沒中。不過林表妹說沒關係，讓姑爺繼續考，家裡家外都有她操持，姑爺只管專心讀書便是。要我說，趙家姑爺倒是有福，能娶到林表妹。說起來，這世上的人考科舉多半是這樣，許多人考了幾十年才能中，趙家表姑爺能把科舉這條路走到底也是好。雖然林表妹辛苦了一些，不過等姑爺高中，他們便熬出頭了……只是林表妹到現在肚子也沒個動靜，我都有些替她擔心。」

慧馨挑挑眉毛，「……趙家為這事為難林姊姊了？」

盧氏笑著搖了搖頭，「那倒沒有，只是我瞎操心罷了，畢竟他們結婚好幾年了。」

林端如靠嫁妝撐起了趙家，這些年來趙家母子吃穿用全是林端如的，想來趙家在林端如面前也是有些底氣不足，而林端如支持趙顯文科舉，估計也是想用讀書拴住趙顯文，省得他想三想四花了心。

「二嫂放心吧，林姊姊雖現在無出，可她跟表姊夫兩人都年輕，不急著要孩子吧。」慧馨說道。

謝睿未時就回了府，慧馨奇道：「二哥，這還沒到下差的時辰吧，你怎麼就回來了？」

「翰林院裡沒什麼事，大家都閒著，好多人都是點個卯就溜了，我在那待著也沒意思，乾脆早點回來。」謝睿在盧氏的服侍下進了後廂梳洗。

待謝睿從後面換了便服出來，對著慧馨點點頭，慧馨會意，跟著去了他的書房。

兄妹二人在書房裡聊了近一個時辰才回來，謝睿回屋見了盧氏說道：「明兒請位大夫來給七妹看看，她前段日子受的傷寒還沒好，讓大夫開些補身子的藥。」

盧氏不明所以地看看慧馨，慧馨對著她眨眨眼睛，似模似樣地咳了兩聲：「嫂嫂，我這次回京趕得匆忙，路上感了風寒，故而殿下才讓我回家休息養病。」

盧氏看看慧馨兄妹的神色，心知此事肯定有貓膩，手指虛點慧馨幾下，笑著道：「妳呀……」

❁

夜裡，謝睿夫妻在屋裡頭說話，盧氏把髮髻上的釵環卸下，拿了梳篦攏髮絲，「今日朝上可還是吵來吵去？」

謝睿歎了口氣，「還不就是那樣，為了點小氣，一群群人爭辯不休，燕郡王只在一旁聽著，一句話也沒說，生生看著這些朝廷官員為了私利置國家大事不顧。還好昨日南平侯進京，皇上晌午醒來後就把京畿的兵權交給了南平侯，這幫人今日才不就兵權一事接著吵。不過聽說他們又盯上了五城兵馬司，有人今天參了敬國公一本……」

盧氏也跟著嘆了口氣，「今我派人去看父親，我娘說他的『病』一時半會好不了，這朝堂上不肅靜，能躲的官員全都躲了。我想著過幾日回娘家看看父親，正好我們兩邊也通通氣。」

謝睿點點頭，「後日吧，我點過卯就回來，咱們一起去看岳父岳母。」

盧氏頓了一下說道，「今日慧馨要請大夫看病，是不是也跟我父親學『稱病不出』？」

「七妹從小行事謹慎，她願意稱病避開這個風頭是個好事，聖孫府現在正是風口浪尖上，我原還想找人給她捎信提醒她，沒想到她自個先回來了。」

「慧馨這些年越發穩重了，瞧她每次從聖孫府回來，都是一臉的寵辱不驚。聽說慧馨從小就認識皇聖孫了，這幾年皇聖孫不在京裡，卻一直把她帶在身邊，你說他們會不會……？」

「這些話妳不要當著七妹說，也別出去說，七妹知道輕重，她又一向是個有主意的，這件事她肯定有自個的想法，咱們不要摻和，若是江寧那邊提起這事，妳想辦法幫她擋著點……」謝睿說道。

「其實我覺得，慧馨還是不要嫁皇聖孫為好，做女官她可以是皇聖孫府的第一女官，可若是做良娣，咱們家可沒什麼底子幫她撐起來……」盧氏說道。

「我也是這個意思，謝家畢竟根基淺，論家世，七妹比不得聖孫府的其他幾位，還不如做女官，反而各方都能得好。不過雖然我們這麼想，江寧那邊是不是這個想法就難說了。自從二妹嫁入漢王府後，謝家發展太快，眼紅的人可不少，常有人跟我開玩笑說，咱們家『一門五進士，勝過陳郭兩家』之類的云云。其實大家心裡都清楚，謝家跟陳郭兩家根本沒得比。別人是樹大根深，咱們家叔伯們再加上我也不過才四人在朝為官，這幾年打著漢王和聖孫府的名頭，叔伯們在外官路一直平順，可是別人若真想對謝家下手，咱們根本就毫無抵抗之力，」謝睿說著又嘆了口氣，「夫人幫我磨墨，我要給江寧去封信，咱們家還是該收斂著些，凡事能避則避吧！」

【第二百二十回】
茶樓相聚

慧馨在家待了幾日，忽然收到了義承侯府千金的帖子，請她後日在無名茶樓一聚。慧馨原本聽說是義承侯府的請帖還有些奇怪，她跟義承侯府千金從無交往，當她看到帖子最後的落款上那個「易」字，慧馨便明白了。

慧馨看著盧氏疑惑的表情隨口說道：「皇聖孫殿下的伴讀是易家六公子，易家小姐請客想到我也不奇怪。」

赴宴當日，慧馨選了六支木釵插在髮上，六隻各具特色的花朵呈扇形側插在髮髻的右邊，散發著淡雅木香的髮釵低調而高雅。

謝家的馬車到了無名茶樓外，慧馨從車上下來，轉頭看看四下的街道，往日人流湧動的御街此時竟難得冷清。皇上重病，京城中人家少了歡娛宴飲。

慧馨一踏進無名茶樓，便有人迎了上來，慧馨直接把木槿幾個丫鬟留在樓下，跟著來人上樓進了包廂。

包廂內南平侯和六公子已經在了，慧馨到時，他們正在說話，見慧馨進屋，兩人均站起了身，慧馨看著他們盈盈一拜行禮。

南平侯一看到慧馨便眼前一亮，顧忌到旁邊的六公子，只得對著慧馨微微點頭頷首。

六公子再度請南平侯和慧馨入座，「今日沒有旁人，我們便不弄那些虛的。當日咱們離開南擿就說好了，回了京城我請客，今個咱們就飲個痛快，祝賀都活著回到了京城。」

六公子給南平侯和慧馨斟滿酒，「這是樓裡的百花釀，醇香但不醉人，謝司言放心飲用，不會有事的。」

慧馨笑著，拿起酒盅與南平侯和六公子舉杯同飲，六公子是個活潑的人，滔滔不絕地說起他進京路上的驚險，雖然大部分圍追堵截的人後來都在對付慧馨他們一行，可是總有人抱著寧可殺錯不可放過的想法，六公子他們這一路也沒少被人打劫了。

南平侯坐在一邊沉默不語，靜靜地聽六公子說話，偶爾側頭看看慧馨，嘴角幾不可察地翹起一個弧度。

慧馨認真聽著六公子說話，偶爾還會插幾句，只是她每次側頭斟酒都會看向南平侯，與南平侯相視，彼此會心一笑。

被慧馨邊聊天邊灌百花釀，六公子的肚子終於撐不住了，他起身拍拍肚子溜去解手了，屋裡頭一時只剩了慧馨和南平侯。

南平侯並未起身，只是將手指從慧馨會說話的眼角撫過，慧馨把臉頰貼在侯爺的手心中，摩挲了幾下。

「我會在家休養一段日子，聖孫府的事暫時與我無關，你儘可放心。」慧馨說道。

南平侯點點頭，俯身在慧馨額頭輕觸一下，兩人旋即分開。慧馨紅著臉給南平侯斟了杯酒，兩人無言地碰杯。

一場聚會賓主盡歡，雖然慧馨和南平侯並沒說上幾句話，可他們能有機會見面便已是意外之喜，哪會再強求更多。

❈

慧馨跟南平侯和六公子道別後上了自家的馬車，吩咐木槿把六公子送的兩罈百花釀放好，這無名茶樓的百花釀卻是好物，飲起來是酒卻不會醉，她剛才可喝了不少，哈口氣也只有果香沒有酒氣。

慧馨回了謝府自個的院子，木槿服侍她梳洗，「小姐，奴婢看您今日好像很高興，是不是有什麼喜事啊？」

慧馨微微一笑，「與故人相見自是喜事。」

木槿正服侍慧馨重新換裝，門口小丫鬟的影子一閃，木槿忙往外頭去問話，轉身回來問慧馨道：「小姐，今日的湯藥還要不要熬？」

「自然是要，吩咐她們用完晚飯再熬，睡前端過來吧。」

夜裡，慧馨正在燙腳，她只要有機會便會堅持睡前用熱水燙腳，消除一天的疲勞還有助睡眠。木槿端著藥碗進了屋，慧馨吩咐她把藥先擱在桌上涼著，待她洗好腳才端起藥碗，手腕一斜，整碗藥都倒進了洗腳水裡。

是藥三分毒，這些藥慧馨自然不會真喝。她從聖孫府裡帶回來的藥材，除了幾根老參交給了盧氏，其他藥材都被她拿來熬這些不會喝的藥。袁橙衣給的那兩瓶枇杷露也被她束之高閣。她現在有了侯爺，若是真有需要，也會想辦法去找侯爺要好藥，別人給的還是不要亂用的好。

❦

這幾天謝睿的眉頭越皺越緊，京城裡的氣氛也越發緊張，宮裡頭傳出消息，皇上已經陷入昏迷接連三日未醒了。

京城裡頭愁雲慘霧，慧馨躲在謝府裝病不出，本來她想去看看欣茹，可後來覺得既然大家都在避嫌，那好友見面也不必急在這時了。

這日，慧馨正跟小懷仁面對面練字，外頭的丫鬟忽然過來稟報說，江寧那邊來人了，是許管家親自過來。

慧馨和盧氏對視一眼，兩人都很詫異，江寧往京城送信，派一般的家丁連日趕路便是了，許管家可是謝家江寧宅子的總管，平日裡數他最忙，怎麼會派了他親自過來？

盧氏擔心江寧那邊是不是出了什麼事，忙叫人支了屏風，請了許管家進屋，許管家倒是乾脆，從懷裡摸出封信直接交給丫鬟遞給盧氏。

盧氏也不等謝睿回來，直接拆了信封拿出信來看，她是越看臉色越沉。慧馨見盧氏面色不對，便皺著眉頭靠了過去。盧氏看罷了信，轉手就放在慧馨手裡。

慧馨見盧氏不語，這才把信展開，信是謝太太寫給盧氏的，慧馨看完信，心下大大嘆了口氣。

「妳看這事該怎麼辦？」盧氏沉著臉問慧馨。

「先讓許管家下去休息吧，從江寧一路趕到京城，許管家想來也累壞了……」慧馨說道。此事事關係慧嬋，慧嬋再怎麼說也是謝家的小姐，許管家縱然在謝家頗有體面，可也不該在管家面前言小姐的是非。

盧氏心知慧馨的用意，吩咐丫鬟帶許管家出去，這才又跟慧馨抱怨道：「九妹怎麼會做出這種事，好好的小姐竟然離家出走！這種事情傳了出去可如何是好？」

【第二百二十一回】外室命？

盧氏氣得直捶桌子，小懷仁嚇得張大眼偷看他娘，慧馨嘆口氣，吩咐丫鬟把懷仁帶到裡間去玩。

「二嫂，妳消消氣，這樣生氣也沒用，事已至此，還是想想怎麼找到慧嬋……」慧馨倒了杯茶放在盧氏面前。

原來上個月謝太太帶慧嬋去了江寧郊外的庵堂，不知怎麼地，回府之後才發現慧嬋不見了。謝家怕鬧出事來，便派人在江寧私下裡尋找，可是一直沒有慧嬋的消息，直到月前有個碼頭的船員說，好像在一條往京城的船上見過長相酷似慧嬋的小廝。謝家找了一個多月就打聽到這一條跟慧嬋有關的消息，謝老爺和謝太太別無他法，只得讓許管家到京城來找找看。

想到慧嬋竟然會離家出走，慧馨臉上皺著眉，可在她心底卻有種欣慰的感覺。慧嬋不過比她小一歲，只因為當年三姨娘的事，謝老爺謝太太竟然一直未給她說親。謝太太還動不動就帶著慧嬋去庵堂，經常把慧嬋一人留在庵堂靜修。慧馨有時會想，如果當年入靜園的人是慧嬋，而留下來的人是她，她會如何呢？

慧馨想起那次慧嬋跟著謝太太來京城，聽到別人說起與西洋人有關的事情，連平日裡一直木然的臉也變得生動起來，雙眼也會閃光。這個孩子雖然平日裡被謝太太壓抑著，可是她的心並沒有死。

慧馨雖然對慧嬋有勇氣離家出走感到欣慰，可是她更加擔心她的安全。這個朝代，女子獨身一人外出可是不安全，而且慧嬋又沒有多少離家在外的經驗。慧馨嘆口氣，終究還是要把她找回來才行。

因那船員只是偶然一瞥，他也不能肯定當時見到的小廝是不是慧嬋，而那小廝當時乘坐的船，他也不認得是哪家的，只知道是大戶人家的私船，當時是要往京城行駛。

待得謝睿下午回到府裡，三人在房裡商量該怎麼辦。京城裡現在人心惶惶，謝家要找慧嬋也不能大張旗鼓，只能先私下裡打聽了。

謝睿差人拿著慧嬋的畫像到碼頭上去打聽，至於那艘往京城的私船則根本無從下手。每日往京城來的商船客船沒有成千也有上百了，只能寄望碼頭上有人見過慧嬋了。

「若是以前我還可以託聖孫府的人幫著找找，可是現在時局不穩……」慧馨皺著眉頭說道。

謝睿沉吟了一下說道：「這事妳還是不要找聖孫府那邊的人了，九妹離家出走的事暫時還是盡量瞞著，畢竟不是什麼好事，若是被人拿來詬病，妳也會惹一身麻煩。」

「是啊，這種事情還是瞞著好，小姐離家出走，這傳出去我們還怎麼見人？剩下幾個還未嫁人的妹妹還怎麼說親啊！」盧氏對於慧嬋離家出走的事十分生氣。

「咱們還沒搞清楚現在是怎麼回事，也許慧嬋被人脅迫或者被騙了也說不定……」慧馨說道。

夜裡，盧氏跟謝睿還在商量慧嬋的事情。

「我看慧嬋這事咱們還是要多當點兒心，事情一定要捂住了。不光事關慧嬋的名節，現今這個節骨眼上，誰知道會折騰出什麼事來……」盧氏焦急地說道。

「我曉得，今日差出去的幾個下人都是往日裡我瞧著機伶的，也再三囑咐他們要小心行事，不要被套了口風，寧可錯過也別把事情鬧大。哎，九妹也是個苦命的，只是我怎麼想也沒料到她會離家出走。今日七妹說也許九妹是被人騙了，若真如此只怕就找不回來了。」謝睿說道。

盧氏看了看謝睿，想開口說什麼，卻還是把話嚥了下去。對謝家來說，也許找不回慧嬋更好，怕就怕找回來的是個麻煩，人是上個月失蹤的，江寧那邊到現在才給京城這邊來信，謝老爺謝太太心裡多半也不著急想找回這個女兒了吧……

謝家的人在碼頭打聽了幾日，什麼消息也沒有，謝睿便決定先暫停在碼頭找人。畢竟碼頭人多口雜，時間長了，難免會被人看出端倪。

慧馨心知謝睿在忌諱什麼，雖然剛聽到慧嬋出走的事情她還有些欣慰，可是這幾日下來，她實在很替慧嬋擔心，女子獨身在外她要如何謀生？吃穿住行都要用錢，就算慧嬋把這幾年的月銀偷著攢下來，也撐不了多久的。

「二哥，要不派人去京城附近的庵堂打聽下，慧嬋除了待在江寧，便只來過京城了，所以她乘船到京城的可能性最大，可她從小也沒去過什麼地方，大多數離府也是去庵堂靜修，若是她到了京城，也許會找庵堂安身……」慧馨想來想去都覺得慧嬋很有可能會去庵堂。

「……只能試試看了，明日便派人去庵堂問問。」謝睿說道。

謝睿本對庵堂並不抱太大的期望，結果沒想到真的叫他們在一座郊外的庵堂裡，打聽到了慧嬋的消息。

據庵堂裡的師父描述，在月前曾有位與慧嬋畫像十分相似的女子到庵堂來上香，當時女子身邊還陪著一位男子，兩人看起來好像是夫妻的樣子，穿著也很體面，像是富人家的少爺和少奶奶。

謝睿和盧氏聽了這個消息，臉色更加陰沉，就連慧馨心情也很複雜。大趙律法「聘為妻，奔為妾」，若是慧嬋跟別人私奔，便只能一輩子為妾。慧馨最擔心的是這男子是何許人也？

慧嬋在江寧的時候除了謝府便只去過庵堂，按說不可能有機會認識什麼男子。若慧嬋是離家後才認識了這人，那這人究竟是好是壞？

「……若庵堂的師父見到的人真是慧嬋，那便是說她現在過得還不錯，也許我們不要去找她比較好？」盧氏猶豫著說道。如果慧嬋真的自個嫁了人，不管她是怎麼跟對方交代身世，對慧嬋和謝家來說，不如永遠不要相認比較好。

謝睿敲著桌子想了好久才開口說道：「還是要繼續追查下去，至少要搞清楚對方的身分，聽那位師父的意思，那男子當是京城人士，京城雖大，可咱們跟他們同在此地，也許哪一日便會碰見，與其到時候手忙腳亂，不如趁早弄清對方的身分，能夠知己知彼，咱們才能有備無患……」

慧馨明白謝睿的擔心，他怕對方不是真心對慧嬋，很有可能是慧嬋被對方騙了，更也許對方就是衝著謝家來的。畢竟慧嬋是離家出走，這個朝代有哪個良家男子會娶一個身分不明，來路不明的女子……那座庵堂的師父並不知道男子的身分，盧氏便派人在庵堂守點，希望那男子和慧嬋再來庵堂的時候能找到他們。

❀

謝家這邊忙著找慧嬋，京城裡頭卻又起了波瀾。皇上這次昏迷已經連續七天都沒醒了，全靠太醫們給皇上灌參湯續命。皇后已經宣旨，召太子、皇聖孫、漢王、燕郡王等皇子皇孫全部進了宮中候命，南平侯現在也被任命宿衛宮中。

一干朝廷重臣和皇子皇孫們每日都在皇帝寢宮外候旨，太子和太子妃在裡面陪著皇后，皇后也是每日一早便趕到皇帝寢宮侍疾。上朝議政已經暫停，現在無論何事都頂不上皇帝的病。

太醫們整日戰戰兢兢在一起商量，商量著今日該熬多少參湯，熬完了還要想辦法灌到昏迷的皇帝的肚子裡。宮裡宮外的人現在都很清楚，皇帝下次醒來多半就是迴光返照了，太醫們現在做的不是給皇帝延長壽命，而是要讓皇帝還有餘力接見幾位重要人物，並交代遺言和後事。

謝府的下人在庵堂守了幾日，沒有等到慧嬋，卻等到了慧嬋派到庵堂捐香火的丫鬟。那下人倒是機伶，真的跟著那丫鬟摸到了慧嬋的住處。他還懂得不打草驚蛇，只在慧嬋住的附近打聽一下那戶人家的消息，便回來向謝睿稟報了。

聽了下人的回報，連慧馨也黑了臉，更別說謝睿和盧氏了。對方竟然把慧嬋養作了外室……不僅如此，附近住的人既不知道慧嬋是何人，也不知那男子是何人。那男子不過每隔三四日去一次，慧嬋平日裡就跟兩個丫鬟和兩個婆子住在那院子裡。那下人還跟蹤伺候慧嬋的丫鬟，聽那丫鬟跟別人的談話，好像連慧嬋也不知那男子的身分。

慧馨忍不住嘆氣，這樣看來慧嬋多半是被人騙了，這下可如何是好？

謝睿也陰沉著臉不說話，盧氏更是臉色難看。謝家的小姐莫名其妙給人做了外室，這教外人知道了，謝睿要如何在官場立足？慧馨又如何繼續在聖孫府任職？而盧氏這個做嫂子的該如何在其他夫人面前說話？

謝睿沉思了半晌才說道：「還是找人繼續盯著他們，若有機會，還是要搞清楚對方的身分才行。這個事情暫且先別讓江寧那邊知道，等我們想到解決辦法再說……」

「二哥，不如找個日子咱們見見慧嬋吧？」慧馨還是覺得應該先問問慧嬋自個的想法才行。

【第二百二十二回】

臨終

皇宮裡頭一陣人仰馬翻，皇帝在連續昏迷十天後終於再度醒來，太醫們連忙捧上參湯，這參湯太醫們每日都會熬上一碗，這碗參湯與平時喝的不同之處在於，裡面加了其他的烈性藥材，可以強行讓皇帝精神煥發，燃燒他最後的生命。

永安帝看著太醫顫抖著雙手捧著那碗異常難聞的參湯，他那枯瘦如皮包骨的臉上忽然扯出了一個詭異的笑容。

許皇后悲傷地看著永安帝，永安帝伸出骷髏一般的手掌拍了拍皇后的手背，「皇后，服侍朕用藥吧！」

飲下那碗參湯，永安帝果然精神了很多，吩咐人伺候他沐浴更衣，還讓皇后和後宮的妃嬪們一起陪他用膳。

許皇后和王貴妃分坐在永安帝兩側，兩人對視一眼，一個餵永安帝喝粥，一個為永安帝挾菜。永安帝放著精光的雙眼輪番在二人身上掃過，忽然說道：「原來……兩位愛妃是好姊妹，這些年來倒是朕誤會妳們了。」

王貴妃心下一突，看一眼皇后便垂下了眼簾。

許皇后拿手帕幫永安帝擦了擦嘴角的水漬，「皇上，您想太多了……」

陪坐在下面的妃嬪們左右看看，大殿裡詭異的寧靜和壓抑，讓她們有些心慌。

用完飯的永安帝開始宣召朝臣覲見，關心起朝堂上的事情，許皇后和王貴妃兩人一直隨侍在左右。

太子漢王等皇子皇孫都候在偏殿，內侍進來又給他們換了一遍新茶。漢王跟上來奉茶的公公打聽消息，那公公小聲地說道：「……陳閣老剛進去，看樣子皇上有要事要跟陳閣老交代，裡頭除了皇后和貴妃，其他人全被趕出來了。」

陳閣老在朝中是八面玲瓏的中立派，深受永安帝信任，在這種時候永安帝將朝中後事交託給他也屬正常。

太子身子本就不好，這段時間連續在宮裡待著，精神還要一直緊繃，這會等著皇帝召見他等得眼睛都直了。

漢王看了太子一眼，臉上露出一個意味不明的微笑。燕郡王則皺著眉頭走到太子身後，跟太子嘀咕了幾句。

顧承志看著太子微微顫抖的身體，心下嘆了口氣，探身到太子跟前問道：「父親，皇爺爺那邊估計還得要一會，您身子還受得住嗎？要不趁這個空去裡面歇一會？」

太子皺眉看了顧承志一眼，有些不耐地說道：「不必了，我還是在這裡等著吧，與許父皇跟陳閣老很快就說完了。」

顧承志眼神一暗，重新坐回了自個的位子，燕郡王則繼續趴在太子耳邊嘀嘀咕咕。漢王看了看他們父子三人，嘴角諷刺地翹了翹。

❖

謝家這邊還在為了什麼時候去見慧嬋而煩惱，謝睿原想著等那男子出現，趁機找人跟上，只要能找到男子自個的住處，就好打聽他的身分了，可是這男的竟然一連好幾天都沒到慧嬋這邊。

謝睿皺著眉頭在屋裡踱來踱去，慧馨嘆了口氣說道：「二哥，慧嬋住的那個院子可打聽到是在什麼人名下？」慧嬋現在屬於無身分的人，是不能擁有自個私產的，她住的地方八成是在那個男子的名下。

謝睿聽了慧馨的問話，臉上更是陰晴不定，「我託了人去問，結果那人回來只跟我說了一句『查不到』，而且從那後他就開始躲著我，想來那男子可能不是普通富家少爺……」

慧馨揉了揉額頭，慧嬋這事真是讓人頭疼啊！謝睿竟然查不到那男子，恐怕對方不是一般百姓了。原本想著若只是普通人家少爺，興許謝家還能狐假虎威，威脅對方把慧嬋放回來，再把這事悄無聲息地遮過去。可是現在那位謝睿請來幫忙的人竟然躲著謝睿，看來對方只怕要有些來頭。

盧氏接過丫鬟端上來的涼茶喝了幾口，現在天氣漸漸炎熱，她最近幾天為了慧嬋的事急得上火，對盧氏這個土生土長的古代大家閨秀來說，小姐離家出走這檔事那可是跟天塌下來有得比。

盧氏按了按嘴角上的泡，頗是無奈地說道：「要不想個辦法把慧嬋叫出來，或者我們直接找上門去，老是這麼拖著也不是個事兒啊！」

謝睿腳步一頓，「我明天親自過去看看，先看看那邊周圍都是些什麼人再說，直接衝進去找人，若是中了別人設的圈套，咱們就麻煩了。」

❈

次日謝睿乘著馬車出發，慧嬋住的地方是京郊的一個小鎮子，這個鎮上有不少富人置產，居住環境和風氣都還不錯。謝睿在離慧嬋住的院子還有段距離的地方下了車，一路走一路觀察附近的情況。

慧嬋住的是一個三進的小院子，只有主僕五人住在裡面顯得有些太大了。這條街上還有三戶人家，這三家人都是告老辭官在此養老，主子和善不擺架子，下人也很老實忠厚，看來那個男子給慧嬋挑了個不錯的地方。

謝睿站在慧嬋的院子門口，看著朱漆的大門猶豫了很久。正當謝睿覺得今天還是算了，改天再來的時候，大門突然開了，一個手拿掃帚的丫鬟走了出來。

那丫鬟奇怪地看著謝睿說道：「這位公子有何事？為何站在我家門口？」

謝睿打量了一下這丫鬟，見她只是穿著普通人家丫鬟的服飾，並沒有過多華麗的修飾，看來慧嬋他們過得很是低調。

謝睿上前對著丫鬟拱拱手，「在下乃尋人至此，家中舍妹走失，聽聞有人在附近見過她，正想跟貴府主人打聽一二，不知可否請姑娘代為通傳一聲？」

丫鬟歪著頭打量了一番謝睿：「你要找妹子？我看你儀表堂堂不像賊人，要我為你通傳一聲也不是不可以，可是你姓甚名誰啊？」

「在下姓謝，為尋家中走失的九妹妹而來。」

「好，謝公子且在此稍後，我去去就來。」

謝睿看著再度緊閉的大門，心下點點頭，這丫鬟雖有些跳脫，但警惕心還是有的，曉得要先關了門再去稟報。

謝睿等了沒有多久，大門就再度打開了，這回當先從裡面出來的是位媽媽模樣的婆子，剛才那個小丫鬟則咬著唇跟在媽媽後面。

出來的媽媽見了謝睿，便不客氣地直接說道：「這位公子行的是哪家規矩，哪有直接進人家家門尋人的道理？我們家主人說了，不認識什麼姓謝的，更沒見過什麼九妹妹，請公子快些離開！」

謝睿皺著眉頭歎了口氣，看來慧嬋是不想見謝家人了，他無意與慧嬋的下人多糾纏，轉身便離開了。待謝睿下午回了謝府，把情況跟盧氏和慧馨說了一下，慧馨心下嘆息，慧嬋讓下人如此蠻橫地對待謝睿，反而顯得心虛了。

「二哥，不如明日我去吧，九妹與你久不見面，心中對你難免有些隔閡，況且有些話兄長不好同九妹說，倒不如我去，九妹興許還會見我一見……」慧馨說道。

❖

宮裡頭永安帝已經撐了三日了，這三日裡他的心悸一次比一次發作得猛烈，每次發作的間隔時間也越來越短，永安帝真切地體會到生命正從他身上越來越快地流逝。

前兩日裡，永安帝在皇后和貴妃的陪伴下，已經把朝廷中的重臣一一見過，今日終於輪到他的親人們了。

此時跪在永安帝面前的不是別人，正是南平侯，而皇后和貴妃終於退到了殿外，不再隨侍在永安帝身邊。

永安帝盯著下面的南平侯，即使南平侯已經習慣了永安帝的目光，可還是感覺頭皮一陣陣刺痛。這種刺痛不僅來自於永安帝刺探的打量，還有來自南平侯心底那一點點悲涼。

「這些日子辛苦你了，不對，其實從你一出生，我就虧欠你，我虧欠了你太多，也虧欠許家太多，我就要去見國公爺了，不知道他肯不肯見我……」

「皇上言重了，臣只是盡本分做了該做的。」南平侯說道，他心中忽然很平靜，並不怨恨永安帝帶給許家的災難，只覺得此刻的永安帝讓他心生憐憫。

「京城的安危還要你再多擔待些時日，我知你不喜歡待在京城，可是大趙的天下不能亂，京城也不能亂，只能委屈你在此多留幾日了。待我去後，你繼續留在京裡，等三個月孝期過了，再離京吧……」

南平侯磕頭應是退了下去，他走到殿外抬頭看了看天，正午的陽光刺得眼睛生疼，南平侯閉了閉眼掩去了眼中的情緒。三個月孝期過了才能離京嗎？永安帝是怕他撂挑子[1]不管京裡的事情，還是怕他會留戀京城不肯離去呢？

南平侯跟守在殿外的皇后和貴妃點頭說道：「皇上宣太子殿下和漢王殿下一起覲見。」

皇后忙吩咐太監去請太子和漢王，在偏殿等候的太子聽了太監的話，先是愣了一下才反應過來，而漢王嘴角卻是悄悄地揚起。

【注釋】

①比喻丟下應該負責的工作不管。

【第二百二十三回】

相見

太子和漢王兩人進了大殿，行禮後永安帝把太子叫到近前，漢王卻仍跪在地上。

太子蒼白如紙的臉上泛起一抹紅暈，病態的臉顯得更加詭異，太子心中欣慰，只有他被永安帝叫到了身邊，可見在父皇的心裡，他跟漢王終究是有別的，父皇終究還是認可他這個太子的。

永安帝看著身旁羸弱的太子，深深地嘆了口氣。永安帝心裡很清楚，他的大兒子之所以病了十幾年卻能撐下來，多少也在跟漢王賭一口氣，可是等太子真的登基稱帝後，這口氣還能不能撐下去就很難說了。

永安帝嘆這口長氣讓太子的身子歪了歪，隨後臉色變得像厲鬼一般死白。難道永安帝見到他只有嘆氣的份兒嗎？

永安帝拉著太子的手囑咐了一番話，太子神思不屬的，也不知聽沒聽進去。

永安帝看著太子的樣子，幾不可見地搖了搖頭，轉頭對著漢王說道：「漢王，你要盡心輔佐你大哥，朕希望你們以後仍能兄友弟恭，為了大趙，把這片天下撐起來。」

永安帝又轉頭跟太子說道：「太子，你也要多包容你弟弟，他有什麼不是，你要多忍讓，你是長兄又是未來的天子，要有更廣闊的胸襟承載大趙的天下。你們兄弟同心，朕才能放心，才能放心把這片天下交給你們……」

太子慘白著臉跟漢王對視一眼，兩人都磕頭應是，在永安帝彌留之際，沒人會違背他的旨意。

永安帝用力攥了攥拳，即使尊貴如帝王，生命也將走到盡頭，他對著這兩個曾讓他驕傲又讓他失望的兒子揮了揮手，「你們下去吧，讓承志進來。」

太子和漢王出了大殿，兩人都有些失落，永安帝召見他們的時間還沒有他召見陳閣老幾位重臣的時間長。

太子心裡還有些不平，明明他才是儲君，為何父皇要說把天下交給他們兄弟兩個。

漢王目光晦暗不知在想些什麼，他側頭看了太子一眼，雖然永安帝把皇位給了他的大哥，可他這位病秧子大哥，能在那個位子上坐多久還不被大家看好呢。永安帝同時召見他們兄弟兩個，卻單獨召見顧承志，可見永安帝心裡也對自己選的太子沒什麼信心。看看太子那幅病鬼樣，不只永安帝心裡明白他活不長，這朝堂上的所有人也都明白這一點，要不然永安帝也不會提前冊封皇聖孫，朝堂上的重臣們還都不反對。從永安帝到朝臣，他們期待的大趙未來天下都是皇聖孫而不是太子。雖然這件事大家都看得清楚，可是太子殿下卻不願承認，雖然能登上那個位子卻不被期待，任誰處在太子的位置都不會好受。漢王眼中精光一閃，他倒要看看等太子登上那個位子後會怎麼對待他的寶貝兒子。

慧馨和盧氏坐馬車到了慧嬋住的那條街上，拿出事先寫好的信交給ㄚ鬟，ㄚ鬟拿著信前去叫門。沒一會，那ㄚ鬟便拿著信又回來了，她有些尷尬地說道：「……那家的ㄚ鬟只看了奴婢一眼就把門關上了，奴婢跟她說有信要交給她家主人，可她沒理奴婢。」

慧馨看了盧氏一眼說道：「我去吧，把信給我。」

慧馨下了馬車，往馬車上瞧了瞧，把車夫手裡趕馬用的鞭子借了過來。

慧馨帶著ㄚ鬟再度走到慧嬋門前，ㄚ鬟上前拍門，開門的ㄚ鬟一看又是剛才那人，一句話也沒說便又要關門，可惜這次她關門沒有前次那麼順利，慧馨趁著她開門的空檔，把馬鞭夾到了門縫裡。

慧馨順手把信從門縫遞進去，「這是給妳家主子的信，妳老老實實地拿進去給她看，若是一個時辰之內我見不到人，便會去官府報案，到時候出了事，即便是妳家主子也要吃不了兜著走！」

「妳……妳這人說什麼混話，我家主人奉公守法，就算是官府也不能誣賴好人，你們這些人欺人太甚，大白天就要私闖民宅，若是報到官府那裡，也是該查辦你們！你們快些走開，若不然我們主人便派人去官府，帶人來捉拿你們！」

「官府要捉拿人不是妳說了算，我是不是危言聳聽只有妳家主人知道，妳只管把信交給主子，其他的由她自個決定。」

那丫鬟從門縫裡看著慧馨陰沉的臉，猶豫了半天終於還是接過那封信，慧馨哼了一聲把馬鞭從門縫裡抽了出來，大門啪一聲又關上了。

慧馨重新上了馬車等待，盧氏有些擔心地問道：「慧嬋會讓我們進去嗎？若是她讓我們進去了，最好這次就能說服她跟我們走，既然那男的不在，不如我們乾脆直接帶慧嬋走，反正我們一路上都很小心，那男子也查不到我們，加上他這院子裡人也不多，想來帶走慧嬋並不難做到……」

慧馨想了一會說道：「我們還是先進去看看慧嬋的情況，我總覺得這男子不是一般人，若是能把慧嬋離家的事大事化小最好，實在不行也要盡量不去得罪人……」

那男子只留了兩名丫鬟兩名婆子跟慧嬋住在這三進的院子裡，慧馨總覺得這院子裡人少得有些詭異，深怕這是別人給謝家設的圈套。

慧馨和盧氏在車上等了有一盞茶的工夫，慧嬋院子的大門再度打開了，那個丫鬟走過來請慧馨和盧氏進去。

慧馨扶著盧氏下車，見那丫鬟神色複雜地看著她們，便開口問道：「妳叫什麼名字？」

「奴婢……奴婢小環。」

「小環，妳做得很好。」慧馨誇獎那丫鬟道。這丫鬟不知是慧嬋的人還是那男子的人，慧馨並不想跟個丫鬟太過計較，而且她也不認為剛才小環做得有什麼不對。

小環帶著慧馨二人進了內院行到慧嬋的屋門口，站在門口的媽媽向小環使了一個眼色，小環便退下了，那媽媽轉身笑著把慧馨和盧氏迎進了屋裡。

盧氏把帶來的丫鬟婆子都留在門外，那位媽媽迎了慧馨二人進屋後也退了下去。

慧馨抬頭往屋裡看去，屋裡站在窗邊看著她們的人正是慧嬋。此刻的慧嬋雖然兩眼有些紅腫，卻比以前見到時更豐腴了，小姑娘好像已經長大了。

盧氏和慧馨尚未開口，面前的慧嬋卻突然跪了下去，她重重地在地上磕了一個頭，懇求慧馨二人道：「二嫂，七姊，求妳們成全慧嬋吧！」

【第二百二十四回】聆訊

顧承志跪在地上聽著永安帝的教誨，他心中五味雜陳。他對永安帝有些埋怨，前頭太子和漢王是兩人一起覲見，輪到他則是一個人，回頭朝堂上宮裡頭必然又會流言四起，先前就因永安帝的態度讓他們父子兄弟有了隔閡，這回只怕又是雪上加霜了。可是永安帝現在叮囑他的事是大趙的機密要事，想來永安帝選擇他來託付這些關乎大趙百年大計的事，是對顧承志的肯定和信任。

「……大趙通海貿之事要做下去，把大趙的國威宣揚到海外，同時還要學習海外良好的技工。但海貿之事又不可氾濫，要把邊關海貿控制在朝廷手中，也要加強控制防止走私漏稅，凡海港城市官員任命必須由內閣提名朝廷頒旨。海貿要興盛還需要好的船隻和關防守衛，本來派你去南方就是要把這兩件事辦起來。你前頭建的造船廠很好，只可惜時間不夠，邊關海防的事來不及做了。雖然現在你沒機會加強海防，但是將來你一定要把這塊補上。」

顧承志跪在下方磕頭應是，永安帝點點頭，又繼續往下說：「內閣要掌握在自個手裡，翰林院裡頭的人你要多接觸，多了解他們的人性。大趙的軍權……」永安帝說到這裡忽然頓了一下，「當年我無可信之人，只能把軍權交給南平侯，雖然南平侯賦閒在家十幾年，可他在軍中的餘威猶在，有他在就沒人能越過他撼動軍權，但是……你要留個心眼兒，最好是在他身邊安個眼線。」

顧承志聽到這裡有些猶豫地說道：「南平侯……他應該不會……」

永安帝眼神一厲，「就算他不會，別人未必不打他主意，做為天子就要把大趙所有的人都攥在手心，你要切忌婦人之仁，皇家親情那是做給別人看的，永遠不要因那些所謂的長輩而掉以輕心。你要記住，天子之上再無其他！」

顧承志見永安帝說得嚴厲，忙俯身應是……

❖

慧馨見慧嬋跪在地上，頭抵著地面不肯起身，便想上前把她拉起來。盧氏拉住慧馨的手臂，對著她搖了搖頭。

慧馨心知盧氏是要先給慧嬋一個下馬威，便點點頭退到了盧氏的身後，扶著盧氏在一旁的椅子上坐了。

「成全妳？妳膽子這麼大何用我們成全？」盧氏深吸了口氣開始教訓慧嬋，「妳可是長大了，全然不顧家族親人的顏面，竟敢離家出走？妳二哥前幾日來找妳，妳竟然還讓Y鬟把他轟了回去，今日我們一來妳就往地上一跪，上來一句『成全妳』，合著全是我們欺負妳了？」

慧嬋顫抖著身子直起了腰，雖不再磕頭卻仍是跪著，她咬著嘴唇掉眼淚，哽咽著發抖卻是一句話也不說。

慧馨心知慧嬋往日少與人來往，言談上自然不擅長，有心幫她說幾句，卻見盧氏臉色仍是不好，只得暫時按下，先讓盧氏消了火再說。見旁邊桌上有沏好的茶，慧馨過去給盧氏倒了一杯。

盧氏端起茶杯一飲而盡，潤過喉嚨繼續教訓慧嬋：「也不知妳這丫頭是怎麼想的，莫名地離家出走，還跑到京城來給人家做外室，妳說妳好好一個書香門第的小姐，竟然做出這些事來，爹娘養了妳十幾年就是教妳做這些的嗎？真真是氣死人了……廢話我也不多說了，待會就把妳送回江寧，爹娘自會教訓妳。妳若心裡還有謝家還有爹娘，就趕緊跟我們回去，離家這事家裡頭會想辦法遮掩過去。」

慧嬋臉頰掛淚搖了搖頭，「二嫂，我不回去，我不能回去。」

「妳為何不回去？這男子對妳就這般好，讓妳個好人家的小姐這麼死心塌地給他做外室？」盧氏氣得說道：「我告訴妳，『夫為寄豭，殺之無罪』，回頭叫妳二哥帶人來，綁了那男子直接亂棒打死，再送去官府，官府也不會說謝家的不是。妳別想著跟著這男子就能安生了，妳也不想想，好人家會隨便娶一個沒有身分的女子嗎？外室根本什麼都不算，連個小妾也比不上！」

慧馨心下嘆氣，她倒是忘了這回事，大趙律法，與良家女通姦屬重罪，可用私刑，若是這男子是普通百姓，則要杖百遊街示眾；若這男子為官，那就罪加一等，被人打死官府也不會管。官員通姦，自古以來視為大罪。

慧嬋聽了盧氏的話，急忙回辨道：「二嫂，我與公子乃是清白的，不是妳說的那樣……公子只是救了我又借我安身之處罷了，離家之事與他並無關係。」

慧馨聽了這話心下詫異，莫非她與那男子的關係並非像他們所想？

慧馨與盧氏對視一眼，見她眼中也有疑惑，便對慧嬋說：「妳這話說出來誰信，現在妳的吃穿用度都是那男子出的銀子吧？而且看這院子裡的丫鬟婆子分明是拿妳當主子，那男子給妳銀錢用卻不把妳當下人，若說妳與他之間沒有什麼，任誰也不會相信。況且，我們之前已經在這附近打聽過了，別人都說妳是他養的外室。」

「七姊，我說的都是真的，公子只是看我可憐，才會收留我，從未對我有逾禮之處，外頭的人都誤會公子了。」

慧馨和盧氏俱是一驚，看慧嬋的樣子並不像說謊，難道這男子當真未曾碰過慧嬋？可越是這樣，她們反而更擔心，這男子究竟打的什麼主意？

「我還是不信，好端端地他為何會對妳這麼好？」盧氏說道，她想盡量多套點慧嬋的話。

「我……我當時藏在船上，後來被人發現，他們要趕我下船，正巧公子經過看到了出手相救，後來我求他帶我一起出海，他說現在不方便，不過幾個月後他會出海，到時候可以帶上我，是我求他想給他做丫鬟，公子纏不過卻不肯讓我做丫鬟，所以才暫時讓我住在這裡……」

慧馨想了想，感覺慧嬋這次離家出走好像並不像她原本想的那樣，便說道：「妳先起來吧，都是自家人，不要一直在地上跪著了。妳既然說跟他是清白，那我們且暫時信了妳，只是妳要把這次離家出走的事從頭說個清楚明白，否則這事到底怎麼解決，我們也拿不了主意。」

慧馨邊說邊走過去把慧嬋扶了起來，慧嬋抖著身子靠在慧馨身上，慧馨幫她整整衣裳嘆了口氣，「說吧，這裡只有我和二嫂，妳再不說實話，我們可真幫不了妳了。二哥已經知曉妳住在這裡，回頭等他回報了父親，到時他們親自找上門，妳再想說什麼就晚了……從庵堂說起吧，妳是怎麼從那裡逃出來的？」

慧嬋咬著嘴唇猶豫了半晌終於說道：「是庵裡的師父幫了我。當年姨娘是在庵堂裡去世，她臨走前把所有的銀錢都捐給了庵堂，託師父們照顧我。姨娘還給我留了些首飾，我便把首飾交給了一位師父，讓她幫我提前打點，她事先便雇好了馬車在庵堂的後門等著，我待太太在講堂跟主持說話的時候去了後門。原本我請師父幫我在碼頭雇艘船，我想著只要上船離了江寧便好……」

慧馨嘆了口氣，沒好氣地說道：「是不是妳到了碼頭卻不見船隻，連那師父也不見了人影，妳的錢又全在那師父那裡？」

慧嬋有些不好意思地說道：「是……是的，後來我想著總歸是回不去了，就趁著別人沒注意，藏在一條船上，再後來就是被人發現又遇到了公子。」

「妳被那個師父騙了。」慧馨恨鐵不成鋼地說道：「妳這次離家出走，是不是也是這個師父慫恿妳的？」

「我……我後來也想到了，不過，我不後悔，就算師父不幫我，我也是要離開江寧的，二嫂，七姊，我真的不想回江寧。」慧嬋說著眼淚又流了下來。

盧氏奇怪地看著慧嬋說道：「妳為什麼不想回江寧？那邊怎麼說也是妳的家啊，有爹娘在，難道還能讓妳受委屈不成，究竟為什麼不想回江寧？」

慧馨也是皺著眉頭說道：「……是不是江寧那邊發生了什麼事？」

「七姊，我不想出家做尼姑……太太想要我削髮出家，可是我不想。」

「好端端地，太太怎會要妳出家？」盧氏問道，最近江寧那邊的來信沒提到這事呀！

「太太已經跟庵堂的主持商量過了，她們連日子都訂好了，只是瞞著其他人，也瞞著我，主持看在當年姨娘的面上私下詢問我是否願意，我才知道此事。可是我不願意啊七姊！我一直老老實實聽太太的話，希望她有一天能原諒我，不再因姨娘當年做的事怪我，出家這件事我真的做不到啊！從八歲就開始吃齋念佛的我，可不想這一輩子只有青燈古佛相伴……」

【第二百二十五回】小人？君子？

大殿內，太子領頭帶著一幫皇子皇孫跪在地上，床榻上的永安帝已經說不出話了，皇后跪坐在床頭握著他的手，王貴妃已不在殿內。太醫熬製的參湯作用已然消失，此刻的永安帝只能靜等最後一刻來臨。寧靜的大殿內只有永安帝粗重的喘氣聲，在生命的最後時刻，這位皇帝仍然倔強地不肯輕易離去。

皇子皇孫全都屏氣凝神，這種時候可不能出錯，若是哪裡做得不對，說不得要被人弄去給皇帝陪葬。顧承志抬眼看了一眼前頭的太子，太子雖然垂著頭，身子卻在微微顫抖。床上的永安帝和地上跪著的太子，他們兩個誰撐得更辛苦呢？

盧氏看著哭哭啼啼的慧嬋，心下更加詫異，一般人家怎麼會把好好女兒送去出家呢？「妳莫要聽了那庵堂裡的人危言聳聽，她們說不定是合夥騙妳的，太太如何捨得要妳出家？」

「二嫂，妳們有所不知，這幾年江寧那邊有些風言風語……」慧嬋見盧氏和慧馨都不相信她，便索性把她知道的事情都說了出來。

原來這幾年，外頭人都說謝家貪慕虛榮，賣女求官，先是把一個女兒嫁給漢王做側妃，現在又有一個女兒跟了皇聖孫，那些人暗地便說謝老爺平日裡的清高都是裝出來的，尤其是跟書院有關的人，更對謝家攀附權貴的做法很是不齒。這些話已經傳到連謝府裡的丫鬟婆子們都知道，謝老爺一氣之下，便決定把年紀最小最漂亮的女兒送去出家，讓別人都瞧瞧他的清高是真還是假。

慧馨聽了慧嬋的話，心裡撇撇嘴，這種事情還真是謝老爺會幹出來的。盧氏一時也是沉默不語，她嫁到謝家也好幾年了，對謝老爺和謝太太的脾氣略知一二，這事情若真如慧嬋所說，她也不覺得奇怪……

慧馨和盧氏待到下午才回了謝府，她們本想帶著慧嬋一起回來，可是慧嬋死活都不肯跟她們一起走，盧氏叫丫鬟婆子拉著她走，她就跑去撞牆。盧氏無奈只好把跟她們一起出來的兩個跟車婆子留下，囑咐她們若是慧嬋這邊有什麼不對勁，要馬上進城回報。

慧馨對於慧嬋不肯走倒是很理解，慧嬋這次離家出走必定抱了再不回來的決心，待在外面總還有希望，若是真回了謝府恐怕就只剩絕望了。

坐在馬車上，慧馨見盧氏愁眉不展，便勸道：「二嫂，說不定此事當真有轉機，今日聽慧嬋所言，那位救了她的男子好似真是位好心人，也許當真是我們先入為主，小人之心度君子之腹了。」

盧氏搖搖頭，「知人知面不知心，慧嬋不知人心險惡，識不清那男子的真心也有可能。不過好在慧嬋尚是清白之身……光聽慧嬋一人的話，我還是有些不放心，回頭我找個利索的婆子過來，給慧嬋檢查一下比較妥當。」盧氏的意思是要先給慧嬋驗身，此事能否回轉關鍵就在於慧嬋與男子是否有過夫妻之實。

「二嫂，妳說那男子為何要對慧嬋隱瞞身分？他既然救了她，又願意照顧她，卻不肯透露自個的身分，這怎麼看怎麼詭異……」慧馨說道。她們也曾追問慧嬋那救她的男子究竟是何人，可是慧嬋賭咒發誓說不知道，那男子從不在她面前表露身分，而慧嬋寄人籬下自然也不好纏著追問。如今這男子的身分，倒成了慧馨的一個心頭病。

想到那男子，盧氏也是臉色一沉，「聽慧嬋所言，這男子定是京中權貴，我現在十分擔心此人來歷……若是平時還可找人多方打聽，可偏偏在這個節骨眼兒上，躲在府裡不見人都來不及了，哪還有誰可以四下走動。」

慧馨也是頭疼，現在聖孫府自身難保，會不會被連累都仍是未知，更別說託聖孫府的人脈打聽消息了。侯爺在宮裡頭忙著，就算是平時也沒機會見著他，這會兒更是沒辦法了。不過好在知曉慧嬋無事，暫時祈求上天保佑那男子真的是位見義勇為的好人吧。

「二嫂，那男子的事只能從長計議了，待回去再派幾個僕從到慧嬋這邊來吧，有什麼事也能有個照應。」

盧氏點了點頭，她也是這般想的，多派些人過來，若是那男子亂來，大不了護著慧嬋逃走。

慧馨見盧氏還在沉思，便倒了杯茶遞到她手邊。其實慧馨很尊敬盧氏，在慧馨心裡，盧氏和謝睿的地位可在謝老爺和謝太太之上。而且慧馨也很清楚謝睿盧氏的為人與老爺太太不同，就像慧嬋這事，按理說，謝睿知道慧嬋容身之處後，便可直接帶人把慧嬋押回來送回江寧，要怎麼處置慧嬋全憑謝老爺謝太太做主，可是謝睿夫妻並沒有這樣做。反倒是今天盧氏聽到慧嬋因不想出家才離家出走，後頭也沒有再責備她，離開時也沒有強求慧嬋一起，說明盧氏也想給她一個機會。

聽了今日慧嬋的話，慧馨對謝老爺的厭惡又加深了一層，竟然為了顯示自個兒的清高而逼女兒出家，這是個什麼父親啊！

❖

謝家的馬車行到城門口停了下來，車夫把馬車趕到隊伍後面排隊一一檢查。這幾天隨著皇上的病情越來越嚴重，出入京城都更為嚴格。

等待進城的隊伍特別長，時不時還有人和車從前頭折回來，慧馨挑起車簾一角向外看，聽到折返的人說道：「……今天進不了城了，不能證明自個身分的人今日一律不許進去，昨天還沒這規矩呢，怎麼今天就突然管這麼嚴了，莫非是城裡出了事？難不成……」

「噓！別亂說話，這是要殺頭的，今天進不了城就算了，趕緊回頭找個地方歇腳去。」

慧馨心下疑惑，她們早上出來還沒到要查身分的程度，不過是檢查來往的人都帶了些什麼物品，現在卻要查核身分，擺明是在控制進城的人數。看樣子，城裡頭很可能要戒嚴了。

慧馨放下車簾看向盧氏，盧氏嘆了口氣說道：「我小時候也曾有一次遇到京城戒嚴，雖然還小記不清楚事情，可是當時爹娘的擔心害怕卻讓我記憶猶新。那時候家家戶戶全部閉門，沒有一人敢上街……」那次便是太祖駕崩的那日了。

慧馨深吸了口氣，解下腰上的荷包，從裡面掏出了她的腰牌。這腰牌是她早上出來時隨手帶著的，當時就想著以備萬一，沒想到這會倒真要用上了。不管怎麼說，聖孫府七品內官的腰牌這下當真派得上用場了。

輪到謝家馬車時，慧馨直接伸手把腰牌遞了出去，守門的士兵見了腰牌，果然立刻就給她們放了行。

京城的街道異常蕭瑟，太陽還未下山，街上就沒有了行人攤販。盧氏吩咐車夫趕緊回府，看這個樣子，永安帝最後的日子就在眼前了。

待慧馨和盧氏回了謝府，謝睿已經在府裡等得著急了，一見她們便說道：「我擔心死了，真怕妳們趕不及回來，巡街的人已經挨家通告，今日城內酉時便要戒嚴，閒雜人等嚴禁上街，城門也即將關閉，幸好妳們早了一步，再晚一會我就要出城尋妳們去了……」

「城門那裡已經開始盤查進城的人，我一瞧著勢頭不對，便吩咐大家趕緊往府裡趕，瞧這樣子大事只怕就在今晚了……」盧氏說道。

謝睿點點頭，催著慧馨和盧氏先去梳洗，今晚估計是不眠之夜了，他們要在府裡等消息，一旦喪鐘鳴響，各家要馬上更換府門的燈籠和白布，還要換孝服。

慧馨換了衣裳過來盧氏這邊用飯，餐桌上凝重的氣氛連小懷仁都察覺了，乖乖地坐在椅子上吃著菜。

用過飯，盧氏先去把懷仁安置在側廂睡下，這才兄嫂妹三人坐下說話，盧氏把今日去慧嬋那邊的事情給謝睿講了。

謝睿皺著眉頭，臉色有些難看，他一直對謝老爺的某些做法頗有微詞，可是子不語父過，有些話他雖然心裡想，卻不能跟謝老爺直說，只能在心裡默默嘆氣。

謝睿沉吟了一會，便吩咐丫鬟去把老孫家的找了過來，老孫家的一直負責往江寧送信之事，既然慧嬋說關於謝家的流言已在江寧傳得漫天飛，那老孫家的應該也聽過這些才是。

在謝睿嚴厲的追問下，老孫家的終於說了實話，不但關於謝家的傳言是真，連老爺要讓九小姐出家的事，江寧府裡頭也有不少人知道了。謝睿盧氏和慧馨，三人的臉色都很不好，謝老爺這次實在太過分了。

【第二百二十六回】

駕崩

「慧嬋的事咱們暫時先不跟江寧那邊說了，許管家那裡我會支開他，再多派幾個人過去慧嬋那邊照應著，總歸要想辦法打聽那男子的身分，清楚之後我們才好做決定，這事應該還有轉圜的餘地……」謝睿沉默了許久終於說道。

慧馨點點頭，找到慧嬋之事還是要先瞞著謝老爺和謝太太，否則被他們知道了，肯定會勒令謝睿把慧嬋直接帶回家的。

如今已是盛夏，室內悶熱，慧馨和謝睿夫妻都在屋裡坐著，為了通風，房門和窗戶都敞開。今晚是個無月的夜晚，室內的燈光影影綽綽，室外的天空漆黑如墨，呼吸的空氣沉悶而壓抑。大概是要下雨了，盛夏的京城即將進入暴雨季。

天空劃過一道閃電，驚雷聲滾滾而來。盧氏吩咐丫鬟去查看各處的溝渠是否暢通，待暴雨下起再去疏通就晚了。

又幾聲滾雷經過，雨終於落了下來，豆大的雨點啪啪地砸在樹葉和地面上，讓人本就慌亂的心更加忐忑不安。這個暴雨夜註定是個不眠夜，京城所有的人家都在熬夜，陪著宮裡頭那位天子熬過最後的時辰。

終於在暴雨間歇中傳來了低沉渾厚的鐘聲，慧馨看看謝睿和盧氏，心知這便是皇帝駕崩的喪鐘了，終於還是到了這一刻。

❖

皇宮的內殿裡，皇子皇孫們都伏在地上痛哭，皇后也趴在皇上的床榻上哭嚎。太醫在確認永安帝去世後，便出了內殿。駕崩的消息很快傳遍了整個皇宮，王貴妃帶著眾嬪妃們在殿外的走廊上俯身痛哭，原本就等候在偏殿的大臣們聽到殿內的哭聲後，也紛紛跪地哭嚎。

整個皇宮突然充斥著哀嚎，人們哭泣的聲音甚至壓過了雨聲。南平侯領帶著人在宮內巡視，聽到哭聲，他忽然抬頭看了看漆黑的天空，雨點打落在他的面頰上。

雨夜之中無人能看清南平侯的面容，南平侯在心中默念了一遍遍「永安帝死了」，他此刻心中有份茫然，不知自己是解脫還是在難過。南平侯抹了一把臉上的雨水，跟身後的人說句「都警覺點」，便帶著隊伍繼續巡邏去了。

永安帝的死並未帶給謝家人悲傷，謝睿和盧氏長舒一口氣後喚了管家，吩咐管家帶人連夜把府裡的東西都換掉。大門口的燈籠換成了白色，府門口掛上白布。丫鬟也從裡屋拿出孝服，慧馨讓木槿接過孝服便回了自個的院子。在塵埃落定後，她終於可以睡覺了。

雨下得很大，慧馨一路走來濕了鞋襪和衣裙。木槿弄了熱水給她擦洗，慧馨抬頭看看外面的大雨，心中嘆道，不知侯爺現在如何了？永安帝這一去，他應該更忙吧！不知他下雨在宮中行走有沒有雨衣穿？雖然現在是盛夏，可若淋了雨還是很容易生病的……慧馨感覺自個好像開始發起呆，忙甩了甩頭，侯爺是精明人，肯定會照顧好自個的。

慧馨抬頭見木槿正皺著眉看著她，忙道：「妳也下去休息吧，今天大家都累壞了，讓她們幾個小的值夜吧。」

木槿搖搖頭說道：「還是奴婢服侍小姐吧，小姐今日出去了一天又折騰到這會肯定很累，她們幾個小的笨手笨腳我不放心，奴婢等小姐睡下了再跟她們換。」

慧馨微微一笑沒再說什麼，木槿服侍她上了床，見她闔了眼這才熄了燈出屋。黑暗中慧馨睜開眼睛翻了個身，她伸手撫了撫枕旁的木盒，裡面放的是南平侯送的木釵。慧馨心下一嘆，跟慧嬋比起來，她是何其幸運。

次日起床，慧馨換上了孝服，吃了早飯在院子裡活動筋骨。整個謝府的器具都連夜更換了，如今府裡除了綠樹紅花，其他物件都換成了白色和黑色。

慧馨正在院子裡做南平侯教她的動作，盧氏卻帶人進了她的院子。打過招呼後，盧氏便指揮著人把院裡跟紅色沾邊的花朵都採下埋到土裡。慧馨嘴角抽搐，死個皇帝真麻煩，連紅花都不能留了……

京城還要戒嚴三天，閒雜人等迴避，謝睿也停了上差，一家人都待在府裡。謝睿在屋裡踱來踱去，不知道慧嬋現在怎樣了？他要派去的人現在出不了門，盧氏留下的那兩個婆子現在也沒法跟這邊傳信。不過慧嬋住在城外，應該不會有什麼事才對。

五城兵馬司的人不停輪班在京城裡巡邏，謝家緊閉的大門前不時有官兵經過的聲音。盧氏派了不少人守在前後門處，見慧馨疑惑便說道：「有備無患……」

三日後，朝廷終於傳下了旨意，永安帝駕崩，太子即刻繼位，先帝大喪後擇日舉行登基大典。

慧馨聽到這個消息心下嘆了口氣，現在朝廷上下都在為先帝大喪和皇上登基的事情忙碌，連謝睿這幾日也忙著在翰林院寫誥文。慧馨這次以生病得來的假期也該結束了，她總不能一直待在謝府。

慧馨心裡琢磨著，先回聖孫府也好，可以私下找人打聽救下慧嬋的男子，據派去慧嬋那邊的人傳來的消息，那男子一直沒有再去看望慧嬋，也沒派人來送信兒，慧嬋也同樣不清楚狀況。不出一會慧馨已經收拾好東西，提前做好回聖孫府的準備。

門房的人忽然來報有人要見慧馨，慧馨以為是聖孫府派來接她的人，便吩咐木槿拿了她的包袱跟著一起往前廳去。

可這會府裡頭的主子就她一人在，謝睿去翰林院，盧氏則帶著小懷仁回娘家探望爹娘。慧馨擔心她走了，府裡少了主人，便先吩咐盧氏屋裡的媽媽趕去大理寺卿家找盧氏回來。安排好這些，慧馨才往前廳見人。

來人正背著手欣賞前廳牆上掛的畫，聽到門外有響聲便轉過了身。慧馨抬頭一看，怎麼會是他？

【第二百二十七回】

峰迴路轉

慧馨心下思量，便轉身跟木槿說道：「妳回去把包袱放下吧。」

見木槿轉身走了，慧馨這才進屋跟裡面的人行禮，「易公子，別來無恙，公子突然來訪可是來找我二哥的？」原來來找慧馨的人正是六公子的哥哥易宏公子。

易宏對著慧馨抱拳行禮，「謝司言，在下今日是來找司言大人的……」

這時有丫鬟進來奉茶，慧馨待丫鬟退了下去才說道：「易公子，不知找我何事？」

易宏看了看慧馨的臉色，見她並不像生氣這才說道：「其實在下也不知該如何開口……上個月我家商船從南洋回來，途經江寧停靠碼頭補給，船離岸後才發現船上多了一名女子，我因瞧那女子可憐，便將她暫時收留，後來到了京城，那女子無依無靠又不肯透露姓名，我只好將她安排在郊外莊子暫住。原想著慢慢打聽這女子的家人，沒想到這段時日京裡事情多，也就沒顧得上……」

慧馨一愣後便明白了，謝家人絞盡腦汁要查找的男子竟然就是易宏公子！看來慧嬋的判斷沒有錯，易宏公子應該真是碰巧救了她。既然是這樣，事情就好辦了！

慧馨忙起身對著易宏拜了拜，「原來是易公子救了我家九妹，慧馨先代家人謝過公子。」

易宏忙起身避開，「不敢當，在下應該早些尋找謝九小姐的家人才是，這下倒是害謝小姐家人擔心了。」

「易公子切莫這樣說，都是慧嬋她脾氣倔強，連我們家人都拿她沒辦法，更何況是您。我跟二嫂前幾日去看望過，原還怕她是被人騙了，不過見她一切安好，便知救她的人必是正人君子。如今知道是易公子救了她，心裡這塊大石終於放下了。」慧馨感激地說道。

易宏眼光一閃說道：「幸虧謝小姐前幾日去看望她，否則我也無法知曉她竟是謝家人……我倒是沒想到謝家九小姐是個性情中人，無論我怎麼追問家世也不肯說。還要我帶她出海，去外面見見世面。九小姐這次離家想來是沒有跟家人商量過，不知令尊大人會怎麼處置她？我與九小姐也算有緣相識一場，不知可否為她做個保人？」

慧馨看了看易宏嘆了口氣說道：「這事我和二哥也很為難，慧嬋已找到之事一直沒有跟江寧那邊回報。雖然按禮法來講，慧嬋的行為太過出格，可她終究是我們的親姊妹。我和二哥二嫂也不願她受罰，父母那邊便暫時替她瞞下了。易公子既有心助慧嬋度過此關，可否請您再多收留她幾日，並將此事保密，待我同二哥二嫂商量好兩全之策後再行定奪？」

「這不成問題，我在京郊的那處院子少有人知曉，九小姐想在那裡住多久都行。雖然給她留的下人不多，但我暗中安排了侍衛保護她們，安全上不用擔心……」易公子說這話的時候，眼神頗有深意地看了慧馨一眼。

慧馨愣了一下才明白易宏公子這句話的意思，原來下人少是因為有侍衛在暗中保護著。幸好那天她和盧氏過去沒有強行帶走慧嬋，若不然只怕那些侍衛要把她們當賊人處置了。慧馨看看易宏略帶戲謔的眼神，估計那天她們在屋裡說的話也都一五一十被侍衛報給易公子聽了……

慧馨不好意思地說道：「……讓易公子見笑了，公子可否再多留一會，我已派人去尋二嫂，一會就該回來了，二嫂應該很想見見易公子的。」

易宏走到門口看了看天色，「在下要說抱歉了，我這會是偷空過來，這幾天宮裡朝堂都忙得很，我雖不在朝為官，卻也有許多事情料理，今日必須早點告辭，待下次有時間，再同令兄令嫂一敘吧！」

慧馨見他執意要走，也不好強留他，她也想著這事最好先跟謝睿盧氏說過，自家人心裡先有個數再跟易宏見面也不遲。

❖

慧馨送走了易宏，便在府裡等盧氏，盧氏進了內院見慧馨還在有些詫異，慧馨沒有多說直接拉著盧氏進了內室說話。下午謝睿下差回來，盧氏又拉著謝睿在屋裡說了一大通話。晚上用過飯，謝睿夫妻和慧馨還在商量慧嬋的事情。

「我覺得這事要想往好了辦，只有一個辦法……」盧氏猶豫著說道，見謝睿和慧馨都望著她便

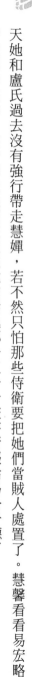

往下說道：「慧嬋這次離家對她的名聲傷害最大，雖然她跟易公子清清白白，可外人未必肯信，再加上江寧那邊……若是把她送回江寧，爹娘只怕會立馬把她送去寺廟，出家之事再無轉圜餘地。可能只有易公子納慧嬋為妾一途，這件事才好辦了。」

「這……易公子會願意嗎？易宏公子是義承侯府的大公子，就算慧嬋嫁入侯府為妾，那也是我們謝家高攀了。先不說慧嬋的身分配不上易公子，我看易公子對慧嬋似乎也沒這個意思。況且侯府公子納妾恐怕不是易宏公子一個人說了算，侯爺和夫人同不同意還要另說……」謝睿說道。

「我也是怕易公子和侯府不同意，這才猶豫，易公子這會是幫慧嬋和我們謝家，我們總不能恩將仇報硬賴上人家。我們若不想順了爹娘的意，也只能給慧嬋在京城這邊找個人家，還得在江寧那邊得到消息前，就把這事定下來。」盧氏說道：「今天我在門口見到許管家，他正在跟門房打聽尋人的事，見我經過才住了口。這幾日往慧嬋那邊派人動靜大，他可能聽到風聲了。」

慧馨低頭沉思，雖然她立志不為人妾，可對目前的慧嬋來說，給易宏做妾只怕是最好的結果。但謝睿的顧慮也是對的，易宏是侯府公子，而且從往日的種種看來，易宏的身分還有些特殊之處，她的那匹「含霜」便是明證，敢拿宮裡頭要的馬匹送人，易宏怎麼看都不會只是一個侯府閒散公子。謝家要把慧嬋嫁給易宏，本就是高攀，而易宏跟慧嬋在一起又是進退有度，顯然他對慧嬋並沒有男女之思。要想讓易宏納慧嬋為妾，只怕是不易了。

謝睿想了一會說道：「這事情也拖了一段日子，若是易公子真能納慧嬋為妾就好了。」

「要不……想個辦法探探易公子的口風，跟他提一提？」盧氏不確定地說道，「慧馨，妳既然認得易公子，那有沒有什麼辦法能跟他搭上線？最好是跟他相熟的人，幫著探探易公子的態度，若他願意那是一切好辦；若是他不願意，也省得咱們開這口，反而把事情越辦越糟，讓易公子誤以為我們要攀高枝賴著他。」

「易公子的弟弟六公子是皇聖孫的伴讀，要找人探口風，只能找他了……」慧馨想了一下說道：「這樣吧，若是明日聖孫府還不派人來接我，那我後日便自個回聖孫府去。這次休假都有一個月了，不能總這麼著，也該回去當差了……」

慧馨三人又在屋裡商量了許久，再想不出更好的辦法，眼下只有讓慧嬋嫁給易宏為妾，才能解了這個局。

慧馨從盧氏屋裡出來回房，木槿已經準備好給她洗漱。慧馨在木桶裡泡了一會便爬了出來，天氣悶熱泡澡也不怎麼舒服了。木槿拿著乾燥的布巾給慧馨擦著頭髮，慧馨側頭一看發現窗臺上放著一朵花。

慧馨愣了一下，旋即心中一動，接過木槿手裡的布巾吩咐道：「我自己來，妳們都下去歇了吧！」

木槿帶著丫鬟們退了下去，只有一個小丫鬟留下守在房門口。

看著木槿退出去的身影，慧馨的眼神暗了暗。這次在家裡，她發現木槿總是有意無意地在刺探她。雖然不能肯定是誰吩咐木槿這樣做，可是慧馨心裡很清楚，她這些年不常在謝府，原本跟著她的人也都到了成親的年紀，她們為了自個的前程另投新主也不奇怪。木樨已經成了親，木槿卻一直沒有說親，按說木槿在她身邊比木樨更親近，給她說親的人應該更多才是。木槿沒出府，更能方便打探慧馨的情況，看來吩咐她這樣做的人很可能是謝老爺謝太太。自從慧馨入了聖孫府，謝家便無法再掌控她在外的行蹤了，加上慧馨本就對謝老爺謝太太沒什麼感情，聖孫府裡的事也從不對謝家人提起，謝老爺要打聽她的事，自然只能從她身邊的人下手。但慧馨終究還沒徹底離開謝家，木槿也沒做什麼出格的事，只要沒越過底線，她也就睜一眼閉一眼隨他們去了。

慧馨把布巾披在肩上，拿起窗臺上的花聞了聞，嘴角露出一抹笑。

慧馨拿了本書坐在窗邊看，過了約莫半個時辰，她便聽到窗戶有敲擊聲。慧馨起身把窗子撐得更大了些，又回到桌邊吹滅燭火。燭火熄滅，印在門窗上的人影也消失了。

慧馨撐著頭坐在桌邊，院子裡再度安靜下來。慧馨閉了閉眼，讓眼睛漸漸適應了黑暗。她轉頭往窗外看去，月光下那個魂牽夢縈的身影正站在窗邊，那人嘴邊的笑容讓慧馨也翹起了嘴角。

【第二百二十八回】世態炎涼

南平侯一個翻身入房，順手放下了窗戶，走到慧馨身邊，慧馨一起身就被南平侯緊緊擁入懷裡。

「你……好像瘦了，這些日子在宮裡很辛苦吧？」慧馨摸了摸南平侯的臉頰說道。

南平侯瞇了瞇眼盯著慧馨仔細瞧了瞧，「我瞧著……妳怎麼反倒胖了？果然是在自己家裡，便心寬體胖了。」

「是啊，這段時間在府裡，二嫂整日做好東西給我補身子，吃好喝好。再說謝家就是有天大的事也砸不到我，總有人在我前面頂著，自然比在聖孫府省心多了。」慧馨笑著說道：「今日怎麼突然過來了？宮裡頭這時候應該正是忙著吧。」

「昨天遇到易宏聽他說了件事，知他今天要過來見妳，所以我便先過來看看。」

「這麼說，易公子把慧嬋的事情告訴你了？」

南平侯微微點了點頭道：「你們打算如何？」

「這事還瞞著江寧那邊呢。剛才從我哥那邊回來，我們商量了之後，希望易公子能納慧嬋為妾……不過這事自然不是我們一家說了算，我正打算後日回聖孫府，找六公子問問易宏公子的想法。對了，你跟易宏公子這麼熟，可知他對慧嬋究竟是什麼想法？」

「易宏說她敢作敢當頗有男子之風。這小子向來無拘無束慣了，對妳妹妹離家出走之舉反倒是欣賞。聽說妳九妹纏著要跟他出海，去番邦體會風土人情，易宏說這點倒是跟他志趣相同，很有相見恨晚之意……」

「照你這麼說，易宏公子很有可能會同意納慧嬋了。那侯府那邊呢？侯門大院規矩多，易公子納妾需要侯爺和夫人同意吧。」

「易宏的身世非常特殊，侯府的人是管不了他的。我昨兒聽他說起此事，就覺得他很可能對她有意，今日過來找妳，其實正是為了告訴妳他的身世，不過這事妳聽了只能放在心裡，包括妳二哥二嫂還有妳妹妹都不可透露……」

慧馨一愣立即反應了過來，重重地點了點頭，「你放心，我曉得輕重，其實若不是必要，你不跟我說也可，我以前就覺得易公子不像普通的侯府公子，他背後可能還有其他不為人知的一面。你斟酌就好，不讓我知道也行。」

南平侯親吻了一下慧馨的額頭，說道：「這事還是該讓妳心裡有數為好，易宏是永安帝的兒子，只因他生母的身分一直沒有得到承認，便也沒有對外公開此事。不過永安帝一直很疼愛他，給他許多自由和便利，才會養成他灑脫不羈的性子。易宏雖沒有皇子的身分，實際上卻有比皇子更大的權利，脾氣也跟常人不同。將來若是他真納了妳的妹妹，他們做出什麼出格的事來，妳也要先有心理準備。我看他昨日的態度，想帶妳妹妹出海的事多半是認真的。自從海貿開通後，他一年中有大半時間都在海上度過，他京城裡的妻妾們都是大家閨秀，各個不願陪他到處亂跑，這次遇到妳妹妹這麼志趣相投，他肯定不會放過的……」

「原來如此。他們兩個若真是投緣倒也難得，我那妹妹可真是因禍得福了。若不是江寧那邊要她出家，她也不會被逼急了離家出走；又若非她離家出走，這輩子恐怕都不會認識易公子。慧嬋從八歲就在庵堂吃齋念佛，算下來也快十年，也許正是冥冥之中佛祖保佑，才讓她遇見了易公子……」慧馨感慨地說道。

慧馨和南平侯兩人聊到半夜，南平侯才起身準備回去，「……永安帝臨終前要我過了三個月孝期才能離京，所以這段時間我都會在京城裡，新帝登基宮裡宮外事情不少。妳回了聖孫府要多留心，若有什麼實在解決不了的為難事，就到無名茶樓留話給掌櫃，他們會轉告我。」

慧馨點了點頭：「你不必擔心我，我會更加謹言慎行……」

從南平侯這裡知道易宏跟慧嬋的事應該能成，慧馨便不再擔心了。現在是永安帝孝期，三個月內民間禁止婚喪嫁娶，侯門納妾也是要三個月以後才能提。既然慧嬋住在易宏那裡安全，那便暫時這樣了。

兩日後，慧馨終究還是自個提著包袱回了聖孫府，她去給顧承志和袁橙衣請安時，顧承志對她主動回來驚喜了一下。

「現在府裡的人都巴不得能離開呢，妳倒自己回來了……」顧承志說道。

「……殿下切莫這樣想，總有雨過天晴的時候。」慧馨說道。

袁橙衣比以前憔悴了不少，聽說她現在要天天進宮請安，永安帝大喪過幾日就要舉行了，新出爐的薛皇后帶著一堆皇家的兒媳孫媳整日忙得不得了。袁橙衣見了慧馨也沒多說，只嘆了口氣便讓慧馨下去了。

慧馨從袁橙衣處出來後，先去找了個小太監打聽消息，這小太監是在排雲殿值班的，六公子正在裡面跟顧承志商量事情。

那小太監去了有一會，才回來跟慧馨嘀咕了幾句，慧馨點點頭賞了一角銀子，小太監笑嘻嘻地接了。慧馨想了一下決定到前面的過道去等，她找六公子的事還是盡量別讓人知道比較好。

沒過一會，慧馨便看到六公子從遠處往這邊走了過來，慧馨往前跨一步佔了過道的一邊，六公子看到慧馨忙跟她打招呼。慧馨點點頭說道：「六公子可否借一步說話？」

六公子愣了一下，便回頭跟身後的人說了幾句，同慧馨退到了一旁。慧馨猶豫一下開口問道：「在下想請六公子幫個忙，捎封信給令兄易宏公子，不知六公子可方便？」

六公子有些疑惑，不過還是說道：「若是平時我可能幫不了妳，我大哥經常不在京城，不過這次倒正好，為了先帝大喪的事，他這段時間都會在這。」

慧馨從懷中拿出謝睿寫的書信交給六公子，並連聲向他道謝：「……這是我二哥寫給易宏公子的書信，有勞六公子了。」

六公子見慧馨沒有多做解釋，便也沒有多問，他常伴在顧承志身邊，自然很懂得看人臉色，也曉得別人沒有主動說的事最好少問的道理。

❈

慧馨做好謝睿交代她辦的事，便直接回了女官們住的院子。瑞珠正在門口候著她，見慧馨遠遠地走來，便迎了上去。

慧馨見到瑞珠迎過來有些詫異，瑞珠為人雖然木訥，卻把慧馨生活上各個方面都照顧得很好，每次也會在門口等她，但是卻很少直接迎出門。

瑞珠靠近慧馨耳邊說道：「大人，周女史剛才過來找您，現正在屋裡等著……」

慧馨看看瑞珠說道：「周女史找我何事？」

「奴婢不知，周女史堅持要等您回來，還拿了一匣東西過來……」

慧馨皺皺眉，周女史拿東西來見她，送禮來了？

「走吧，進去瞧瞧。」慧馨說道。

慧馨帶著瑞珠進了院門，一眼便看到提著東西等在她屋門口的周女史。周女史上前來給慧馨行禮，三人進了屋，瑞珠上了茶便退了出去。

周女史有些拘謹地坐在一邊，慧馨看了她一眼沒有說話，這種場合還是要對方先開口比較好。

周女史把匣子放在桌上朝慧馨推了推，「往日多承司言大人照顧，小小心意不成敬意。」

慧馨看了一眼匣子，對周女史微微一笑，伸手把匣子打開看了看，裡面是一疊銀票，看起來好像有五百兩左右。

慧馨笑著把匣子合上推到桌子裡面，這個意思便是收下了，然後開口說道：「周女史太客氣了，今日過來我這是不是有什麼事？」

周女史見慧馨收了銀票，心中一塊大石落了地，「是這樣的……新帝登基，尚宮局那邊出了幾個空缺，林尚宮前幾日找我，說希望我能到尚宮局去，有幾個位置都很適合我。」

「那真是恭喜周女史了，我聽說林尚宮是妳乾娘吧？以後有她照應，妳在尚宮局肯定是前程似錦了。」

「承謝司言吉言了，過幾天調任文書就會下來，這文書……」

「這妳放心吧，文書上該怎麼寫我心裡有數，周女史在府裡這段時間差事辦得出色，尚宮局的工作肯定能勝任……」

送走了周女史，慧馨坐在桌前看著一匣銀票嘆了口氣，顧承志還真是沒說錯，聖孫府裡人心浮動，這一場折騰下來不知還能剩幾個舊人。像周女史這樣生了外心的人，強留著也沒意思，反正她終歸要走，倒不如收了她的銀票，讓她安心，大家和和氣氣。

慧馨起身把銀票收了起來，明日要陪袁橙衣進宮，不知宮裡頭這關好不好過……

【第二百二十九回】

大喪

永安帝大喪，宮裡舉行儀式正式將其下葬，袁橙衣等皇家婦人都跟著薛皇后在殿內。

慧馨等女官全在外面排著隊等候，鐘鼓聲響起，眾人紛紛俯跪在地上，前頭的司禮官開始唱詞。拉拉雜雜一大通讚揚永安帝生前功績，連著唱了好幾篇……待儀式結束，女官們被帶到一旁等候各自的主子。

陸陸續續不斷有人從裡面出來，今日這裡集中了全京城最有權勢的夫人小姐，雖然她們往日在外風光無限，可如今這個時刻全部是孝服戚容，只是仍會看到她們三兩成群地湊成堆一起行動，不時還在小聲嘀咕。

慧馨是站在聖孫府女官前排的女官之一，她雖垂著首，卻仍能感覺到周圍的人都有意無意地避開這邊，偶爾還有人對著她們指指點點。有那不知是故意還是無意的人從慧馨面前走過，原本小聲的耳語卻傳到慧馨的耳中。

「妳剛才瞧見沒，聖孫妃上前扶皇后被皇后娘娘躲開了，倒是燕郡王妃上前後，皇后娘娘親熱地拉著她走了……」

「怎麼沒瞧見，當時這麼多人都看著皇后娘娘，想必注意到這事的人也不少。以前聽說皇后偏疼燕郡王妃還不信，沒想到是真的……」

「燕郡王妃是皇后娘娘的大兒媳，再加上她又是皇后的親姪女，偏疼些也不奇怪，倒是皇后給聖孫妃難看這就有點……」

「……可不麼，皇后這可不是第一次讓聖孫妃尷尬了，人說家家有本難念的經，這皇室家族問題也多著呢！」

「原以為日後新帝順利登基皇家就該安穩了，不過現在看來，這好戲似乎永遠也演不完。」

「現在咱們還能看好戲，待先帝三個月孝期過了，只怕這朝堂上又要大換血了……」

欣茹姊妹也從殿內出來，如今她們都已嫁為人婦，慧馨這次回來還沒來得及跟她們聚過。欣茹對著慧馨擠了擠眼睛，慧馨也對著她微微眨了眼。

欣茹走到慧馨跟前小聲說道：「皇后娘娘帶著聖孫妃去見太后了，估計妳們還要在這等一會。」

「多謝夫人。」慧馨對著欣茹使個眼色，示意她這裡不是說話的地方讓她先走。

欣茹快走幾步跟上敬國公夫人一行人便走了。裡面想是散得差不多了，等候的女官們已經少了很多。遠處行來一個小太監，跑到燕郡王那邊跟領頭的宮女說了幾句，然後領著她們一群人走了。

慧馨心下一動，抬頭跟旁邊的陳司記對視一眼，見她也皺著眉頭，心下便有了計較。

「陳司記，剛宋夫人說皇后帶著聖孫妃去了太后處，按說這會咱們也該去慈甯宮外候著才是。可剛才那小太監過來只帶走了燕郡王府裡的人，我擔心……」

若是袁橙衣從太后那裡出來見不著她們，不僅有失職之罪，袁橙衣也會在其他貴婦前丟面子，雖說主要責任出在傳旨太監身上，可她們被怪失察也是一定的。

然而慧馨她們雖知道袁橙衣現在在太后那，可這是皇宮，她們沒有自由行走後宮的權利，必須要有領路太監帶著，否則就變成擅闖。所以要解眼前的危機，還需從傳旨太監那邊下手。

陳司記跟慧馨一樣是第一批進聖孫府的人，聽說她原在尚宮局供職，是許皇后也就是現在的許太后為顧承志親自挑選的人。

陳司記回頭看了看身後的女官們，見大家都有些擔心，便說道：「麻煩謝司言多照應些，我去去就來……」

❦

陳司記去了一盞茶的工夫，便跟著一個小太監回來了，陳司記再度站回慧馨身旁，那小太監看看她們說道：「聖孫妃現在慈甯宮，妳們跟我過去吧！」

慧馨她們跟著小太監在宮裡七拐八繞地走著，慧馨她們不是第一次進宮了，這小太監故意帶著她們繞路，她又怎會看不出來。

慧馨看一眼陳司記，見陳司記並不準備開口，看來這趟差事她希望大家一起插手才行。也是，陳司記剛才去找人之舉已經得罪了那位要給袁橙衣難堪的人，她自然希望不要只她一人這麼倒楣，畢竟大家都是同條船上的人，有難可得同當才行。

慧馨心下一番計較後，便跟前頭帶路的小太監說道：「這位公公貴姓？我瞧公公面生應該是新來的吧？」

「……我進宮已經三年了，怎麼會是新來的。」

「那可奇怪了，往慈甯宮的路好像不是這麼走的吧，以前負責帶路的那位曹公公可不是這麼帶的路，不知是公公不認得路，還是以前那位曹公公糊弄我們呢？」以前那位曹公公現在可是升到慈甯宮任職去了……

剛才陳司記便是去慈甯宮打聽了消息，確認袁橙衣現在確實在裡面，然後他去找了司禮監的熟人，司禮監聽說傳旨太監竟然把聖孫府的女官晾在大殿外面，自然馬上派人過去嚴厲譴責一番，這才另派了這位小太監過來。後宮的傳旨太監現在歸皇后管，他們自然執行的是皇后的意志，但司禮監那邊可是負責整個皇宮的傳旨，所以太監們也不敢跟司禮監明著對幹。這小太監過來的時候得了上頭的叮囑，讓他帶著人在宮裡頭繞，最好多拖些時辰讓慈甯宮那邊散了人也到不了，到時候聖孫妃出來照樣見不著女官。

慧馨見這太監不說話，便又說道：「公公還是好好想想這路該怎麼走，慈甯宮裡這會除了皇后，還有太后和王貴太妃在，我等若是不能及時趕到，可不只是對聖孫妃不敬，也是對太后和王貴太妃不敬，她們兩位最是疼愛聖孫妃，定然不會看著聖孫妃受委屈而不管。縱然我們這些聖孫府的人免不了罪責，公公你也一樣跑不了的，在太后面前，皇后也是要聽太后的話……」

太后可不像皇后向著燕郡王，王貴太妃更不會眼看袁橙衣受委屈，所以皇后選了在慈甯宮給袁橙衣難堪，其實是選錯地方了。

前方的小太監身形一僵，看見前頭正好是個岔道，便放慢了腳步，轉個彎帶著慧馨一行人上了正道。慧馨心想，這個太監還算上道，知道主子們要鬥下人最好還是少摻和的道理，不然倒楣的只能是下人。

慧馨她們終於到了慈甯宮外，一看已經有許多人都在這邊等著了，看來這會慈甯宮裡人還不少。那帶路的太監一到此地就打算快步溜走，倒是慧馨反應快，塞了一角銀子在他手裡。那太監眼神本有些詫異，不過反應也快，收了銀子又跟慧馨點了頭，便若無其事地走了。

其他女官面露詫異地看著慧馨，慧馨也不在意，只示意後面跟著的女官，要她們不可胡亂說話。

旁邊有幾個人蹭了過來，大概是跟聖孫府熟悉的女官，小聲地詢問她們出了什麼事。聖孫府的女官看看領頭的幾位，心知今日這事說不得，便搖了搖頭把那人推開了。

旁邊有人嘀嘀咕咕，慧馨目不斜視也當聽不見，她身後的女官有些受不了譏諷想要回嘴，慧馨便瞪過去，一群女官們便全都禁了聲。慧馨隱隱聽到身旁的陳司記嘆了口氣，她的眼神也暗了暗。這才剛開始呢，後頭有得忍了。

慧馨她們沒在慈甯宮前站多久，裡面太后便揮手讓眾人各自散去，貴婦們一個個從慈甯宮裡出來，皇后是走在最前面的，眾女官們均跪在地上行禮，慧馨感覺皇后的目光掃了掃她們這邊便走了。看來皇后還是懂得見好就收，慈甯宮前不是她找碴的地方。

待眾人都走了，袁橙衣還沒出來，陳司記看了看只剩了聖孫府的人在，便過去找了個慈甯宮的宮女打聽消息。

「太后留著聖孫妃陪她用膳，咱們得在這再待一會。」陳司記回來說道。

慧馨點了點頭，這是太后給袁橙衣撐腰呢，估計她也聽說了皇后最近對袁橙衣態度不好，獨留了聖孫妃陪膳而沒有留皇后，太后這是藉機敲打薛皇后了。

慧馨抬頭看了看這紅磚砌的宮牆，心下嘆了口氣，這宮裡的女人真是不容易啊！雖說原來的太子妃現在升了皇后，可她頭上還有太后，這後宮裡頭說是皇后最大，其實真正的後宮主人是太后才對。當今的薛皇后其實沒有當初的許皇后命好，永安帝時期因太祖的馮皇后死得比太祖早，所以當永安帝登基的時候，太后的位子是空著的，許皇后當年便是後宮第一人，所以永安帝才會立了王貴妃跟皇后在後宮平衡勢力；可如今許皇后成了太后，這後宮裡再也不會有人能蓋過她。薛皇后可以偏疼燕郡王妃，但不該為難袁橙衣，她這樣做便是表明有心插手立太子之事，許太后和王貴太妃絕不會坐視不管。

【第二百三十回】

命如草芥（上）

接下來就是新帝登基大典，改國號泰康，因是泰康帝的大日子，宮裡整整一天都相安無事，不僅皇后給足了面子，燕郡王妃也很老實，袁橙衣更是守規矩。

本以為這種表面的平靜至少可以維持一段時間，誰知大典第二天去宮裡請安就遇上了麻煩。

慧馨看著面前的宮女心下有些無奈，這種幼稚的招數也太露骨了。她又沉聲問了那宮女一句：「妳確定皇后娘娘是說在御花園召見聖孫妃嗎？」

宮女有些囁嚅地說道：「皇……皇后娘娘是這樣吩咐的。」

「那為什麼御花園一個人都沒有？是不是皇后吩咐的時候妳聽錯了？」

「沒……沒有聽錯，皇后娘娘專門說讓聖孫妃在這裡等一會，娘娘要先在坤甯宮裡跟幾位侯夫人說會話再過來。這位大人，皇后娘娘的確是這樣吩咐，奴婢不敢亂說。」

慧馨見宮女被她嚇得有些害怕，臉色一變微微笑了一下，「宮女姊姊莫害怕，咱們給主子傳話自然要多問問，免得出了差錯。我瞧著姊姊面生，前幾日到宮裡來怎麼沒見過姊姊？」

「回大人，奴婢叫僖嬋，原是太子府的宮女，昨天才進的宮，如今在坤甯宮當差。」

「原來是僖嬋姊姊，皇后娘娘除了囑咐聖孫妃在御花園等她外，還說過些什麼？」

「其他的……沒有了。」

「妳剛才說坤甯宮這會有幾位侯夫人在，不知是哪幾位夫人？跟我們說說，讓我們心裡也有個數，說不定待會皇后娘娘會帶她們一起過來。」

「奴婢剛來還認不得幾位夫人，只聽說好像有威武侯夫人，其他幾位便不知了……」

慧馨又跟宮女套了幾句話，見她真是一問三不知，想來是真的不知道事情了。慧馨問完話便讓那宮女退下。看著宮女遠去的身影，慧馨心下嘆了口氣，昨天才進宮的宮女想來在太子府的時候就不得寵了，卻又被派來做這種事，若是等會皇后一直不來御花園，事後追究起責任，不知這叫僖嬪的宮女還會不會有命在……

慧馨回到袁橙衣身邊，把情況都跟她講了，「……娘娘，您看現在該怎麼辦？」依皇后的脾氣這回怕是故意要把袁橙衣晾在御花園，可若是袁橙衣不在這等著，皇后又會說她抗旨，而且很可能她前腳一走出御花園，皇后後腳就出現。

袁橙衣沉吟了一會說道：「既然皇后要我在這裡等她，那我們便在這裡等吧……」

也只能如此了，慧馨心下嘆口氣，這種時候只能忍了，「娘娘，今日日頭毒，去那邊樹下等吧。」

袁橙衣點點頭，帶著慧馨她們幾個女官站到了樹下。

巧蘭瞧了瞧四周，扶著袁橙衣說道：「娘娘，要不到那邊的石台上坐一會？這樣等下去還不知道要多久，奴婢擔心娘娘累著了。」

袁橙衣搖了搖頭說：「不用了，就在這站著吧，省得被人看到了說我們不顧儀態。」

一個時辰過去了，薛皇后沒有出現。兩個時辰過去了，薛皇后還是沒有出現。

慧馨看看袁橙衣的臉色，見她並沒露出疲色，心下欣慰，袁橙衣平時有習武練身，體力自然比一般的大家閨秀更好，站這兩個時辰自然不在話下。

慧馨又抬頭看了看天，太陽從剛才就被雲給遮住了，雖然不晒人可這會兒卻烏雲密布。京城七月天正是暴雨的季節，若是下起雨來可就糟了。

當真是怕什麼來什麼，這暴雨來得快，一陣狂風颳過雨點就砸了下來。巧玉和慧馨拿著手帕遮擋著袁橙衣的頭頂，袁橙衣吩咐道：「陳司記，妳往慈甯宮那邊去一趟，該怎麼說知道吧？」

陳司記躬身應是：「奴婢曉得。」

「快去快回。」

陳司記應聲去了，可是不一會就折返了回來，臉上難得地帶著驚恐，「不好了娘娘，御花園的院門被人鎖住了……」

「妳說什麼？」袁橙衣問道。

「娘娘，園子的門被鎖住了，奴婢出不去……」

「走，過去看看。」

袁橙衣帶著慧馨幾人來到了御花園的門口，果然見大門緊閉，幾人上前推了推，門縫中隱約可見門從外面上鎖了。

袁橙衣眼光一寒喃喃自語道：「我原本給著她面子，事事忍讓，如今她竟心腸歹毒至此，既然這樣，這次就來見見真章，看究竟鹿死誰手，省得這些人都當我是病貓……」

慧馨見袁橙衣眼冒寒光，便知她是真動了氣，這一次估計要出手了。薛皇后這次確實做得太過，若不是袁橙衣身子底好又性格堅強，換了其他人被折騰這一番，不死也會去半條命，薛皇后這樣對待袁橙衣實在是不明智。說起來這皇后也是文臣家庭出身，怎麼用的手段都感覺上不得檯面呢？她恐怕不知袁橙衣的性子並不好惹……，再加上她可是正宗武將侯門千金，不知她這次要如何反擊……

慧馨心裡對袁橙衣和皇后互相掐架很是期待，她們這群聖孫府的女官可是憋了一肚子氣，原本見袁橙衣都忍著，她們也就只能忍了；若是主子打算出手，她們這幾個近身伺候的人，可也能得個機會喘口氣，省得人人都以為能騎到她們頭上撒野。

不過這雨越下越大，她們一直淋雨也不是個事兒，慧馨看看袁橙衣不知她有什麼打算。只見袁橙衣並不慌張，雨水打濕了她的衣角，頭髮也開始被雨水沾濕，那慧馨和巧蘭用來擋雨的手帕早就濕透。

袁橙衣往前邁了一步，慧馨和巧蘭正要跟上，見她揮了揮手，「不必擋了，咱們就在這雨裡淋上一會，既然別人想要我們淋雨，就淋給她們看！」

【第二百三十一回】命如草芥（中）

慧馨說不清她們在御花園裡淋了多久的雨，只知道大家渾身上下都濕透了，包括袁橙衣也是一副狼狽的樣子。幸好時值盛夏，雨水淋到身上不會發寒，不過這古代的醫療條件不好，僅是一個小感冒也有可能丟了性命。

慧馨看看袁橙衣，她有武術底子雖然身上狼狽，精神卻還是很好。其他的女官大概是平日裡走路走得多，也相當於鍛鍊了，大家身體相對來說都算健康，沒有人露出疲態，不過卻是有些不安和焦急。

這時御花園的院門那裡突然傳來人聲，好像有侍衛找到這邊了。袁橙衣對著慧馨和巧蘭使了個眼色，忽然身子一晃倒了下去。

慧馨連忙扶住袁橙衣的身子，將她靠在胸口，袁橙衣塊頭原就比慧馨大，體重也比她多了不少，偏慧馨一個重心不穩，一屁股抱著袁橙衣摔在地上。

巧蘭上前來幫慧馨，眼見袁橙衣好似暈了過去，焦急地喊道：「娘娘，娘娘，您怎麼了？快來人啊！聖孫妃暈倒了！」其他幾位女官聽到消息，也都很快反應過來，紛紛趴到地上，又是哭又是嚎。此時天上劃過一道閃電，暴雨似乎又更大了些。

當趕來的侍衛和宮女們開了御花園的門，看到的便是一副淒慘悲涼的景象，幾位女官圍著聖孫妃，眾人身上的衣服皆已濕透，頭上的髮髻也被大雨淋得歪歪斜斜。幾人哭嚎著俯在地上，有幾位已經虛脫地喘著氣，好像隨時都會昏過去。那位被聖孫妃壓在下面的女官更可憐，不知是摔到哪裡，還是被聖孫妃的體重壓的，一句話也說不出，死命地撐著手臂整個人顫抖不停。侍衛和宮女們都很同情地看著慧馨，跟袁橙衣比起來她的個頭確實瘦小很多。

慧馨心想她確實很倒楣，想扶著袁橙衣坐到地上時，偏一個重心不穩把手給擦傷了，雨水滲進破皮的地方很痛啊，看來今日要帶傷演戲了……

侍衛和宮女七嘴八舌慌慌張張地圍了過來，大雨中慧馨也聽不清他們到底說了什麼，只看到陳司記似乎在吩咐事情，很快袁橙衣就被人扶起帶離了現場，隨後慧馨也被人扶了起來，經過一陣兵慌馬亂，一行人全都被帶進了王貴太妃的宮殿。慧馨幾個女官先被帶去更衣，服侍她們的宮女見慧馨的手掌受了傷，忙出去跟殿裡的女官回報，沒一會便有位太醫過來給慧馨上藥包紮。

慧馨幾人收拾好後，便跟宮女詢問袁橙衣的情況，原來王貴太妃已將袁橙衣安置在她的屋裡，並請了太醫診治。這次事態嚴重太后那邊也得了信，聽說太后要親自過來看望袁橙衣。

慧馨幾人互相對視一眼，大家都清楚等太后一來就要上演重頭戲了，估計她們也要被帶過去問話。

驅寒湯很快就端了上來，慧馨等人一人喝了一碗。慧馨喝下苦哈哈的湯藥，心裡想著，上回南平侯給她的藥還有，等等回去得吃一粒吧！

薛皇后此時正在坤甯宮中，與她同坐的還有燕郡王妃和魯郡王妃，魯郡王向來以燕郡王馬首是瞻，魯郡王妃自然是跟燕郡王妃一個派系。

一個女官急匆匆地進了殿，給幾位主子行過禮後，便靠近薛皇后耳朵旁輕聲說了幾句。

薛皇后眉頭漸漸皺起，「太醫已經過去了？」

女官點了點頭，「是的，太后那邊也得了信兒，估計一會也會過去……」

「可惜了，這雨才下一會就被人給找到了，下面的人都囑咐好了嗎？」

「一切都按娘娘說的安排妥當。」

「好，那我們也過去看看，瞧瞧聖孫妃是命大還是運氣不濟……」

許太后帶著人進了王貴太妃的屋子，貴太妃正坐在床頭抹淚，不時看著床上仍然處於昏迷狀態，一臉蒼白的袁橙衣。

貴太妃見了太后趕忙起來行禮，太后擺擺手，「免禮，都是自家老姊妹了。橙衣現在如何？還沒醒嗎？」

「剛把藥餵下去，太醫說一會就該醒了。」

太后和貴太妃在這頭說著話，床上的袁橙衣終於發出了一聲呻吟，一旁伺候的宮女忙上前詢問袁橙衣需要什麼。經過一番折騰，袁橙衣被扶起虛弱地倚在床頭。貴太妃把宮女們都遣了出去，只留下她和太后坐在床邊，聽袁橙衣說著事情的始末。

當薛皇后進入內殿，一眼便看到上首的許太后，貴太妃則坐在太后的右邊。

「皇后來啦？難得妳還有心，知道要過來看看……」貴太妃諷刺地說道。

「回太后，貴太妃，我一聽到消息就過來了，橙衣她沒事吧？」薛皇后說道。

「妳希望她有事還是沒事啊？」貴太妃意有所指地說道。

「貴太妃這樣問我，我可不知該怎麼答了，橙衣怎麼說也是聖孫妃、我的兒媳，怎麼會不擔心她呢？」薛皇后語帶不解地說道。

「是嗎？妳還知道擔心她？這不是妳讓人跟她說在御花園等著，結果三個時辰都沒見到妳不說，御花園的門還這麼剛好被人從外面反鎖，害她們一行人遇上暴雨也出不來，只好在裡面淋了這半天。幸好橙衣福大命大被巡邏的侍衛發現，要不然她便是在裡面待上一天一夜，只怕也沒人知曉了。皇后妳倒是解釋看看，這是怎麼回事？為何妳始終未出現？這也未到落鎖的時辰，為何御花園的園門卻給鎖了？堂堂大趙的聖孫妃淋了半天雨，這都是誰害的？」貴太妃說道。

薛皇后早知太后和貴太妃會追究此事，一開口便理直氣壯地說道：「……橙衣在御花園等我？沒有這事啊，這是誰假傳懿旨？太后，貴太妃，您們可得給我做主，我從沒傳過這話。這一早我就在坤甯宮見了威武侯等幾位夫人，後來燕郡王妃、魯郡王妃也過來，便留了她們陪我說話，一直到剛才聽人來報，才知橙衣竟然在御花園昏倒，這一聽說就帶著人過來看望了。本來我正覺得奇怪，怎麼聖孫妃今日沒進宮請安，還擔心她是不是身體不適，正打算派人去聖孫府探望呢……」

【第二百三十二回】

命如草芥（下）

看著薛皇后三言兩語就想把關係撇清，貴太妃冷哼了一聲不再說話。許太后看了薛皇后一眼，說道：「後宮出了這種事，即便不知情，也逃不掉失察之罪！把幾位跟著聖孫妃的女官帶過來，哀家要親自審問。」

慧馨幾個人被帶到了殿外，太后吩咐將她們一個個叫進去詢問。慧馨是第三個進去的，她如實地講述了今天的遭遇。

待詢問完太后又吩咐：「去把坤甯宮的僖嬸帶來。」

出去找人的女官很快便返了回來，「稟太后，宮女僖嬸已畏罪服毒自盡……」

慧馨聽了女官的話，心下一嘆，果然是這樣，大概她一傳完口信就被滅口了吧。

「哼！動作快啊……」太后不屑地哼了一聲，不知這一句動作快是指那名叫僖嬸的宮女，還是指薛皇后。

「……去把御花園的掌鑰太監叫來。」許太后又吩咐道。

一群女官又匆匆出去了，不一會便帶回來了消息，「……御花園掌鑰太監畏罪服毒自盡……」

許太后臉色不變輕輕地哼了一聲，語氣低沉地說道：「……以為人死就不追究責任了嗎？把皇宮當成什麼地方？新帝昨日才登基，第二天就有人畏罪服毒自盡，還有膽子把聖孫妃鎖在御花園裡淋雨，整個後宮烏煙瘴氣、不成體統。皇后，妳怎麼掌管後宮的啊？」

薛皇后沒想到太后不再審問事情的緣由，卻直接把矛頭對準了她，正要開口辯解，太后卻是連給她說話的機會都不肯。

許太后直接繼續說道：「哀家看妳對整肅後宮是心有餘而力不足啊，既然沒這個能力，那後宮之事也暫時不要管了，改由寧妃和淑妃共同協理。」

寧妃和淑妃原本都是太子府的良娣，各育有一女，在太子府時待遇不如魯郡王的生母惠妃，不過這次新帝封妃，她們的品級卻是排在惠妃之上。

薛皇后一聽太后竟然直接就要她把後宮的大權交出來，心裡不免一慌。按說太后追查事情始末，這當事人死亡事情也就追查不下去了，最後總該是不了了之才對，可太后開口就直接把責任推到她身上，還奪了她管理後宮的權利，沒了權，她就只剩一個皇后的空名頭，她這個皇后便成了名副其實的空架子罷了。

薛皇后忽然一倒，往前撲到地上，對著許太后喊道：「太后，萬萬不可啊……」

許太后重重地哼了一聲鼻音，臉色變得深沉可怕，剛才聽到宮女僖嬋、掌鑰太監自盡時，她的臉色都沒這麼難看。

太后當眾奪了皇后的權，皇后竟然公然反駁太后，這事傳出去，泰康帝的後宮可要掀起一番腥風血雨了。

「皇后，看看妳的樣子，還有儀態嗎？這樣子如何母儀天下？即便事情不是妳做的，可這才掌管後宮二天就出了人命，把後宮裡的人當成草芥，真是給皇帝丟臉！就按我剛剛說的，後宮的事務暫時不需妳煩心了，妳就專心跟著女官們學學規矩，等學好了，再來報與我知曉……這裡是皇宮，不是太子府，由不得妳任性妄為！」許太后雷厲風行不容置疑地奪了皇后的大權。許太后武將家族出身，行事自然比皇后多了一份果斷。尤其她現在更是後宮權位最高之人，自然懶得跟皇后玩什麼小心思暗算計。

薛皇后被太后身邊的人扶了起來，她見太后一臉的堅決，心知今日此事已成定局，若要改變也只能另謀他計了。

薛皇后此時心裡十分後悔，她沒想到太后會這般直接和堅決，完全不顧念她的顏面。

許太后的處罰尚未結束，「出了事就想著自盡，真以為一死可以百了嗎？哼！不要想著人死就沒事了，把那兩個服毒自盡的拖出來鞭屍，跟這兩人共事的拖出來杖責五十大板，後宮所有的宮女太監都要去觀刑！」

慧馨聽到許太后要下面人鞭屍，還要所有人都去看著，心裡一寒。這後宮的女人果然個個不是普通人，熬出頭的都是經過千錘百煉了。太后會直接處罰皇后，大概也是看不下去薛皇后的作為吧！許太后在皇后的位子上看著她的兩個兒子爭皇位，十幾年從未親自插手參與過，且她向來對兩個兒子都是一視同仁，從未有過偏頗。而薛皇后才封后沒多久就敢插手皇家儲位之爭，難怪許太后要看她不順眼了……

待慧馨她們離開皇宮回到聖孫府，已是快要掌燈時分。袁橙衣由鑾駕一路護送回來，顧承志得了消息在府門口迎著。

顧承志讓慧馨他們直接退下，還給他們放了幾日假。慧馨兩隻手包得跟粽子一樣更是不好辦差，顧承志特別囑咐她多休息幾日。

待慧馨回到自個的屋子，坐在椅子上喝了一口瑞珠奉上的熱茶，這才長長地舒了口氣，一靜下來突然感覺背後一陣涼意，原來是出了一身冷汗。慧馨忙喚瑞珠給她準備熱水泡澡，這淋了雨又出一身冷汗，可不要傷風了才好。

因雙手都不方便，慧馨在瑞珠的幫助下跨進了浴桶，「妳先下去吧，我泡好了再叫妳。」

慧馨憋了口氣，把頭埋進了水裡，在水中憋了一會才吐了兩個泡泡冒出水面。這會細想白天發生的事，只覺得一陣陣後怕爬上背脊。若不是袁橙衣早有準備，她們今天無聲無息地死在御花園都是有可能的。還有那兩個服毒自盡的人，說死就死，可當時在內殿的人沒一個露出吃驚的神色，可見皇宮果然是個吃人不吐骨頭的地方。今日太后奪了皇后的權，以後她們聖孫府的人出入後宮應該比以前更方便一些了吧？

慧馨把手上的綁帶解開，宮裡太醫給她上藥時故意多纏了幾圈，刻意顯得她傷得很重的樣子。其實不過是手掌蹭破了一點皮，劃了幾道口子，雖然當時被雨水淋著發痛，可後來上了藥就好多了。雖然那太醫沒有明著跟她說些什麼，但此時只稍微想想就能猜出這太醫多半是王貴太妃的人。

【第二百三十三回】
封賞

慧馨看了看手掌，癒合得很好，嘆了口氣又把綁帶纏了上去，做戲就要做全套，她這幾天就當個受傷的人吧。

話說今天許太后和薛皇后的梁子結下了，薛皇后和袁橙衣的梁子也結下了，雖然這次許太后幫袁橙衣出了頭，可以後呢？皇后終究是皇后，袁橙衣跟薛皇后之間還有戲唱了。不知顧承志對今天的事是什麼態度？薛皇后可是他親娘。哎，這皇家人的關係比普通人還複雜……

慧馨泡好澡，拿著藥瓶上了床，吃下一粒藥丸，拿著藥瓶把玩了很久才趴下睡了。

慧馨睡得正香，忽然感覺額頭上癢癢的，她用手撓了撓，可是那惱人的東西又黏上來了，慧馨翻了個身，眼睛迷迷糊糊地緩緩睜開。

南平侯看著慧馨醒來，輕輕在她眼角落下一吻。

「你好大膽啊！連聖孫府都敢夜探。」慧馨笑著說道，「你聽說今天宮裡發生的事了吧？放心，我沒事。」

「這世上能擋住我的人還沒出生呢，讓我看看妳的傷……」

慧馨把兩隻粽子舉在南平侯眼前，「只是蹭破一點皮，故意包成這樣嚇唬人的。」

南平侯坐在床頭把慧馨手上的綁帶一圈圈解開，見慧馨掌心裡只有幾道劃痕這才放了心，不過他還是掏出瓶藥膏，仔細地塗在傷口上。

慧馨看著南平侯專注的神情，心頭一陣甜蜜，想著將來會跟這個男人共度餘生，現在的所有忍耐和努力都很值得。

「用這藥，等傷好了就不會留下痕跡。」南平侯說道。

「謝謝。」慧馨真心地道謝。她一直覺得南平侯是個好男人，但是他的細心和體貼還是讓她很驚喜。

南平侯並未久留便離開了，慧馨看著南平侯離去的背影感到非常安心，白天的後怕已經消散，再度沉入甜美的夢鄉。

顧承志坐在袁橙衣的床頭為她掖了掖被頭，袁橙衣看著他緊皺的眉頭嘆了口氣，「我當時在裡面床上躺著，對太后在內殿大發雷霆之事並不知曉，若是我知道太后因我而責罰皇后娘娘，我必會去求情。」

「不，這是不該責怪妳，我只是覺得自個沒用，讓妳受了連累，若不是有太后做主，妳今日受的委屈我都不能替妳討回來。我也不知皇上和皇后為何會變成這樣，以前他們那麼疼我……」

「殿下，這不是你的錯，你已經做得很好了，皇上皇后或許有他們自己的考量。」

「我今天差點就失去妳了，即使我明白這點，可是還是什麼都做不了，我還勸妳要忍著，因為若是我們跟皇上和燕郡王有了衝突，漢王就會得意。我想為妳出頭，可是心裡卻為了大局而不能出手，我覺得很慚愧……」

「你為了大局著想沒有錯，今日之事我們就當沒有發生過，我身子也沒什麼大礙，休息幾日便好了，太醫不過是誇大其詞。皇上皇后是我們的長輩，他們做什麼都是對的。只要你決定忍著，我便同你一起忍著，我們是夫妻，我會一直跟你站在同一邊的。」

袁橙衣眼眶有些濕潤，嘆了口氣又說道：「殿下，你是大趙未來的天子，這是先帝定下的誰也不能更改，你為大趙朝廷的大局著想是應該的，即使被人誤解也還有我理解你。」

顧承志伏在袁橙衣胸前，袁橙衣輕輕地撫著他的髮絲安慰他。

袁橙衣看著桌上的燭火，眼神有些發愣。她早就清楚顧承志不會跟皇帝皇后對著幹，所以白天在王貴太妃的屋裡故意示弱，引得太后和貴太妃為她出頭。她心裡明白經過今日之事，皇后會恨她入骨，可是她不能處處退讓，否則只會助長皇后的氣焰繼續得寸進尺。她跟皇后與燕郡王妃相處的日子還長著呢，大家互有輸贏才能把表面的光鮮維持下去……

次日，慧馨休假，因她上次在謝府待的日子太久，這次回聖孫府還沒幾日，並不好再回謝府，便留在聖孫府裡休息。慧馨正坐在院子裡的樹下乘涼，旁邊的石桌上擺了棋盤，她在跟自己對弈。

外面的夾道一陣陣急匆匆的腳步聲，慧馨抬頭看了看天色，大早上的有什麼急事讓大家這麼匆忙。慧馨起身往外叫住一個小太監，那小太監給慧馨行了禮說道：「……有聖旨到，府裡在為接聖旨做準備。」

終於輪到聖孫府受封了，泰康帝登基後，先是晉封了先帝後宮的一干嬪妃，然後是泰康帝自個後宮的妃子，現在應該輪到泰康帝的兒女們受封了。皇聖孫顧承志要由泰康帝下旨，正式冊封為太子。

慧馨今日不當值，前頭接旨自然沒有她的事，只見她回頭繼續在院子裡下著棋。只是過了一會，夾道又傳來更加紛亂的腳步聲和宮女太監小聲的嘀咕聲。

慧馨有些疑惑，不過這次她沒有再找人來問，而是站到門口，偷偷聽著外面宮女的交談。

「……聖旨上只賞賜了殿下和聖孫妃一些金銀玉帛，冊封太子的事一句也沒提。」

「是啊，金銀玉帛賞得再多有什麼用，咱們府裡又不缺這些。」

「……剛才我聽來傳旨的公公說，他前頭已經去燕郡王府和魯郡王府傳過旨了，燕郡王被封為燕王，魯郡王被封魯王，其他幾位皇子皇女也都各自得了封號，只有咱們皇聖孫得了賞賜卻沒有封號……」

「我覺得好害怕，皇上該不會是想廢了殿下吧？若是殿下有個萬一，咱們這些下人可怎麼辦啊……」

宮女的交談聲漸漸遠去，慧馨皺著眉頭回到了石桌旁。泰康帝竟然在太后處罰皇后的第二日下了這樣的旨意。太子乃國之重器，泰康帝沒有把顧承志冊封太子，等於給眾朝臣們發出了一個信號，看來這朝堂上即將不安寧了。目前還在先帝孝期內，暫時不封太子還可以用孝期做藉口，等熬過了這三個月，到時就是暴風雨真正來臨的時刻。

袁橙衣憂愁地看著顧承志不知該怎樣安慰他。昨天她才在宮裡出過事，今天皇上就下了這樣的聖旨，想必這些事情很快就會在京裡傳開，會有怎樣的風言風語不用想都能知道，偏偏聖孫府什麼都不能做。此時的泰康帝已經不把漢王放在眼裡，只顧著把自己的兒子當作與他爭奪皇位的最大威脅。

顧承志坐在桌前發呆，他現在擔心的不是冊封太子之事，畢竟他是先帝親自冊封的皇聖孫，是先帝定下的大趙皇位未來的繼承人，這個事實泰康帝一時半會無法動搖。他現在擔心的是那些支持他的朝臣，會遭受泰康帝的打壓甚至動搖。

當初顧承志離開京城南下三年多，之所以敢離開大趙的政治中心，一是仗著永安帝的支持，二是朝堂中大批擁護他的朝臣。只要有這些朝臣在，即使他不在仍能掌握政權。但泰康帝若有心打壓他的勢力，必然就會在朝中掀起一波巨大風浪。

這段日子為了避嫌，顧承志開始閉府在家守孝，並吩咐下屬沒有要事不能與他聯繫。只是這樣能保住幾個手下，他一點也沒有底。還有漢王那邊表現得極其老實，顧承志心知他是要坐山觀虎鬥，只要他越老實，泰康帝就會把視線重點完全放在顧承志身上。等泰康帝顧著對付顧承志的時候，漢王就可以往朝堂上安插人手。泰康帝以為登上皇位，漢王的人馬就不能再有所作為，可漢王人脈經營了十幾年，豈是一朝一夕就能剷除的。

還有燕郡王，現在該稱燕王了，一直在挖顧承志的牆角。雖然顧承志繼承大統應該是板上釘釘的事，但這世上總是不缺牆頭草，時間長了，難保這些牆頭草不會跟著風頭倒。

顧承志清楚明白現在的局勢，也正是因他夠明白，所以什麼也不能做，只能忍，只能等。人說忍字心上一把刀，果然不錯。

顧承志像是自嘲般地動了動嘴角，袁橙衣見顧承志臉色不對，忙上前說道：「殿下，王良娣煲了湯水，你嘗嘗看？」

顧承志聽袁橙衣提到王良娣，想到那位總是默默照顧她的溫柔女子，心下一暖，「辛苦妳們了。」

袁橙衣招招手，讓宮女把湯水端過來，「王良娣還在外頭候著，臣妾把她叫進來，伺候殿下用湯吧！」

顧承志點點頭，「妳也一起用一些，王良娣手藝不錯，我們一家人一起喝湯。」

袁橙衣聽顧承志說他們是一家人，會心一笑，如今顧承志雖不得志，可身邊還有她和王良娣可以陪著他，相信日後他們一家的情誼自然會更為深厚。雖然跟別人分享一個男人讓她有些不甘，但從自願嫁入聖孫府起，她所追求的便不單是男人的寵愛。既然王良娣可以補足她做不到的部分，那麼兩人一起合作也沒什麼不好。

【第二百三十四回】
死諫

慧馨坐在書桌邊撐著頭發呆，熬了半個月的日班終於輪到她值夜班了。夜班比日班輕鬆很多，不用陪袁橙衣進宮請安，加上袁橙衣入夜後很早便會休息，也不用她們服侍。

雖然太后奪了皇后的大權，但她終究還是皇后，每日的請安還是不可避免。不過聽說這幾日皇后對袁橙衣的態度似乎好了些，至少沒再給聖孫府的人下絆子。但願這種安穩的日子能持續久一些。

慧馨正發呆地投入時，門外卻突然亂了起來，她正起身準備到外面看看，長史司的人便挑了簾進了屋。

「謝司言，皇上病重，主子們要馬上進宮探望，妳們快準備隨駕。」

原來泰康帝登基後，心情一直很好，這段時間用的飯量比以前多了一倍。原本太醫們都覺得泰康帝能多吃是好事，可是他今天晚飯又多喝了一碗湯，就寢時突然感到腹脹難忍，便服了太醫開的消食藥丸。本來病症消除了，誰知喝了幾杯茶後卻開始上吐下瀉，就這樣折騰了幾個時辰，結果就因為虛脫而昏了過去。

慧馨身旁的張掌言忙把幾位打瞌睡的女史叫了起來，幾人互相整理了衣冠，便往僖未殿方向過去。

一群女官侯在殿外，裡面的袁橙衣已經收拾好，帶著眾人到排雲殿與顧承志會合，一起進宮。

泰康帝現在住在崇陽殿，殿外候著比平時還多人數的侍衛。聖孫府的內官們留在外面，只有顧承志和袁橙衣兩人進殿。

慧馨一行人站得遠遠，好似看到顧袁二人才走到殿門口便被攔住，守門的太監不知說了什麼，顧承志好似有些生氣，又有個老太監從殿內出來也說了什麼，之後便見顧袁二人竟然直接轉身退了回來。

慧馨看得心下一突，難道還不准他們看望皇上？這是皇上的意思還是皇后的意思？

顧承志和袁橙衣沉著臉色走了過來，眾內官無人敢說話，直接跟在他們身後，一群人就這麼大氣也不敢喘地又回了聖孫府。

慧馨跟著顧袁二人進了排雲殿，主子們不就寢，她們這些女官便要隨身候著。顧承志跟長史司的人吩咐了幾句，便跟袁橙衣一起進了裡間，慧馨等幾位女官便候在了門口。

沒一會，六公子就來了，他匆匆進了裡間，袁橙衣便避了出來，今晚又將是一個充滿不安的不眠之夜。陸陸續續又有幾位聖孫府的門客進出，這些門客大多在府內住宿，來往都很便利。

袁橙衣發了一會呆，然後吩咐慧馨道：「今晚恐怕是睡不成了，妳去王良娣那邊說一聲，讓她煮些湯水給殿下預備著。」

慧馨躬身應是正要退下，便聽到袁橙衣又加了一句：「讓她多煮一些，幾位先生也很辛苦……」

慧馨又應了是，留下張掌言待命，帶著兩名女史往儲芳苑去了。

王良娣本已歇下，後來顧袁二人出府弄的動靜不小，便被驚醒了，後又聽說去了沒多久就打道回府，這會正要派人去打探消息。

慧馨見了王良娣，便直接把袁橙衣交代的事原原本本跟她說了，王良娣跟慧馨打聽去皇宮探視的事情，慧馨也一五一十說了。反正現在大家都在一條船上，顧承志若是出點事，大家都要完蛋。王良娣若是有辦法幫助顧承志，那真是求之不得，就算不能有什麼實質上的幫助，能安慰一下那孩子被父母傷害的心靈也是好的。

慧馨再度回到排雲殿，袁橙衣已經不在外殿，旁邊的陳司記跟慧馨道：「殿下剛把聖孫妃叫進去商量事情了，讓我們在外面守著，有人來見直接稟報……」

袁橙衣出來看了好幾次，看樣子顧承志他們在等的人很重要。慧馨掏出懷錶看了看時辰，已經是丑時三刻，再過一個時辰天就要開始放亮了。

慧馨朝排雲殿的院門看去，終於看到幾名侍衛護著一個人往這邊過來，她忙到裡間門口向內稟報。來人直接進了裡間，慧馨用眼角餘光掃了一眼，這個人她記得是上次袁橙衣淋雨時，被王貴太妃請來給袁橙衣診病的太醫。看來顧承志是擔心泰康帝的病情，哎，泰康帝這個病秧子也真夠折騰人的。

太醫進去沒一會便出來了，天就要亮了，他得趕在天亮前回太醫院。泰康帝昏迷，太醫院所有太醫要隨時待命，在泰康帝醒來之前，他們不能回自個的住處。

太醫走後，六公子和門客們也很快散去，隨後顧承志和袁橙衣也從裡間走了出來，看他們的樣子，泰康帝這次應該沒有什麼生命危險。

袁橙衣回了僖未殿就寢，除了司闈司和司記司的人留下，其他人都退回了後罩房待詔。

慧馨看看時辰，還有一個時辰便可換班了。她坐在桌旁想著今晚的事情，皇帝昏迷竟然不讓皇聖孫探望，不管是皇帝的吩咐還是皇后的自作主張，都很過分。顧承志今天擔心泰康帝的神情不像作假，他倒是個好兒子，爹娘這般對他都沒有懷恨。

跟鄭司言交班後，慧馨回到自個的屋子休息，折騰了一夜，她比平時更累更睏，簡單洗漱後，喝了一碗粥便爬上床。

慧馨在進入夢鄉之前，有一個邪惡的小念頭在心底一閃而過。若是泰康帝就這麼一病不起，那麼聖孫府的危機可就解除了。顧承志可以早點當皇帝，她們這些人也能早點鬆口氣，她和南平侯才能跟顧承志提賜婚的事。

可惜慧馨的幻想落空，泰康帝第二天就醒了，雖然身體仍然很虛弱，卻是能上朝了。聽到這個消息，顧承志自然是鬆了口氣，袁橙衣看起來也跟顧承志一樣鬆了口氣，不過慧馨卻是真有點小失望。

過了幾天，燕王和魯王上書，請求舉行祭天祈福儀式，祈求上天保佑泰康帝的身體康泰。此事一出，朝堂上立刻激起一片反對之聲。

這個月朝廷財政吃緊，先是永安帝大喪，再是泰康帝登基大典，接著又是一應的朝堂和後宮變動，這些事件集中在一起，導致幾個月下來朝廷的開銷就與平時一年的開銷相同了。若是緊接著進行祭天儀式，免不了又要連著幾日的大開銷。如此消耗金錢，不只朝廷財政捉襟見肘，連帶民間百姓也會傾家蕩產。

要知道按照大趙律法，先帝大喪新帝登基和祭天這些活動，民間要跟著朝廷一同進行。正是因為有這些規定，老百姓們才不喜歡聽到皇帝駕崩這檔事，他們平時就已經吃不上穿不暖了，皇帝一死，家家還得買白布穿孝服，光是買白布的錢，就能頂一家子幾年的吃喝。聽說民間有那聰明知機的商人，從皇帝重病就開始囤積白布，等駕崩再拿出來賣大賺一筆橫財。

大臣們紛紛上摺子建議推遲祭天的日期，本因祭天是全國性的大事，除非遇到災年，否則一般都是幾年才進行一次。泰康帝才登基一個多月，便把一年的預算都花光了，若是下半年遇到旱災水災之類的天災，朝廷又該怎麼拿錢撥款賑災啊？再說，泰康帝這都病了十幾年，大家對他的病情心裡有數，又何必去花那個冤枉錢。

雖然大臣們說的在理，可泰康帝對這個提議卻是很心動。以前永安帝在位時，每次祭天他都因病不能參加，現在他終於可以做為國主進行祭天了。

顧承志為了避嫌，整日都在府裡，除了上朝之外哪裡也不去，府裡的訪客也少了很多。對於祭天的事，他多少能了解泰康帝的心態，不過是花錢讓皇帝買個心安，雖然財政會吃緊，但也沒到沒法度日的程度，還不如隨泰康帝折騰吧！

❋

這一日，顧承志正在屋裡練字，不插手朝事，自然空閒的時間多了，這幾日在府裡，多數時間都會在僖末殿裡練字，袁橙衣在旁陪她。

六公子忽然急匆匆地找了過來，袁橙衣讓女官們都退到門口，六公子這才跟顧承志稟報事情。

顧承志聽了六公子的話，心裡有些疑惑，「……竇御史今日在宮門前觸柱而亡，以死明志要勸阻父皇祭天？可竇御史應該是漢王的人，漢王這次竟然會拿祭天來做文章，很奇怪啊！就算父皇改變主意不祭天，他又能得到什麼好處？」

「竇御史平日素有清名，漢王是不是想藉此事，抹黑皇上的名聲？」六公子說道。

「宮裡頭現在有什麼風聲？」

「皇上那邊還沒動靜，可是聽說竇御史死前還上了摺子，內閣那邊得知他死諫，這才把摺子呈給皇上過目。」

顧承志沉吟了半晌說道：「去查一下，竇御史摺子上都寫了什麼？」

慧馨默默聽著旁邊女史們在八卦，她今天感覺很累，整整在房裡睡了一天，直到夜裡上差才知道今日有御史死諫在宮門前，撞柱子死了。

突然門外喧譁了起來，慧馨嘆口氣，這段時間怎麼連晚上都不太平。張掌言起身見慧馨對她點了點頭，便挑簾出去打聽消息。

沒一會，張掌言一臉驚慌地進了屋，直接抓著慧馨的手說道：「不好了大人，御林軍把聖孫府給圍了！」

【第二百三十五回】欲加之罪

「啪！」的一聲，瓷杯掉落地面，發出清脆碎裂的聲音，瞬間驚醒了慧馨，她終於從愣神中清醒過來，「妳說什麼？御林軍怎麼會圍了聖孫府……走！我們去僖未殿。」

慧馨帶著司言司的人往僖未殿去，路上遇到的人都臉帶恐懼，整個聖孫府都被驚醒了，宮女太監們驚慌奔走。

慧馨她們停在僖未殿外等候，袁橙衣正在裡面由司闈司的服侍下按品上妝。待袁橙衣身著聖孫妃品服從僖未殿出來，慧馨等一應女官已經全部到齊，等候指示。

袁橙衣帶著女官到了排雲殿，顧承志也已穿戴整齊，兩人帶著內官們到前門接旨。

宣讀完聖旨，傳旨太監把聖旨交到顧承志手中，他用眼角瞥瞥這位大趙的皇聖孫，本想奚落幾句，可是皇聖孫眼中的戾氣卻讓他打了個突，拍拍屁股直接帶著人回宮覆命去了。

顧承志拿著聖旨的右手在顫抖，可是他的左手卻握成了拳，直到袁橙衣走到他身邊說了幾句，他才閉了閉眼恢復平靜，轉身帶著聖孫府的人往回走。

御林軍右統領看著皇聖孫從他身邊經過，看著皇聖孫很平靜地轉頭跟他說了一句：「辛苦大家了。」然後轉身就消失在黑夜裡。右統領在心裡叫苦，這種要命的差事怎麼讓他給攤上了。

泰康帝剛才傳旨申飭皇聖孫顧承志不孝，勒令其在家反省抄寫《孝經》，不僅如此，皇帝還為了防止皇聖孫私自外出，專門派了一隊御林軍包圍聖孫府，名義上監督皇聖孫的行為。

慧馨抬頭看看顧承志和袁橙衣的身影，泰康帝突然下這樣一個詔書，宮裡頭肯定發生了什麼事，可惜泰康帝完全沒有給顧承志自辯的機會，讓御林軍包圍聖孫府，這等於是變相圈禁顧承志。

慧馨心下嘆口氣，泰康帝這樣做實在太不明智，顧承志的存在本來可以鞏固他的皇權，但現在他卻給了別人一個除去顧承志的藉口。不孝可是古人忌諱的頭等大事，若是有人拿這個做文章，顧承志的皇聖孫地位確實很可能動搖。哎，泰康帝病了這麼多年，生病的不只是他的身體，恐怕連心理也出現問題了吧！這段時間以來，泰康帝很多不理智的行為，都讓慧馨覺得他肯定患有精神類疾病。可惜古代沒有心理大夫，無人能給他疏導了。

顧承志和袁橙衣兩人安靜地對坐著，顧承志在想事情，袁橙衣不敢打擾他，慧馨她們幾個女官站在門口大氣也不敢喘。

過了午時，六公子急匆匆地進了府，顧承志見到六公子有些詫異地道：「那些御林軍竟然放你進來？」

六公子想到剛才他進聖孫府時那位右統領的嘴臉，心下不屑地撇了撇嘴，「殿下，那些御林軍只是聽命行事，不過他們那位右統領卻是不笨，皇命不可違，但是這裡畢竟是聖孫府，他哪裡敢真的為難屬下……」

六公子從袖中拿出一張紙遞給顧承志，「……竇御史的摺子現在皇上手裡，這是屬下找陳閣老重新撰寫的內容。」

顧承志接過紙張看了起來，看完之後他一掌把紙拍在桌子上，「這次被漢王陰了，他這一招以退為進用得倒是妙。」

袁橙衣走到顧承志身邊，從他手中抽出那張紙，顧承志對著她點點頭，她才看了起來。

這上面寫的便是竇御史以死諫呈給泰康帝的摺子內容，前半部分是勸阻泰康帝不要祭天，後半部分則是進言要求泰康帝儘快把皇聖孫冊封為太子。

袁橙衣嘆了口氣，難怪泰康帝會下了申飭顧承志的聖旨，他本來就忌憚顧承志，竇御史偏偏在此時死諫了這麼一份摺子，皇上必然認為御史是受顧承志的指使了。

慧馨站在排雲殿門口，顧承志他們在裡間商議事情。雖然她明白泰康帝想廢掉顧承志基本上是不可能，但是她還是為顧承志擔心。她也算是從小看著顧承志長大，對她來說，顧承志就像一個弟弟，雖然因主僕之別，她要跟他保持距離，但她還是打從心底心疼他。

盛夏之夜悶熱得讓人煩躁，顧承志夫妻今晚又要不成眠了，當然這些女官也得陪著。慧馨偷偷在裙下活動腳踝，夜裡值班就這點不好，遇到主子不睡覺，晚上站著守門特別容易累，腿腳總是容易水腫。

一直到慧馨她們換班，顧承志、袁橙衣和六公子仍然在裡間，沒有人敢進去打擾。大家都知道他們是聖孫府的支柱，這個時候最是需要他們做出明智的決定。

慧馨回了自個的屋子，剛才路上遇到幾個宮女太監，大家看起來都有些沒精神，就連一向沉穩的瑞珠臉上都有了黑眼圈。慧馨也嘆了口氣。說實話，泰康帝一句「不孝」，就扣了頂大帽子在顧承志頭上，未來究竟會怎樣也不好說了。

慧馨躺在床上，身體感覺很累卻一時半會無法入睡，她轉頭看著窗外發呆。盛夏季節本應是百花盛開、恣意張揚的季節，可是今年卻只有被剪去花朵，漸漸凋零的樹枝和愁雲慘霧。

接下來的日子，顧承志每日都會將抄好的孝經交給御林軍的右統領，由右統領呈給泰康帝過目，還要把聖孫府每日發生的事，鉅細靡遺地稟報給泰康帝。

顧承志的人馬得了他的吩咐，沒有一人在朝堂上提出異議，內閣那邊這幾日也是嚴格把關奏摺，漢王因此沒再逮到機會讓顧承志的處境雪上加霜。現在內閣裡的人還是當初先帝在位時的那批，泰康帝還沒找到機會對內閣進行下手，所以目前都還算是顧承志的人馬。漢王那邊若想越過內閣給泰康帝上摺子，除非再搞一次死諫的戲碼。可這一次死諫可以讓人上當，次數多了就要讓人起疑了。

竇御史這一死，祭天之事也被取消了，竇御史的家人也被皇帝流放。泰康帝沒有下令連誅九族，看來他還沒到無藥可救的地步。這頭皇聖孫得了「不孝」的名聲，若是此時再對御史大開殺戒而失了民心，那這大趙的天下可就被泰康帝拱手讓給漢王了。

聖孫府的人其實還算是自由，只有顧承志一人被下令不許出府，袁橙衣依舊每日進宮請安，下人們進出也是自便，外人要進聖孫府御林軍們也不攔，只是會把看望顧承志的人一一記下來交給泰康帝。京城的人為了避嫌，自然都是繞著聖孫府走路。

❖

熬了兩個月，終於又輪到慧馨休假。因出入都要經御林軍檢查登記，慧馨這次回謝府連包袱也沒拿，省得還要被人翻東西。

慧馨回到謝府見謝睿又在府裡，有些詫異問道：「二哥，你也抱病在家？」

「前幾天下了場急雨，正巧被我給趕上，這不就傷風了，只好在家休養……」謝睿有些不好意思地說道。

慧馨看看好端端坐在桌旁的謝睿，再看看他旁邊忍著笑的盧氏，心下了然，「嗯，真是一場及時雨啊！」

一家人坐在桌上吃飯的時候，慧馨才聽盧氏說起，謝睿在抱病之前已經被罰了兩個月的俸祿。問起詳情，原來有人故意把謝睿前段時間經常早退的事情提了出來，永安帝去世那段時日，謝睿的確是經常偷懶，點了卯就往家裡跑。正好那時候出了慧嬋的事，慧馨倒也沒覺得謝睿經常在府裡有什麼不對。

慧馨扒了口飯側頭看看謝睿，怎麼想都覺得這事不符合謝睿的性格啊，忽然若有所悟地問道：「二哥，你該不會是故意的吧？」

謝睿得意地哼哼了兩聲，盧氏見他那樣子笑著說道：「妳哥在先帝病重的時候就想著這事了，知道別人要找麻煩，他怕別人不知道從哪下手，給他胡安個罪名就麻煩了，所以從那時就經常溜小差，故意留下這個把柄。」

謝睿咳了兩聲說道：「溜小差不過是罰俸祿的小錯，若是他們找不到錯，處硬要編造個罪名給我，我可就要吃悶虧了。」

慧馨右手大拇指一挑，對著謝睿說道：「還是二哥厲害，小妹受教了。」

謝睿吃了幾口飯忽然嘆了口氣：「哎，要不是朝堂上現在人心惶惶，我也不用又是溜小差又是抱病了。先帝病重那會京裡人心不安，現在新帝已經登基兩個月，京城裡的氣氛一點也沒見好，尤其朝堂上反倒更亂了……」

慧馨也嘆了口氣，泰康帝當真不是個好皇帝，不但登基後沒有穩定民心，也沒有推出好的政策，反倒因為自私與小心眼，把朝堂搞得人人自危。不知泰康帝還能活多久？聽宮裡頭說他現在身子比以前好很多，但慧馨總覺得他應該是活不久了，看泰康帝現在的樣貌，比較像是迴光返照。

【第二百三十六回】

宴無好宴

慧馨跟謝睿問起慧嬋的事情，謝睿說道：「……易宏公子願意納慧嬋為妾，等先帝三個月孝期過了便來提親，只是慧嬋還是不肯回家，易公子便把她住的院子地契給了她，這樣就可以算她住在自個的地方，不用擔心被說閒話。」

「江寧那邊知道了嗎？」慧馨問道。

「知道了，我已經叫許管家帶信回去了……父親母親對慧嬋能有個好歸宿很欣慰，只是慧嬋是要做妾，不是正妻，到時候他們就不來京城，全部事情交給妳嫂子操辦，家裡給了五千兩銀子辦嫁妝……」

五千兩？不少也不多，當年慧嘉做側妃，謝家置辦了十幾萬兩的嫁妝，不過慧嬋是嫁給侯府公子做妾，嫁妝太多反而蓋過正室夫人，五千兩倒是個穩妥的數字。謝家從不缺錢，謝老爺謝太太倒是從沒在銀錢上短過他們兄妹。

「這麼說慧嬋不會有事了？這下可算得上是因禍得福了。」

謝睿和盧氏也是同感，慧嬋這個孩子真是得佛祖保佑了。

慧馨晚上沐浴過後便讓丫鬟們都退下。她鋪了紙在桌子上，手中握著筆卻是久久沒有落下。慧馨嘆了口氣，把筆放回架子上，往窗邊看了看，不知今晚南平侯會不會過來。期待一個人出現，是既甜蜜又難熬的。

一陣輕風飄過，慧馨嘴角一翹，抬頭一看，南平侯正站在旁邊注視著她。

南平侯把手上提的酒罈放在桌上，翻出兩個茶杯倒上酒，「來，陪我喝幾杯。」

慧馨微微一笑說道：「好。」

南平侯的手掌上好像有些髒，大概是翻牆時弄的吧，慧馨拿手帕沾了水幫他擦乾淨。不知侯爺翻牆頭什麼樣子，應該還是很帥吧？慧馨想著想著，不禁笑笑看了南平侯一眼。

南平侯一下把慧馨抱在了懷中，手指在她的眼角摩挲，這雙眼睛總是充滿了希望，能讓他忘記煩惱，重新振作。

南平侯帶來的酒是無名茶樓的百花釀，喝得很過癮，又沒有後遺症，慧馨陪著南平侯把整罈都喝光了。她看得出來侯爺心情有些不好，但既然他沒有主動說，那麼她也不過問，只是陪著他便好。

次日，慧馨難得睡了個懶覺，她這一夜睡得很香。昨晚喝完酒，南平侯便走了，他現在還掌著宮中的守衛之責，泰康帝還沒找到合適的人接替。宿衛宮中統領人選這麼重要之事，泰康帝竟然不儘快安插自個的人馬，光惦記那些有的沒的事。

悠閒輕鬆的休假日子總是過得太快，在家待兩天就結束了，坐著馬車回到聖孫府，進府仍然要接受御林軍檢查，所以慧馨依舊是空手而回。

再度回到日班，慧馨每天陪著袁橙衣進宮請安。這種日子真的很難熬，顧承志還在軟禁中，太子那邊一直沒再發話，朝堂上也沒人敢提這個事，每天袁橙衣進宮都會遇到漢王妃、燕王妃、魯王妃等人，這些人見了袁橙衣難免要說上幾句風涼話，而袁橙衣每次都裝聽不到，不願跟她們計較，她表現出極大的包容與氣度，就連許太后也對她很滿意，經常當著各家侯府夫人的面誇獎她，並賞賜不少東西。如今雖然皇后一派不待見袁橙衣，但她在京城貴婦中卻有著極好的聲譽，人人都知道聖孫妃是個大度的人。

終於在冷言冷語中熬過一個月，皇上下令解禁，御林軍也撤了。京城開始進入秋季，永安帝三個月的孝期也在此時結束，大趙的子民可以脫下孝服自由宴飲了。

❖

大概是憋了三個月大家都悶壞了，京城的各種賞秋宴會開始多了起來，娛樂活動也比以前更加頻繁。袁橙衣自然也接到不少帖子，最近出府的次數開始多了起來。

這一日，袁橙衣帶著慧馨她們進宮請安，出來時表情好像有些奇怪，待回到聖孫府，慧馨才知曉，剛才在慈甯宮裡，漢王妃當著太后的面邀請袁橙衣參加她舉辦的賞秋宴。在太后面前，袁橙衣自然不能拒絕漢王妃的邀約，便痛快地一口答應。

袁橙衣一回府便把這事跟顧承志說了，漢王府跟太子府和聖孫府一向不來往，漢王妃突然發出這種讓袁橙衣無法拒絕的邀請，若說沒什麼特殊目的只怕沒人能信。就連慧馨聽了這個消息都很吃驚，怕這一去恐怕凶多吉少。

顧承志沉吟了半晌說道：「我手下有幾個功夫不錯的婦人，去的時候一起帶上吧……」

下午信未殿便多了四位嬤嬤，顧承志要她們提前進府，熟悉袁橙衣身邊的事務，看樣子這四人以後都會跟著袁橙衣了。

漢王府那邊的請帖很快就送了過來，袁橙衣拿著帖子想了一會，然後動筆寫了幾封信。慧馨在一旁服侍著，眼角瞄到袁橙衣的信是寫給京城中幾個侯府的夫人和小姐的，看來她在跟宴會上的同盟安排計畫。

宴會當日，做足準備的袁橙衣帶著人出發了，慧馨瞧瞧袁橙衣的面色，發現她兩眼閃著精光，心下了然。袁橙衣好勝，雖然因時局不得不壓抑自己，但不表示該出手的時候她不會出手。

漢王府的宴會從來不缺達官顯貴，今日更是賓客雲集，漢王妃親自迎接袁橙衣入府奉到上座。袁橙衣跟漢王妃寒暄了幾句後，便招呼了相熟的人到身邊聊天。

慧馨站在袁橙衣身後，聽著她跟其他的夫人小姐談論京城最近流行的服飾，想起了以前在靜園參加宴會的時光，感覺好像已經是許久以前的事了。

漢王妃招呼了一會客人，發現今日來賓實在太多，屋子裡頭夫人小姐們連坐的地方都不夠，只好把各位夫人自個帶來服侍的下人都請出了屋。待眾人都把自家丫鬟遣退後，漢王妃這才過來跟袁橙衣提起這事。

袁橙衣看看屋子裡，別人都把自家帶的下人遣出去了，她自然也不好意思獨留聖孫府的人，只定定地看了眼漢王妃，便揮揮手讓慧馨等一干女官退下去。

【第二百三十七回】逼婚

慧馨見袁橙衣一副不動聲色，胸有成竹的樣子，知一切都在她掌握中，便放心地跟著眾人退出了大廳。

慧馨等女官被漢王府的人安排在一間屋裡休息，顧承志派給袁橙衣的四名嬤嬤卻已不在，在座的幾位女官都心裡有數地幫忙掩護。

有侍女上來奉茶，其中一位走到慧馨身旁說道：「請問這位大人是謝司言嗎？」

慧馨跟其他女官對視一眼才回答這侍女道：「正是，不知姑娘找我何事？」

「謝大人，府中謝側妃差奴婢來尋大人，請大人得空往後院一敘。」

慧嘉要見她？慧馨轉頭看看四下，其他女官都在關注著她，便回絕侍女道：「妳去回了側妃，我今日有差事在身不得空，不方便探望。」

那侍女抬眼看了看慧馨，應聲下去了，過了一會，她又跑了過來，「謝大人，側妃派奴婢請示過王妃和聖孫妃，聖孫妃允許妳去後院探望您的姊姊，大人這就隨我來吧。」

「請示過聖孫妃了？」慧馨問道。

「是的，謝側妃擔心您不方便開口，剛才親自到大廳找了聖孫妃說情，聖孫妃體恤大人和側妃姊妹許久未見，同意了側妃的請求。」

慧馨跟旁邊的幾位女官對視一眼，這裡這麼多人在座，諒這侍女也不會撒謊騙她，「既然如此，那就有勞姑娘帶路了。」雖然慧馨不想見慧嘉，尤其是在這種場合，可是對方已經做到這種程度，她也沒有理由再推辭。

慧嘉身為側妃，王府的正式宴會她沒有權利參加，便在自個的院子裡支了桌子，獨自賞花自斟自飲。

慧馨一進院子便看到慧嘉坐在桌前煮茶，心下嘆口氣坐到慧嘉的對面，見慧嘉不說話只專心地煮著茶，她也沒有開口。

慧嘉斟了兩杯茶，把一杯推到慧馨面前，慧馨端起茶杯細品了一口。

「妳敢喝我的茶，不怕我放毒嗎？剛才我派人叫妳過來，妳不是連見都不願見……」慧嘉忽然說道。

「我為何不願見妳，妳應該心裡有數，既然非要見我，我也過來了，想說什麼就直接說吧！至於這茶水，我想二姊還不至於這麼正大光明毒害我，而且被二姊叫到這裡已經很多人都看到了。」

慧嘉開口就語氣不善，慧馨也懶得跟她虛與委蛇。

「妳真是跟以前不一樣了，以前妳可不敢這麼說話。」

「沒辦法，人都要長大，都得活下去。」

「妳也不必戒心這麼重，今天找妳來，只是想看看妳還好不好，沒別的意思。」

「我很好，多謝二姊掛心。」慧馨淡淡地說道。慧嘉在這種場合非要見她，還跑去袁橙衣面前提請求，搞得她們這次見面眾所周知，分明有故意挑撥慧馨和聖孫府關係的嫌疑。

慧嘉打量了一番慧馨說道：「妳比以前瘦了，做女官不是那麼容易吧？」

「還好，夏天人就是容易消瘦，天冷了自然就胖回來了。」

「聽說聖孫府現在的日子不好過，像妳這樣在底下做事很為難吧？」

「不會啊，聖孫府一切都好。」

「不用逞強了，皇上不喜皇聖孫，皇后不喜聖孫妃，京城裡如今已是無人不知的事。聽說現在京城的權貴們都明著暗著避開聖孫府，就怕受連累。」

「我倒沒瞧出這些來，是有心人危言聳聽，挑撥皇家關係吧。」

「二哥前段時間被上司斥責……難道他不是受到妳的連累？」慧嘉態度一換，語氣有些諷刺地說道。

「二姊，今天找我有何事不妨直說，這樣繞來繞去也沒意思，我們終歸是姊妹，只要是我能力所及之事，都可以幫妳，至於其他多餘的話還是別說了。」

「我也是關心妳在聖孫府裡日子不好過，家裡既擔心妳的安危又怕被妳連累，依我看，這個女官不做也罷。」

慧馨看了慧嘉一眼，說道：「二姊這話說得好笑，聖孫府女官可是想做就做，想不做就不做？再說家裡如何，自有父親母親和二哥打理，我們這些做女兒的還是少操心，尤其是二姊，您已經是漢王側妃，安心在漢王府過好日子才是正經。」

「我倒真想只過好自個的日子，不想再管謝家的破事，可我終究是謝家的女兒，漢王為何會娶我，圖的就是我謝家女兒的這個身分！這麼多年下來，謝家有什麼要求漢王府沒做到？本來好好的，妳為何非要去聖孫府做這女官，搞得我被王爺猜忌。如今聖孫府朝不保夕了，皇聖孫還能給妳什麼好處？」

「二姊，當年如果不是妳插手我的婚事，我也不用做這個女官。不管怎麼說，我已經入了聖孫府，現在再說多少遍這種話也是沒用。」

慧嘉按著胸口深吸了幾口氣，讓情緒平復，慧馨看著她嘆了口氣，動手給他倒了杯茶。

慧嘉端起茶杯輕輕啜了一口，長出了一口氣，「好，這些廢話我也不多說了，今天我找妳，就是勸妳離開聖孫府。」

「二姊，妳這個要求太過了，我是不會這樣離開聖孫府的，再說，我是先帝下旨封的女官，不是自個想離開就能離開，更不是誰想讓我離開就能離開。我在聖孫府也有幾年了，為何突然跟我提這個，別說什麼怕我被聖孫府牽連這種話，皇上雖忌諱皇聖孫，但他們終究是父子，大趙天下還要皇聖孫幫皇上撐著，聖孫府怎麼說都不會有真正的危險。說吧，今日究竟是為了什麼目的？」

「……慧嬋要嫁給義承侯府的大公子為妾，義承侯府的六公子是皇聖孫的伴讀，是他身邊最親近的人，妳跟六公子關係如何？」

「二姊，男女有別，妳這樣問我，要我怎麼回答？我離開聖孫府跟六公子有什麼關係？」

「……漢王這次要謝家明確立場，若妳離開聖孫府，便等同謝家向世人表態，漢王也要藉這件事離間六公子和皇聖孫的關係。這次，漢王不允許謝家繼續腳踏兩條船了。」

慧馨深吸了一口氣，端起桌上的茶杯，邊喝邊思考。沒想到漢王要利用慧嬋的婚事，若是謝家真的幫漢王離間六公子和顧承志的關係，那以後慧嬋還怎麼跟易宏過日子？義承侯府又會怎麼看待她？話說回來，慧嬋的婚事是誰告訴慧嘉的？慧馨還沒到休假的時候，不知道易宏有沒有去謝府提親，不過按照謝睿的性格，他不會到處宣揚這事，盧氏這些年跟慧嘉基本上也沒有什麼來往，難道是江寧那邊給慧嘉透的信兒？

「慧嬋的婚事定了？我上次休假回去都還不知道這事，二姊在漢王府裡消息比我還靈通……」

「妳想知道我從哪聽的這消息？告訴妳無妨，是江寧那邊專門給我送的信。妳以為現在是什麼時候了？皇聖孫雖然是先帝冊封，但是他被皇上斥責『不孝』，又一直不肯冊封他為太子，皇聖孫的地位已經岌岌可危，加上泰康帝的身體不好，說不準什麼時候就……江寧那邊對皇聖孫的想法顯而易見，要不然妳以為我為何直接要求妳離開聖孫府，沒有父親的同意，我敢這麼要求妳嗎？」

慧馨盯著慧嘉看了許久，慧嘉完全不閃躲地回視，一副胸有成竹的樣子。說實話，這次見到的慧嘉比上次跟她偶遇時精神好了很多，這麼說來，謝老爺要選擇漢王一派可能是真的了。

「是嗎？這事是父親決定的？不過，就算真要這樣做，還是剛才那個問題，我要怎麼離開聖孫府？我的名字可是登記在女官名冊上朝廷正七品女官，不是花點錢就能贖出來的僕役……」

「謝家尚未出閣的女兒只有妳一個人了，現在連九妹都定了親，也該輪到妳了，只要妳同意，漢王會找個機會求皇上賜婚，這樣妳就可以名正言順地離開聖孫府。雖然側妃妳做不了，但可以做良妾，王爺已經跟我承諾，絕對不會虧待妳，以後我們姊妹在府裡互相照顧，多好？」

慧馨咬了咬唇說道：「良妾嗎？看來你們這次又是什麼都算計好了……」

「良妾比一般的妾室更高一級，尤其是漢王府的良妾也算配得上妳了。妳雖然這幾年在靜園學習過，又做過女官，可年紀畢竟大了，咱們謝家也算不上名門，我們姊妹能嫁入漢王府，可說是幾輩子修來的福氣。」

「……你們想得可真周到，」慧馨眉頭一挑，「若是我不同意呢？你們打算怎麼辦？」

慧嘉嘴角輕輕一扯，「為何妳對成親一事這麼逃避呢？上回也是這樣，所有事都安排好了，妳卻跑去做女官。不過這次妳沒有後路了，還記得當年妳曾丟過一個荷包，裡頭有一幅妳作的畫嗎？那個荷包我並沒有毀掉，那幅畫我也還一直好好保存著……不管妳同意不同意，這次都由不得妳！」慧嘉眼中精光閃爍，好似慧馨已是她到手的獵物。

尤加利《穿越馨生愛上你第四集》完

江寧謝家人物關係圖

謝家大房
擔任京畿州牧
有二子二女

謝大老爺 + 謝大太太

- 大少爺 謝亮
- 四小姐 慧妍
- 大小姐 慧婷：庶出，嫁給地方的富戶
- 四少爺 謝皓：庶出，生母已歿

謝家二房
經營望山書院
有三子四女

謝老爺

謝太太
娘家是江寧望族

- 二少爺 謝睿：與慧馨感情極好
- 五少爺 謝維
- 三小姐 慧琳：嫁給燕京蔣姓商家，與慧馨很親近
- 謝太太姪女 林端如：謝太太娘家姊妹之女，父親早逝

大姨娘
謝太太的陪嫁丫鬟

- 二小姐 慧嘉：有「不櫛進士」之稱，被漢王納為側妃

二姨娘
出身書香世家

- 七小姐 慧馨：穿越人士，原名謝小雨，是外商白領

三姨娘
有少數民族血統
能歌善舞

- 八少爺 謝芳：與九小姐是雙胞胎
- 九小姐 慧嬋

謝家三房
有二子三女

- 五小姐 慧茜
- 六小姐 慧茹
- 八小姐 慧楠：與慧馨年紀相當，活潑好動

謝家四房

※謝家子女排序，是按四房所有子女年齡一起排名。

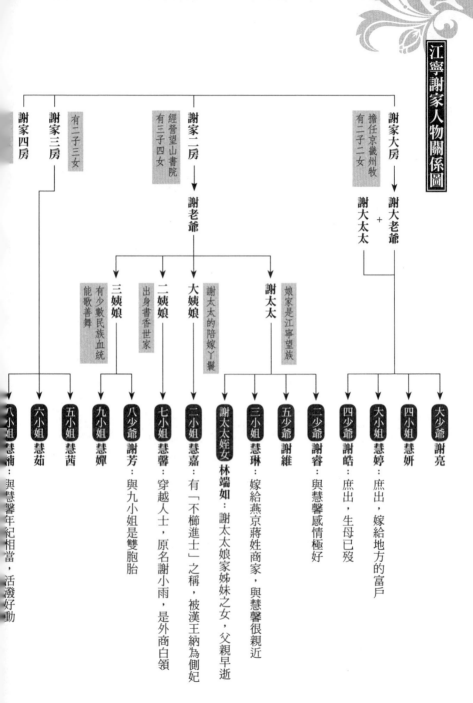

- **趙太祖 建武帝 顧雍**（在位三十一年）＋ **皇后馮氏**
  - 大趙國建國四十三年，開國以來第一任皇帝。
  - **趙誠祖 永安帝 顧承隸**（目前已在位一十二年）
    - 大趙國第二任皇帝，太祖的嫡長子，行四。
    - **許皇后**
      - **皇長子 顧載德**（封為太子）體弱，常年臥病，秉性淳厚，知文識禮。
        - **太子妃**（薛氏）p.354
      - **皇二子 顧載淳**（封為漢王）從小跟著永安帝打仗，在軍中頗有威信。
        - **漢王妃** 永昌侯嫡女
        - **側妃** 謝氏，慧馨的二姊慧嘉
        - **侍妾** 李氏
    - **呂婕妤** 救過永安帝，代表皇后管理靜園事務
    - **淑麗妃** 兵部尚書韓家大小姐，育有十二皇子
    - **王貴妃** 育有永平公主
    - **王美人** 王貴妃的遠親侄女

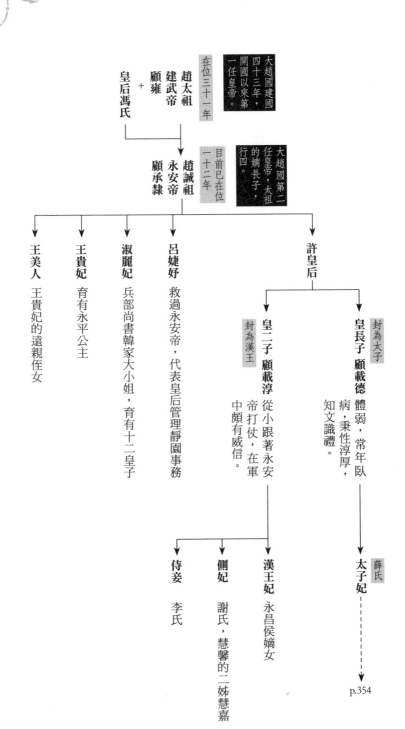

薛氏
太子妃

- **太子長子 燕郡王**
- **太子次子 魯郡王** 趙良娣所生，與燕郡王關係極好。
- **太子四子 承郡王** 顧承志，燕郡王親弟弟，喜歡習武，頗得皇帝喜愛，後受封為皇聖孫。
  - **皇聖孫妃** → 袁橙衣
  - **良娣** → 威武侯府吳小姐／羌斥王弟女敖敦／王氏，王貴妃從家族中挑選／薛晴

皇室外戚人物

南平侯 許鴻煊：許皇后的親弟弟，當今國舅。幼年跟方大家習文，十三歲又跟隨當今聖上征戰沙場，立下戰功無數。

義承侯府 易宏：義承侯府的大公子。弟弟易六人稱六公子，為承郡王顧承志的伴讀，易家在城內經營無名茶樓。

西寧侯宋家人物關係圖

宋姓
西寧侯

- **宋大郎** → **謹飭** 宋欣語
- **宋二郎** ＋ **長寧公主**（漢王親妹妹）→ **謹諾** 宋欣雅
- **宋三郎** ＋ **安成公主**（漢王親妹妹）→ **謹恪** 宋欣茹；**三少爺** 宋辰逸（與欣茹是親兄妹）

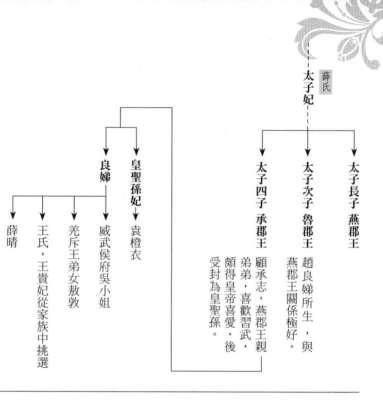

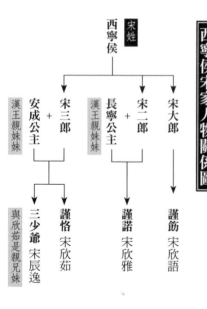

（第五卷書封尚在繪製中）

尤加利 著 / 千帆 繪

最終回預告

穿越馨生愛上你【卷五】

越千年，終能共枕眠

《穿越馨生愛上你》有情人終成眷屬精彩大結局，**書末特別收錄八回，甜蜜蜜新婚生活番外篇，**保證臉紅心跳不容錯過！

2014年6月
執子之手與子偕老
上市

一個腹黑不得志的皇親大叔，
遇上一個心智成熟的穿越蘿莉，
幾年前的初遇、幾年後的歷險，從誤解到相知相惜，
這次，再多的差距也分離不了兩人堅定的情意……

泰康帝因著忌妒之心，遲遲不肯立顧承志為太子，就在兩人關係僵持不下之時，卻突然出現一位竇美人，抹黑顧承志蓄意下毒謀害皇帝，泰康帝得知後怒不可抑，當場口吐鮮血昏厥過去，從此就再也沒醒來，顧承志隨即以皇聖孫的身份登基接掌朝政。

偏偏漢王不願臣服，傳出欲率兵進京的消息，顧承志不得不派出南平侯前往封地鎮壓，並指派慧馨與賀公公擔任監軍一職，賀公公表面上為監軍，實為要行使顧承志的密旨，除去漢王，可是另一頭的慧馨臨行前卻接獲太皇太后口喻，希望她能護漢王周全。然而就在漢王軍情告急、戰事節節敗退之際，漢王府竟傳出慘絕人寰的悲劇……

平息漢王造反風波之後，南平侯開口向皇上提出了賜婚要求，皇上為實現當初對慧馨的承諾，特意把慧馨叫到跟前詢問意願，還加封她爵位。一起經歷風風雨雨、感情甚篤的兩人，唯一的那點小心願，也終於能夠順利圓滿了。

Redbird 004

穿越馨生愛上你

【卷四】歷危難，小女芳心動

作者 尤加利
繪者 千帆
完稿 黃祺芸
編輯 古貞汝
校對 連玉瑩
行銷 呂瑞芸
企劃統籌 李橘
總編輯 莫少閒
出版者 朱雀文化事業有限公司
地址 台北市基隆路二段 13-1 號 3 樓
電話 02-2345-3868
傳真 02-2345-3828
劃撥帳號 19234566 朱雀文化事業有限公司
e-mail redbook@ms26.hinet.net
網址 http://redbook.com.tw
總經銷 大和書報圖書股份有限公司（02）8990-2588
ISBN 978-986-6029-60-8
初版一刷 2014.05
定價 230 元

國家圖書館出版品預行編目

預行編目
穿越馨生愛上你 . 卷四 , 歷危難 , 小女芳心動 / 尤加利著；千帆繪
-- 初版 .-- 臺北市：朱雀文化，2014.05
面；公分 .--（Redbird：004）
ISBN 978-986-6029-60-8（平裝）

1. 大眾小說
857.7 103003570